中华译学倡立倡守

以中华为根 译与学并重
弘扬优秀文化 促进中外交流
拓展精神疆域 驱动思想创新

丁酉年冬月 许钧撰 罗卫东 书

"十四五"时期国家重点出版物出版专项规划项目

中華譯學館·中华翻译研究文库

许　钧◎总主编

20世纪尤金·奥尼尔 戏剧汉译研究

钟　毅◎著

ZHEJIANG UNIVERSITY PRESS
浙江大学出版社
·杭州·

图书在版编目(CIP)数据

20世纪尤金·奥尼尔戏剧汉译研究 / 钟毅著. —杭州：浙江大学出版社，2023.1
（中华翻译研究文库 / 许钧总主编）
ISBN 978-7-308-21884-9

Ⅰ.①2… Ⅱ.①钟… Ⅲ.①奥尼尔(O'Neill, Eugene 1888－1953)－戏剧文学－文学翻译－研究 Ⅳ.①I712.073

中国版本图书馆CIP数据核字(2022)第214499号

中华译学馆 莫言题

20世纪尤金·奥尼尔戏剧汉译研究

钟　毅　著

出 品 人	褚超孚	
丛书策划	张　琛　包灵灵	
责任编辑	包灵灵	
责任校对	陆雅娟	
封面设计	程　晨	
出版发行	浙江大学出版社	
	（杭州市天目山路148号　邮政编码310007）	
	（网址：http://www.zjupress.com）	
排　　版	浙江时代出版服务有限公司	
印　　刷	杭州高腾印务有限公司	
开　　本	710mm×1000mm　1/16	
印　　张	15.5	
字　　数	223千	
版 印 次	2023年1月第1版　2023年1月第1次印刷	
书　　号	ISBN 978-7-308-21884-9	
定　　价	58.00元	

现实生活就是过去与未来之间的一段奇异的插曲。

——尤金·奥尼尔

总　序

　　改革开放前后的一个时期,中国译界学人对翻译的思考大多基于对中国历史上出现的数次翻译高潮的考量与探讨。简言之,主要是对佛学译介、西学东渐与文学译介的主体、活动及结果的探索。

　　20 世纪 80 年代兴起的文化转向,让我们不断拓宽视野,对影响译介活动的诸要素及翻译之为有了更加深入的认识。考察一国以往翻译之活动,必与该国的文化语境、民族兴亡和社会发展等诸维度相联系。三十多年来,国内译学界对清末民初的西学东渐与"五四"前后的文学译介的研究已取得相当丰硕的成果。但进入 21 世纪以来,随着中国国力的增强,中国的影响力不断扩大,中西古今关系发生了变化,其态势从总体上看,可以说与"五四"前后的情形完全相反:中西古今关系之变化在一定意义上,可以说是根本性的变化。在民族复兴的语境中,新世纪的中西关系,出现了以"中国文化走向世界"诉求中的文化自觉与文化输出为特征的新态势;而古今之变,则在民族复兴的语境中对中华民族的五千年文化传统与精华有了新的认识,完全不同于"五四"前后与"旧世界"和文化传统的彻底决裂与革命。于是,就我们译学界而言,对翻译的思考语境发生了根本性的变化,我们对翻译思考的路径和维度也不可能不发生变化。

变化之一,涉及中西,便是由西学东渐转向中国文化"走出去",呈东学西传之趋势。变化之二,涉及古今,便是从与"旧世界"的根本决裂转向对中国传统文化、中华民族价值观的重新认识与发扬。这两个根本性的转变给译学界提出了新的大问题:翻译在此转变中应承担怎样的责任? 翻译在此转变中如何定位? 翻译研究者应持有怎样的翻译观念? 以研究"外译中"翻译历史与活动为基础的中国译学研究是否要与时俱进,把目光投向"中译外"的活动? 中国文化"走出去",中国要向世界展示的是什么样的"中国文化"? 当中国一改"五四"前后的"革命"与"决裂"态势,将中国传统文化推向世界,在世界各地创建孔子学院、推广中国文化之时,"翻译什么"与"如何翻译"这双重之问也是我们译学界必须思考与回答的。

综观中华文化发展史,翻译发挥了不可忽视的作用,一如季羡林先生所言,"中华文化之所以能永葆青春","翻译之为用大矣哉"。翻译的社会价值、文化价值、语言价值、创造价值和历史价值在中国文化的形成与发展中表现尤为突出。从文化角度来考察翻译,我们可以看到,翻译活动在人类历史上一直存在,其形式与内涵在不断丰富,且与社会、经济、文化发展相联系,这种联系不是被动的联系,而是一种互动的关系、一种建构性的力量。因此,从这个意义上来说,翻译是推动世界文化发展的一种重大力量,我们应站在跨文化交流的高度对翻译活动进行思考,以维护文化多样性为目标来考察翻译活动的丰富性、复杂性与创造性。

基于这样的认识,也基于对翻译的重新定位和思考,浙江大学于 2018 年正式设立了"浙江大学中华译学馆",旨在"传承文化之脉,发挥翻译之用,促进中外交流,拓展思想疆域,驱动思想创新"。中华译学馆的任务主要体现在三个层面:在译的层面,推出包括文学、历史、哲学、社会科学的系列译丛,"译入"与"译出"互动,积极参与国家战略性的出版工程;在学的层面,就翻译活动所涉及的重大问题展开思考与探索,出版系列翻译研究丛书,举办翻译学术会议;在中外文化交流层面,举办具有社会影响力的翻译家论坛,思想家、作家与翻译家对话等,以翻译与文学为核心开展系列活动。正是在这样的发展思路下,我们与浙江大学出版社合作,集合全国译学界的力量,推出具有学术性与开拓性的"中华翻译研究文库"。

积累与创新是学问之道,也将是本文库坚持的发展路径。本文库为开放性文库,不拘形式,以思想性与学术性为其衡量标准。我们对专著和论文(集)的遴选原则主要有四:一是研究的独创性,要有新意和价值,对整体翻译研究或翻译研究的某个领域有深入的思考,有自己的学术洞见;二是研究的系统性,围绕某一研究话题或领域,有强烈的问题意识、合理的研究方法、有说服力的研究结论以及较大的后续研究空间;三是研究的社会性,鼓励密切关注社会现实的选题与研究,如中国文学与文化"走出去"研究、语言服务行业与译者的职业发展研究、中国典籍对外译介与影响研究、翻译教育改革研究等;四是研究的(跨)学科性,鼓励深入系统地探索翻译学领域的任一分支领域,如元翻译理论研究、翻译史研究、翻译批评研究、翻译教学研究、翻译技术研究等,同时鼓励从跨学科视角探索翻译的规律与奥秘。

青年学者是学科发展的希望,我们特别欢迎青年翻译学者向本文库积极投稿,我们将及时遴选有价值的著作予以出版,集中展现青年学者的学术面貌。在青年学者和资深学者的共同支持下,我们有信心把"中华翻译研究文库"打造成翻译研究领域的精品丛书。

许 钧

2018 年春

序　一

　　钟毅老师 2014 年开始博士研究生的学习,她努力学习、刻苦钻研,仅仅用三年时间便完成了学业,获得博士学位。如今,她以博士论文为基础修改而成的专著即将出版,作为导师,我深感欣慰。

　　《20 世纪尤金·奥尼尔戏剧汉译研究》对近百年来奥尼尔戏剧在中国的译介做了详尽全面的梳理、分析和总结。这本专著并没有按照通常的编年史写法,按时间顺序娓娓道来,而是在总体叙述奥尼尔戏剧译介过程之后,笔锋一转,通过源语文本和译语文本的细读和对比分析,从三个不同的维度切入奥尼尔戏剧译介研究,从译语文本作为文学文本、文化文本和戏剧文本的三个面向,深挖奥尼尔戏剧译介的文学性、文化性和表演性。通过这样的研究,百年奥尼尔戏剧译介史在我们面前立体起来,生动起来,并深刻起来。这本专著以独特的视野促进了国内外的奥尼尔研究。能达成这样的效果,离不开作者扎实的翻译学学科理论基础、宽泛的跨学科知识以及敏锐的学术判断分析能力。钟毅老师在这几方面的素养在这本专著中展现无遗。

　　这本专著是钟毅老师学术道路上的一个里程碑,既是对以往的总结,也是一个新的起点。愿钟毅老师百尺竿头更进一步!

段　峰

序　二

说实话,钟钟老师(平日习惯这么称呼)把愚师想得太好了,她有所不知,愚师其实并没有实力为她的这部新著作序。余不敏,虽然混迹于翻译学习(translation studies)这么些年,可对文学翻译及其研究一直存有畏难情绪,对他人的相关成果自不敢动辄置喙。

尤金·奥尼尔被誉为美国戏剧之父,在诗歌和小说等方面也颇有成就。惭愧得很,一段时间里,我对这位大作家的了解竟然仅停留在他的名字"奥尼尔"或"欧尼尔"上,再后来,因为关注翻译家乔志高(原名高克毅)而知道他有一部《长夜漫漫路迢迢》,书中那句"我一直就什么都不清楚,懵懵懂懂的",简直说的就是本人。

钟钟老师让我为她的这部专著写几句序,这倒给了我一个重新了解奥尼尔的机会。比如,该专著让我知道,奥尼尔作品中有着"中国情结",而中国也有着"奥尼尔情结"。说国人具有"奥尼尔情结",其表征之一是我国对其作品长期且较为广泛的译介。为了对这一百年译介现象,主要是奥氏戏剧作品的汉译情况进行梳理和探究,钟钟老师将其确定为博士论文选题。几年沉潜下来,成果已然可观,不仅有多篇论文发表在《中国翻译》《英语研究》《外国语文》等学术期刊,还有了眼前这部结结实实的专著。

钟钟老师的这部专著以文化派的翻译理论为基础,这很有见地。须知,在一定语境之中,文本以外的社会文化等因素往往比译作语言本身的好坏更能影响译品的接受和传播。专著分别从文化文本、文学文本和戏剧文本等多维视角对 20 世纪奥尼尔戏剧在中国的翻译情况进行描述和观照,又将每种文本的译介分作三个时期(即三四十年代、新中国成立后的 30 年、八九十年代),读来丰盈而又严谨。整部专著资料翔实,思路明晰,观点允正,分析透彻,行文清畅。如果我当时有资格参加钟钟老师的博士论文答辩,也一定会让其顺利通过。

　　说到戏剧,我不禁想到人生。恰如人们常说的那样,人生是一个大舞台,每个人都是演员。钟钟老师是本人在四川外语学院的开门硕士研究生之一,从我认识她以来,她就一直是个不落人后的舞者:读书期间出版了翻译小说,还找到了如意郎君;毕业留校任教,在全国讲课大赛脱颖而出,未几便评上副教授和硕士生导师;再后来到四川大学跟段峰教授从游,不仅翻译研究理论与方法得到了提高,学术视野和学术自信也是更上一层楼;前不久已水到渠成地晋级教授,成为同龄人的追赶对象。人生没有白走的路,每一步都算数。有了上述基础,这之后,钟钟老师一定会舞出更为蹁跹和瑰丽的篇章来。

　　有话则多,无话则少,就写这么几句或许不着调的话吧,是为小序。

杨全红

前　言

　　尤金·奥尼尔(Eugene O'Neill,1888—1953)是美国著名剧作家,曾四次获普利策奖,并最终问鼎作家的最高荣誉——诺贝尔文学奖,被称为"美国戏剧之父",享有崇高的世界声誉。奥尼尔的戏剧作品自 20 世纪 30 年代起被翻译到中国,在中国的文学和戏剧界产生了巨大反响,并影响了中国的一批剧作家,如曹禺、洪深。20 世纪 20 年代初至 30 年代末,是奥尼尔创作的鼎盛时期,西方对奥尼尔及其作品的研究也从这个时期开始,由最初见诸零星的报刊文章逐渐发展成为一门学问。自 20 世纪 20 年代起,奥尼尔的作品也逐渐引起了中国学界的关注。经历了几个发展阶段后,奥尼尔研究在中国已趋成熟,由最初的简短剧评发展为现在的多角度、全方位的学术研究。综观国内外奥尼尔研究的成果,可以看出,从文学和戏剧角度对奥尼尔作品的研究很多,而且已经非常成熟;国内也已有少量从翻译角度进行的研究,但这些研究重复性较大,创新性不足;从翻译内部研究的角度对奥尼尔戏剧的研究却很缺乏,对奥尼尔戏剧译本也缺乏系统、全面的分析和研究,尤其缺乏对译本的梳理和细读。因此,奥尼尔戏剧汉译研究还有很大的空间可以探索。

　　本书将 20 世纪奥尼尔戏剧的汉译大致分为两个高潮时期——三四十年代和八九十年代,和一个低谷时期——新中国成立后的 30 年。对这三个时期中奥尼尔戏剧代表译本的详细研读,观察不同时期奥尼尔作品汉译本的特征,并在此基础上深入探讨戏剧译本的特点,具有较为重大的理论和实践意义。本研究主要基于以下五个方面的问题展开。

　　(1)20 世纪的奥尼尔戏剧汉译历程:奥尼尔戏剧汉译在 20 世纪经历

了哪些发展阶段？形成三四十年代译介高潮的原因是什么？抗战时期奥尼尔戏剧译介热逐渐消退的原因是什么？为何新中国成立后的 30 年里奥尼尔戏剧仍然被冷落？八九十年代奥尼尔戏剧重新回到中国读者和观众视野的原因又是什么？各时期的汉译本大致有哪些特征？

（2）奥尼尔戏剧的译本作为文化文本：戏剧文本为何可以被视为文化文本？该如何认识戏剧文本的文化性？20 世纪各个时期的奥尼尔戏剧汉译本在文化因素的翻译上分别有哪些侧重点？造成这些侧重点的原因是什么？

（3）奥尼尔戏剧的译本作为文学文本：奥尼尔戏剧汉译本的文学性体现在哪些方面？20 世纪不同时期译者对译本文学性的保存和重现采取了哪些典型的做法？戏剧译本文学审美价值的产生与译者有何关系？

（4）奥尼尔戏剧的译本作为戏剧文本：奥尼尔戏剧汉译本的戏剧性体现在哪些方面？20 世纪不同时期译者在人物语言和舞台提示翻译方面分别有哪些特点？人物语言中的方言、口音该如何翻译？舞台提示语言中叙事视角的转换是由哪些因素造成的？

（5）20 世纪不同时期奥尼尔戏剧汉译本在中国的接受情况如何？对学界、一般读者和观众产生何种影响？这些影响从哪些方面得以体现？戏剧译本的接受与其他文学译本的接受相比有何特点？

为回答这些问题，本书主要基于三个层面进行。第一个层面是对 20 世纪奥尼尔戏剧作品汉译史的梳理，纵向梳理 20 世纪奥尼尔戏剧汉译的情况，总结各个时期译本的特色和三个主要译介时期的译本接受情况。第二个层面是从外部的角度对奥尼尔戏剧汉译本的研究，考察奥尼尔戏剧在汉译过程中受到的文化、政治、诗学等因素的影响，并观察不同时期汉译本在中国的接受情况。第三个层面是将奥尼尔戏剧的汉译本视为文化、文学、戏剧文本，观察奥尼尔戏剧汉译本文化性、文学性和戏剧性是如何得以重现或失落的。正如希腊爱琴大学教授埃卡塔里尼·尼科拉瑞亚（Ekaterini Nikolarea）所说，"事实上在戏剧翻译中，以表演为目的的翻译与以阅读为目的的翻译之间没有明确的界线，而存在着'边界的模糊'

(blurring of borderlines)"①。换言之,戏剧文本应该兼具供读者阅读和供舞台演出的功能,即兼具文学性与戏剧性。因此,本书既讨论奥尼尔戏剧汉译本作为文学文本的可读性,又讨论其作为戏剧文本本身和普通文学文本相区别的特征——可表演性。

本书除了将翻译研究的外部和内部视角相结合,还兼顾了奥尼尔戏剧汉译的宏观和微观研究。宏观上,本书梳理了近百年奥尼尔戏剧汉译的历史,将奥尼尔戏剧汉译史分为三个时期:三四十年代、新中国成立后的 30 年、八九十年代。本书分别梳理了这三个时期中奥尼尔译介或兴或衰的社会、文化、政治原因,总结每个时期奥尼尔戏剧译本的特点,考察这些特点与当时的文学、诗学、文化和译者对戏剧翻译认知程度的关系,并对三四十年代和八九十年代的奥尼尔戏剧汉译本在学界、读者和观众中的接受情况进行了总结。微观上,本书对三四十年代和八九十年代中特点突出的译本进行了详细的文本阅读,从文化、文学和戏剧三个维度对奥尼尔戏剧的汉译本进行详细的考察。

本书将奥尼尔戏剧的所有中译本纳入考察范畴,选取重点和有针对性的译本进行详细阅读与分析,并以这些译本中的具体翻译为例以支撑论证。具体译本如下:

三四十年代

1.《捕鲸》(*Ile*②)　　　　　　　　　　　　　赵如琳译(1930 年)

2.《加力比斯之月》(*The Moon of the Caribbees*)　古有成译(1930 年)

3.《天外》(*Beyond the Horizon*)　　　　　　古有成译(1931 年)

4.《卡利浦之月》(*The Moon of the Caribbees*)　钱歌川译(1931 年)

5.《不同》(改译本)(*Diff'rent*)　　　　　　古有成译(1931 年)

6.《还乡》(改译本)(*The Long Voyage Home*)　马彦祥译(1932 年)

7.《卡利比之月》(*The Moon of the Caribbees*)　马彦祥译(1934 年)

---

① 转引自:孟伟根. 戏剧翻译研究. 杭州:浙江大学出版社,2012:35.

② 因奥尼尔作品的中译本众多,且译本名各不相同,所以本书提及奥尼尔原作及原作人物时均用原英文名。

8.《绳子》(*The Rope*)   袁昌英译(1934 年)

9.《早饭前》(*Before Breakfast*)   袁牧之译(1936 年)

10.《早餐之前》(*Before Breakfast*)   马彦祥译(1936 年)

11.《捕鲸船》(*Ile*)   向培良译(1936 年)

12.《早点前》(*Before Breakfast*)   范方译(1938 年)

13.《天边外》(改译本)(*Beyond the Horizon*)   顾仲彝译(1939 年)

八九十年代

1.《天边外》(*Beyond the Horizon*)   荒芜译(1982 年)

2.《诗人的气质》(*A Touch of the Poet*)   郭继德译(1983 年)

3.《榆树下的欲望》(*Desire Under the Elms*)   汪义群译(1984 年)

4.《送冰的人来了》(*The Iceman Cometh*)   龙文佩译(1988 年)

5.《进入黑夜的漫长旅程》(*Long Day's Journey into Night*)

张廷琛译(1988 年)

6.《月照不幸人》(*A Moon for the Misbegotten*)

梅绍武、屠珍译(1988 年)

本书得以完成和出版,要感谢四川大学段峰教授的指导,感谢四川外国语大学胡安江教授的帮助,感谢同事和同行的关注。本书的部分内容也已发表于《中国翻译》《英语研究》《外国语文》《重庆工商大学学报》《重庆第二师范学院学报》《韶关学院学报》。由于水平有限,书中的疏漏和错误之处,拜乞读者不吝赐教。

目　录

第一章　20 世纪尤金・奥尼尔戏剧
在中国的译介

　　尤金・奥尼尔是美国杰出的戏剧作家,在美国文学史和 20 世纪的剧坛上占有重要的地位。奥尼尔从 20 世纪 20 年代初崭露头角,一生获得了四次普利策戏剧奖[①],并于 1936 年获得了诺贝尔文学奖。奥尼尔是一位高产的作家,一生共创作了 50 多个剧本[②],这些剧本虽然在创作水平和影响力方面参差不齐,但代表了奥尼尔在精神上的不懈追求和在艺术上的不断探索。奥尼尔在戏剧艺术上的探索与创新,使得"他跟同代剧作家一起把美国戏剧推向成熟阶段,使之跻身世界剧坛,而他自己也得到了戏剧界的认可,被称为'美国现代戏剧之父'"[③]。英国萨瑟克斯大学马库斯・坎利夫(Marcus Cunliffe)教授认为:"尤金・奥尼尔作为美国第一流作家,对于开创美国现代戏剧风格,做出了杰出的贡献。因之,他的作品代表了现代美国戏剧的几个主要趋向。其中最显著的特色,便是有意将

---

① 尤金・奥尼尔曾四次获得普利策戏剧奖,获奖作品为: *Beyond the Horizon*(《天边外》)(1920)、*Anna Christie*(《安娜・克里斯蒂》)(1922)、*Strange Interlude*(《奇异的插曲》)(1928)和 *Long Day's Journey into Night*(《进入黑夜的漫长旅程》)(1957)。括号中年份为获得普利策戏剧奖的年份。最后一次普利策戏剧奖是奥尼尔去世之后才获得的,因此,有学者在论文中说奥尼尔一生只得过三次普利策戏剧奖。

② 剧本包括早期散佚的独幕剧。其中,*A Moon for the Misbegotten*(《月照不幸人》)和 *More Stately Mansions*(《更庄严的大厦》)未能由奥尼尔亲自完稿,后由唐纳德・盖洛普整理编写完成。

③ 郭继德. 新中国 60 年奥尼尔戏剧研究之考察与分析//郭继德. 尤金・奥尼尔戏剧研究论文集. 济南:山东大学出版社,2013:1.

单调朴实的现实主义散文同具有大胆创新精神的表现主义技巧结合起来,犹如亨利克·易卜生和伯托特·布莱希特合为一人。"①也有学者评价他为"一位土生土长的戏剧拓荒者,他不仅可以跟易卜生、斯特林堡和萧伯纳相媲美,而且还可以跟埃斯库罗斯、欧里庇得斯,甚至莎士比亚相媲美"②。

第一节 奥尼尔的戏剧创作艺术及"东方情结"

奥尼尔是公认的悲剧作家,他的戏剧除了个别的喜剧,如 *Ah，Wilderness！*（《啊,荒野!》）,其他的都是悲剧。奥尼尔悲剧作家身份的形成,与他独特的成长环境和一生的流浪经历有关。他出生在纽约百老汇的一个旅馆里,从小跟着做戏剧演员的父亲,四海为家,他在普林斯顿大学学习了一年,之后开始了丰富的人生体验——到洪都拉斯淘金,当普通水手浪迹大海之上,做过散工,回到父亲的剧团担任一些无关紧要的配角,还在一家报馆做过记者兼专栏作家。他在普林斯顿大学期间,受到了杰克·伦敦（Jack London）、约瑟夫·康拉德（Joseph Conrad）和约瑟夫·鲁德亚德·吉卜林（Joseph Rudyard Kipling）的影响,1912 年患肺病期间,涉猎了卡尔·马克思（Karl Marx）、彼得·阿列克谢耶维奇·克鲁泡特金（Pyotr Alexeyevich Kropotkin）的著作和奥古斯特·斯特林堡（August Strindberg）、亨利克·易卜生（Henrik Ibsen）等人的剧本。1914 年,他有一段时间跟随哈佛大学培克教授学习戏剧课程。从那时起,奥尼尔就开始了一生的戏剧创作,直至 1947 年,疾病让他不得不放弃写作。

研究者一般将奥尼尔的创作分为三个阶段。第一个阶段为 1913—1919 年,这个阶段被看作奥尼尔的早期创作阶段,这段时间里,他的作品主要是独幕剧,创作主题主要是婚姻、家庭和海上生活。奥尼尔这个阶段

---

① 坎利夫. 美国的文学. 方杰,等译. 北京:中国对外翻译出版公司,1985.

② Brustein，R. *The Theatre of Revolt：An Approach to the Modern Drama*. Chicago：Ivan R. Dee Publisher，1991；181.

的剧作还不能摆脱他父亲演出过的那种老式情节剧的束缚,人物性格的刻画比较粗糙,对人性的解读不够深刻,但是,他的剧本内容源自美国人的生活,给美国的观众带来了亲切感,也给美国剧坛带来了新鲜感。这个阶段奥尼尔较为出名的作品中,以家庭、婚姻为主题的有 *Before Breakfast*(《早餐前》,1916)、*The Straw*(《救命草》,1919)等;以海洋为主题的有 *Bound East for Cardiff*(《东航卡迪夫》,1914)、*Ile*(《捕鲸记》,1917)、*The Moon of the Caribbees*(《加勒比斯之月》,1918)等。

第二个阶段为 1920—1938 年,这个阶段奥尼尔开始了多幕剧的创作,创作艺术逐渐成熟。"同时,这一时期又是奥尼尔进行大量戏剧实验的阶段。他广泛借鉴了现代戏剧的各种流派,大量运用了自然主义、象征主义、表现主义以及意识流等表现手法,使作品呈现出多彩多姿的风格。"①奥尼尔在这个阶段创作了多部优秀的作品,如 *Beyond the Horizon*(1918)②、*Anna Christie*(1920)、*The Emperor Jones*(《琼斯皇》,1920)、*The Hairy Ape*(《毛猿》,1921)、*Desire Under the Elms*(《榆树下的欲望》,1924)、*Strange Interlude*(1927)、*Mourning Becomes Electra*(《悲悼》,1931)等。奥尼尔在这一阶段共写下 25 部作品,他也在这个阶段赢得了国际声誉,并最终于 1936 年获得了诺贝尔文学奖。诺贝尔奖委员会在授奖词里说他之所以能获奖,是凭借他"剧作中所表现的力量、热忱与深挚的感情——完全体现了悲剧的原始观念"③。

奥尼尔的最后创作阶段为 1939—1947 年,这个阶段以 1939 年的 *The Iceman Cometh*(《送冰的人来了》)为开端,直到 1947 年他因疾病不得不放弃写作。汪义群指出,根据西方评论家的看法,奥尼尔的后期剧作主要是指以下五部作品:*The Iceman Cometh*(1939)、*Long Day's Journey into Night*(1941)、*Hughie*(《休伊》,1941)、*A Touch of the Poet*(《诗人的气

---

① 汪义群. 奥尼尔研究. 上海:上海外语教育出版社,2006:132.

② 正是凭借这部作品,奥尼尔首次获得了普利策戏剧奖;因此,*Beyond the Horizon* 虽然完稿于 1920 年之前,仍被学界视为奥尼尔创作第二阶段的代表作。

③ 肖淼. 诺贝尔文学奖要介. 哈尔滨:黑龙江人民出版社,1992:467.

质》,1942)和 *A Moon for the Misbegotten* (1943)。① 在创作中期经历了对各种现代剧流派的实验之后,奥尼尔的后期作品回到了写实的风格并掺杂了自然主义的因素,这个时期的写实比最初阶段的写实更加深刻。奥尼尔后期的作品继续关注人生的一些根本问题,揭示了人在高度发展的物质世界失去精神追求的可悲,体现了他更加深邃的思想、更加成熟的写作技巧。

美国有评论家曾说,在奥尼尔之前,美国只有剧场,没有戏剧。这一评价充分说明了奥尼尔在美国戏剧史上开创者的地位,他是当之无愧的"美国戏剧之父"。他对人性的洞察和人生的理解,他丰富的创作手法和高超的创作技巧,他作品中丰满的人物形象和跌宕的情节,都将作为戏剧艺术史上的最高成就,启发后世的戏剧、文学创作,影响一代又一代观众、读者的人生观。

奥尼尔是中国读者和学界非常关注的一位剧作家,中国也是除美国外对奥尼尔研究得最多的国家。根据何辉斌的统计,1949—2010 年,在我国发行版本数量最多的戏剧作家是威廉·莎士比亚(William Shakespeare),奥尼尔仅次于莫里哀(Molière)和易卜生,名列第四。② 一般认为,在外国现代戏剧家中,除了易卜生,奥尼尔对我国话剧运动影响最深。奥尼尔与中国的渊源,可以从两方面来看:一方面是体现在奥尼尔作品中的"东方情结",特别是中国的道家思想;另一方面是反映在大量翻译作品和介绍、评论、研究文章里的中国的"奥尼尔情结"。

奥尼尔在作品中体现出来的"东方情结",中外的学者都曾有过研究,弗雷德里克·卡彭特(Frederic Carpenter)在《尤金·奥尼尔:东方与美国超验主义》一文中指出,东方特色是奥尼尔戏剧艺术当中最为重要、最为显著的一个方面③。奥尼尔也曾经说自己是个"不可救药的神秘论者",而

---

① 汪义群. 奥尼尔研究. 上海:上海外语教育出版社,2006:185-186.

② 何辉斌. 新中国外国戏剧翻译与评论的量化研究. 文化艺术研究,2014(4):114.

③ Carpenter, F. Eugene O'Neill, the Orient, and American transcendentalism. In Griffin, E. (ed.). *Eugene O'Neill: A Collection of Criticism*. New York: McGraw-Hill, 1976: 40.

这种"神秘",在有的学者看来,正是东方的哲学思想。"跟他同时代的许多艺术家(诸如庞德、T.S.艾略特以及海塞和阿尔多)一样,奥尼尔把精神上的困境看成传统西方文化的产物,因而必须在东方式的平和宁静当中寻找慰藉。"①所谓"东方"的哲学思想,对奥尼尔而言,就是印度教、佛教和中国道教三家。奥尼尔在 1922—1923 年购入了与中国有关的诗歌和艺术书籍,还曾得到林语堂等旅美华人作家赠予的关于中国思想(包括道家思想)的书;1928 年,奥尼尔曾低调到访中国,并在上海短暂停留;1937年,奥尼尔用所得的诺贝尔文学奖奖金在加利福尼亚一个山谷里建造了一栋中式风格的别墅,取名"Tao House","Tao"即中国的"道"。这些都充分表明了奥尼尔对中国道家的浓厚兴趣,道家思想的影响在奥尼尔晚期的作品中也得到了体现。如在 *The Iceman Cometh* 中那群逃避现实、生活在自己幻想中的人的"无为",*Long Day's Journey into Night* 中表现出来的"遁世",*Hughie* 中体现出来的"归根"与"复命"等。奥尼尔在 1932年 6 月 24 日写给卡彭特的复信中说道:"当然,许多年以前,我确实看了不少东方哲学和宗教方面的书,但我没有做深入的研究。……跟其他任何东方的著作相比,也许老子和庄子的神秘主义使我最感兴趣。"②后期的奥尼尔作品中不再有非此即彼的爱和恨,而是爱恨的"相齐""共存"。"似乎可以说,正是庄子齐物论的思想,使得奥尼尔后期作品含义朦胧,回味无穷。"③

第二节　中国的"奥尼尔情结"——百年译介历程

中国读者第一次见到奥尼尔的名字,是在 1922 年 5 月《小说月报》第13 卷第 5 期《海外文坛消息》栏茅盾的简单介绍中:"剧本方面,新作家

---

① 罗宾森.尤金·奥尼尔和东方思想.郑柏铭,译.沈阳:辽宁教育出版社,1997:3.
② 奥尼尔.奥尼尔文集(第六卷).北京:人民文学出版社,2006:283.
③ 刘海平,朱栋霖.中美文化在戏剧中交流——奥尼尔与中国.南京:南京大学出版社,1988:24.

Eugene O'Neill 着实受人欢迎,算得是美国戏剧界的第一人才。"①虽然奥尼尔的名字只是在文章的结尾被提到,而且是一语带过。自那以后,中国开始了对奥尼尔作品的译和介,至今已近百年,译本和研究、评论文章都成果颇丰。总的来说,奥尼尔在中国的译介大致可以分为三个时期:20世纪三四十年代、新中国成立后的30年、20世纪八九十年代,这三个时期的奥尼尔译介的特点各有不同,但都对中国的戏剧和其他类型的文学创作产生了重大的影响。

一、时代舞台的"主角"——20世纪三四十年代的奥尼尔译介高潮

20世纪三四十年代被学界普遍认为是奥尼尔作品译介的一个高潮时期。具体而言,20年代是"介",三四十年代是"译""介""评"的结合。这个译介浪潮的发生,受到历史、文化因素的深刻影响,经历了复杂的文化选择和接受过程。

(一)三四十年代奥尼尔戏剧译介盛况

20年代主要是对奥尼尔其人及其作品内容的介绍。据笔者统计,自茅盾第一次提到奥尼尔后至20年代末,介绍奥尼尔的文章就有9篇,分别是:1924年8月24日,胡逸云在《世界日报》发表的《介绍奥尼尔及其著作》;1927年7月,余上沅在北新书局出版的《戏剧论集》里发表的《今日之美国编剧阿尼尔》;1929年张嘉铸在《新月》第1卷第11期发表的《沃尼尔》(并配有奥尼尔的照片);1929年查士骥在《北新》第3卷第8期上发表的《剧作家友琴·沃尼尔——介绍灰布尔士教授的沃尼尔论》;1929年赵景深在《小说月报》第20卷第2期发表的《现代文坛杂话:奥尼尔的奇怪的插曲》,以及1929年胡春冰在同一杂志上发表的4篇论文——第1卷第2期《戏剧生存问题之论战》、第1卷第2期《英美剧坛的今朝》、第1卷第4期《美国戏剧家概论》、第1卷第5期《欧尼尔与〈奇异的插曲〉》。可以看出,20年代的最初几年只能被叫作奥尼尔译介的"预热阶段",当时的情形

---

① 沈雁冰. 海外文坛消息. 小说月报,1922(5):124.

可以用最早出版奥尼尔译作的译者古有成的话来总结。古有成在 1928 年 4 月写的《天外》的《译后》中谈道:"他(奥尼尔)的声名已洋溢国外:他的戏剧在英、德、法、俄、捷克斯拉威基亚(Czechoslovakia),和斯干的纳维亚半岛各邦,都有表演和阅读;东邻日本,也曾拿他的作品来上演。但是我们中国却事事都落人后,舞台上没有著者的戏剧的踪迹固不必说,文坛上也似乎还没有人谈及他的。"①

　　进入 30 年代,奥尼尔的介绍、评论性文章逐年增多。译本中译者的前言、序、译后记里一般都会有对奥尼尔生平及作品的介绍。除此之外,期刊和报纸上也有专门的文章介绍奥尼尔其人,评价其作品,包括简单提及其人或简短介绍其某部作品的新闻、消息。如赵景深在 1930 年《小说月报》第 21 卷第 3 期《现代文坛杂话》里简单介绍了"奥尼尔与得利赛"的两部作品的大致情节;杨昌溪也于同年在《现代文学》第 1 卷第 4 期《最近的世界文坛》栏目里发表文章《奥尼尔新作底难产》,并提到了奥尼尔的《奇异的插曲》曲折的上演经历,他还于 1931 年在《青年界》第 1 卷第 5 期《文坛消息》栏目发表《奥尼尔奇怪插曲的诉讼》,介绍了美国一个女作家认为奥尼尔《奇异的插曲》抄袭了她的著作,因此将奥尼尔告上法庭这一新闻。除了这类短文,30 年代介绍奥尼尔以及研究其作品的文章主要有:1932 年钱歌川在《学艺》第 11 卷第 9 期发表的《奥尼尔的生涯及其艺术》、1932 年黄英在《青年界》第 2 卷第 1 期发表的《奥尼尔的戏剧》、1933 年洪深在《现代出版家》第 10 期发表的《欧尼尔与洪深——一度想象的对话》、1934 年顾仲彝在《现代(上海 1932)》第 5 卷第 6 期发表的《戏剧家奥尼尔》、1935 年 9 月 2 日萧乾在《大公报》(天津版)发表的《奥尼尔及其〈白朗大神〉》、1936 年柳无忌在《文艺》第 3 卷第 3 期发表的《二十世纪的灵魂——评欧尼尔新作〈无穷的岁月〉》、1937 年赵家璧在《文学》第 8 卷第 3 期发表的《友琴·奥尼尔》、1938 年瑞任在《戏剧杂志》第 1 卷第 3 期发表的《观〈早点前〉后》、1939 年巩思文在商务印书馆出版的《现代英美戏剧家》中撰写的《奥尼尔》。

---

① 　古有成. 译后//奥尼尔. 天外. 古有成,译. 上海:商务印书馆,1931:译后 1.

40 年代开始,介绍和研究奥尼尔的文章比前十年在数量上有所下降。据笔者统计,除了译本中译者的前言、序、译后记里对奥尼尔的介绍和评价,与奥尼尔相关的文章主要有:1942 年陈占元发表在《文学译报》第 1 卷第 2 期其翻译的丁蒲里伏(法国)的文章《友金·奥尼尔评传》、1942 年王卫发表在《话剧界》第 7 期《欧美剧人介绍》栏目的《戏剧家奥尼尔》、1943 年徐百益发表在《家庭(上海 1937)》第 10 卷第 2 期的《奥尼尔的〈天边外〉——无不利斋随笔之一》、1944 年李曼瑰在《国际编译》第 2 卷第 1 期和第 2 期连载的《美国剧坛巨星奥尼尔》、1944 年《戏剧时代》第 1 卷第 4 期和第 5 期登载的理查德·沃茨(Richard Watts)的《现代美国剧作家及其作品》、1946 年《文艺时代》第 1 卷第 6 期《文艺界杂录》中的《美现代剧作家奥尼尔》、1947 年《军中娱乐》第 1 期新发表的李古的《美国剧作家奥尼尔》、1947 年徐百益发表在《家庭(上海 1937)》第 14 卷第 1 期的《奥尼尔的〈冰人光临〉》、1947 年顾仲彝发表在《文艺春秋(上海 1944)》第 4 卷第 2 期的《奥尼尔和他的"冰人"》、1947 年赵望之发表在《龙门杂志》第 1 卷第 6 期《文学评论》栏目的《奥尼尔的"锤炼"》、1947 年《新闻资料》第 141 期刊载的《东山再起的美剧作家尤金·奥尼尔传》、1947 年《中央周刊》的《美国艺文志》栏目刊载的由梓英翻译的《美国戏剧家奥尔尼》①、1948 年徐百益发表在《家庭年刊》第 5 期的《读剧随笔——奥尼尔的〈天边外〉》、1949 年《新闻资料》第 206 期刊载的《奥尼尔将名垂千古》。40 年代也有一些介绍奥尼尔作品译本的新闻,如 1948 年《图书展望》第 7 期《新书提要》栏目介绍了奥尼尔两个作品的译本——《安娜·桂丝蒂》(聂淼译)、《人性》(唐绍华译),1947 年《军中娱乐》第 1 期新刊载了奥尼尔的几部著名剧作《天外》《琼斯皇》《安娜克里斯第》《奇异的插曲》的剧照,还有《送冰人来》的排演照和奥尼尔夫妇观看预演的照片。

20 年代渐热的奥尼尔的介绍和评论文章,促成了 30 年代开始的奥尼尔戏剧的翻译热潮。据笔者统计,从 1930 年,第一个被翻译成中文的剧

---

① 文章的题目《美国戏剧家奥尔尼》可能是误印,文章的正文中都是"奥尼尔",且根据生平和著作介绍情况看,就是尤金·奥尼尔。

本——发表在《戏剧》第 2 卷第 1 期由赵如琳翻译的独幕剧《捕鲸》开始，三四十年代一共有 14 个奥尼尔的剧本被译介到中国来，其中独幕剧 8 个。30 年代共出版了 6 个奥尼尔戏剧中译单行本，分别是：1930 年商务印书馆出版、古有成翻译的《加力比斯之月》①，1931 年商务印书馆出版、古有成翻译的《天外》，1931 年中华书局出版、钱歌川翻译的《卡利浦之月》，1936 年中华书局出版、王实味翻译的《奇异的插曲》，1938 年上海剧艺社出版、范方翻译的《早点前》，1939 年长沙商务印书馆出版、并于次年再版的顾仲彝翻译的《天边外》②。其他的译文都出现在文学类和以戏剧为主的期刊中，并且重复翻译的情况较多。这个时期译本最多的是独幕剧 *The Moon of the Caribbees* 和 *Before Breakfast*。除了赵如琳翻译的《捕鲸》，*The Moon of the Caribbees* 是中国读者见到的较早的奥尼尔独幕剧。*The Moon of the Caribbees* 最初由古有成翻译为《加力比斯之月》，收录于商务印书馆 1930 年出版的奥尼尔独幕剧《加力比斯之月》中；1931 年由钱歌川翻译为《卡利浦之月》（英汉对照），该译本于同年连载于《现代文学评论》第 2 卷第 1 期和第 2 期；1934 年由马彦祥译为《卡利比之月》，发表于《文艺月刊》第 6 卷第 1 期。*Before Breakfast* 最早由袁牧之翻译为《早饭前》，发表于 1936 年《中学生》第 66 期；1938 年由范方翻译为《早点前》，由上海剧艺社出版单行本，并于次年收录于光明书局出版、舒湮编的《世界名剧精选》；1943 年由纪云龙译为《没有点心吃的时候》，发表于《中国文艺（北京）》第 8 卷第 6 期。

---

① 该书中共收录了古有成翻译的 7 个奥尼尔的独幕剧——《加力比斯之月》、《航路上》（*Bound East for Cardiff*）、《归不得》（*The Long Voyage Home*）、《战线内》（*In the Zone*）、《油》（*Ile*）、《划十字处》（*Where the Cross Is Made*）、《一条索》（*The Rope*）。

② 该书收录了顾仲彝改译的《天边外》和翻译的《琼斯皇》。其中，《天边外》曾于 1932 年发表在《新月》第 4 卷第 4 期，又于 1934 年刊登在《文艺月刊》第 5 卷第 5 期。《琼斯皇》曾于 1934 年发表在《文学（上海 1933）》第 2 卷第 3 期，注明为"（美）Neill，E.O.（著），洪深（译）、顾仲彝（译）"。但《天边外》经长沙商务印书馆出版时译者的名字却只有顾仲彝，笔者对署名为洪深、顾仲彝的译文与书中《琼斯皇》的译文进行比较，没有发现任何不同。

综观 20 世纪三四十年代的奥尼尔戏剧译介情况，可以发现，这个时期的介绍性文章内容较为单一，而且重复性较大，多数文章都是对奥尼尔的生平和作品内容的介绍，只有极少数文章对作品内容进行评价，还有些文章属于补充性质，是对奥尼尔新闻的相关报道或者对奥尼尔戏剧上演情况的介绍。这个时期的译本特点可以总结如下。

第一，奥尼尔早期创作的独幕剧居多。如前所述，三四十年代一共有 14 个奥尼尔的剧本被译介到中国来，其中独幕剧 8 个。三四十年代奥尼尔的作品单行本较少，绝大多数都发表于期刊，限于篇幅，短小精悍的独幕剧更加适合。

第二，复译现象较多。除了翻译得最多的 *The Moon of the Caribbees* 和 *Before Breakfast*，奥尼尔的名作 *Strange Interlude* 在三四十年代也有三个译本，最早的版本是 1934 年连载于《新垒》第 4 卷第 1—4 期、高倚筠翻译的《奇异的噩梦》；1936 年王实味将其译为《奇异的插曲》，由中华书局以单行本的形式发行；1938 年王思曾将其译为《红粉飘零》，由独立书局发行。另外，*Beyond the Horizon* 和 *Anna Christie* 也分别有两个译本。

第三，译本形式多样。三四十年代的译本中，译者署名有三种类型："改译""译述"和"译"。最早翻译奥尼尔作品的译者之一古有成在不同译本的署名不同，三种类型皆有，如古有成在《加力比斯之月》中的署名为"译述者古有成"；在《天外》中的署名为"古有成译"；在 1931 年连载于《当代文艺》第 1 卷第 2 期和第 3 期的《不同》(*Diff'rent*)中的署名为"古有成改译"。这个时期的译本，有全译本，也有节译本，如 *Strange Interlude* 的两个译本中，王实味的《奇异的插曲》是全译本（共九幕），而王思曾的译本《红粉飘零》只有前五幕。

第四，单行本都有译者的译序或者译后记，介绍原作者奥尼尔的生平和主要著作，介绍译本的主要内容，也有译者对翻译中的难点进行讨论，或介绍自己的翻译方法及翻译中的不足之处。如古有成在《加力比斯之月》的《译后》中谈道，"我译本书时，最感困难的便是因为著者喜用俗语(slang)，尤其是关于咒骂的言辞。不过译者翻译时是很小心的，一个有疑问的字，也检查过，考虑过，然后对准上下的语气，把它写下来。有时也采

用了一点 adapting 的办法,譬如题目就不完全意译"①。又如聂淼在 1948
年上海开明书店发行的《安娜·桂丝蒂》(*Anna Christie*)的《译者序》中谈
道:"奥尼尔所写的戏剧,俚语很多,如果直译,意义毫无,所以我有的地方
是意译,但以忠实于表达原作者的原意为主。"②

第五,译者群体以戏剧创作者或戏剧表演者为主。三四十年代,西方
戏剧的译介在中国达到了高潮,这时期的译者,如田禽所说,"翻译剧本的
人未必是真正研究戏剧者"③。但同期奥尼尔作品的译者中,大多数译者
本身就是戏剧创作者或戏剧表演者,如顾仲彝、洪深、马彦祥、袁昌英、袁
牧之、向培良、聂淼等。

(二)该时期奥尼尔戏剧译介高潮形成的原因

"一个民族的文化对另一民族的文化的接受、借鉴,无不出自自身价
值的实际需要,从而选择与承受影响;甚至他对文化输出者的观照态度、
视角,也随自身需要、特点而调整、转移、变化。"④20 世纪三四十年代奥尼
尔戏剧在中国的译介高潮有着深厚的历史、文化背景。追根溯源,具体可
以归结为:新文化运动对传统戏剧的批判,时代呼唤着新的戏剧类型来满
足知识分子通过戏剧所要表达的政治诉求和社会改革目的;奥尼尔领导
的小剧场运动与商业性戏剧对立,演出不以营利为目的,而为提高戏剧的
质量与揭示生活的本质,为中国"爱美剧"运动提供了借鉴的模式;奥尼尔
的创作手法、作品的内容和主题引起中国读者的共鸣;奥尼尔获得诺贝尔
文学奖的国际名誉,和他在"东方情结"驱使下的中国之行,也使得中国读
者对其产生了浓厚的兴趣。

(1)新文化运动批判传统戏剧,提倡学习西方戏剧,为奥尼尔戏剧的

---

① 古有成. 译后//奥尼尔. 加力比斯之月. 古有成,译. 上海:商务印书馆,1933:译
   后 4.
② 聂淼. 译者序//奥尼尔. 安娜·桂丝蒂. 聂淼,译. 上海:开明书店,1948:译者序
   vi.
③ 田禽. 中国戏剧运动. 重庆:商务印书馆,1944:106.
④ 刘海平,朱栋霖. 中美文化在戏剧中交流——奥尼尔与中国. 南京:南京大学出版
   社,1988:111.

译介提供了接受空间。1915 年,陈独秀在上海创办《青年杂志》(1916 年 9 月起改名为《新青年》),竖起了民主和科学("德先生"和"赛先生")两面旗帜,标志着新文化运动的开始。新文化运动广泛引进西方进步的文化思想,致力于新思想启蒙,以期改良社会、救国救民。以陈独秀、胡适、钱玄同、刘半农、傅斯年等为代表的新文化先锋以文学进化观念为武器,提倡新道德、新文学,反对旧道德、旧文学,对传统文学和文化进行了批判,"旧戏"①就是被批判的内容之一。作为新文化运动一部分的话剧运动在五四运动前已开展起来。1907 年,留日学生组织的"春柳社"话剧演出获得了巨大的成功。辛亥革命后,春柳社部分社员回国,演出了一些改编的剧本,改编剧本的内容大都紧密结合时代主题,反抗民族压迫,揭露社会黑暗,受到热烈的欢迎。辛亥革命失败后,以上海为中心的话剧运动受到挫折,文明新戏出现浓厚的商业化倾向。

　　1917 年至 1918 年,《新青年》发表了一系列文章,批判新剧和传统戏剧。新文化人站在时代的高度上,对旧戏的思想内容进行了否定。而戏曲的社会、教化功能在这一时期得到了重视,陈独秀、柳亚子、李良材、陈佩忍等从资产阶级民主革命的立场出发,认为戏曲小则可以变革风俗人心,大则可以改造社会、挽救国家,要求戏剧必须反映新思想、新道德、新观念。陈独秀曾说:"惟戏曲改良,则可感动全社会,虽聋得见,虽盲可闻,诚改良社会之不二法门也。"②时代呼唤具有新内容、新形式且有利于启蒙的话剧的出现。"在新文化运动中,一个引人瞩目的文艺现象是,新文化运动的先驱们几乎人人都披挂上阵,参与了戏剧改良的讨论,而他们用来改造中国传统戏曲(旧戏)的武器,就是西方戏剧。"③欧阳予倩也说,"中国旧剧,非不可存,惟恶习惯太多,非汰洗净尽不可",而实现这一目的的手

---

① "旧戏"指的是当时占据舞台统治地位的京剧和各种地方戏。
② 陈独秀. 论戏曲//徐中玉. 中国近代文学大系:文学理论集二. 上海:上海书店,1995:620.
③ 周兴杰. 新文化运动与西方戏剧的接受. 燕山大学学报(哲学社会科学版),2009(3):30.

段当"多翻译外国剧本以为模范,然后试行仿制……格式作法,必须认定"。① 胡适认为:"现在中国戏剧有西洋的戏剧可作直接比较参考的材料,若能有人虚心研究,取人之长,补我之短……采用西洋最近百年来继续发达的新观念、新方法、新形式,如此方才可使中国戏剧有改良进步的希望。"②

可见,话剧自进入中国起,便被赋予了沉重的政治、历史使命,当时选取外国话剧的标准是其本身的文学价值和能够产生的社会作用。俄国戏剧翻译家耿济之(笔名济之)曾说:"我翻译剧本的动机不过是根据于文学艺术的赏玩,……所以我选择俄国的剧本认为值得介绍的只有两个标准:(一)剧本的文学艺术的佳妙;(二)剧本内容适合于中国的现社会。"③因此,这段时期,反映现实生活、暴露社会问题的戏剧家的作品逐渐被译介到中国,如莎士比亚、莫里哀、约翰·克里斯托弗·弗里德里希·冯·席勒(Johann Christoph Friedrich von Schiller)、安东·巴甫洛维奇·契诃夫(Anton Pavlovich Chekhov)、萧伯纳(George Bernard Shaw)等,影响最大的是易卜生。中国对西方戏剧的学习和借鉴在这个时期蔚然成风。"据不完整的统计,从一九一七年到一九二四年间,有二十六种报刊和四家出版社发表、出版了翻译的剧作一百七十多部,出于十七个国家的七十多位剧作家之手。"④如此繁盛的译介形式在此后继续发展,到 1937 年前达到了前所未有的盛况,"外国戏剧的翻译也大量地增长,从一九三〇年到一九三七年出版外国戏剧译作二百六十部,较之一九〇八到一九二九年间的一百七十七部高出甚多"⑤。这个时期对西方戏剧的学习达到了高潮,奥尼尔的作品就是在这样的时代背景下被译介到中国的。

(2)奥尼尔领导的小剧场运动,以"爱美剧"对抗商业剧,为中国的"爱

---

① 欧阳予倩. 予之戏剧改良观. 中国新文学大系,1935(1):387-388.
② 胡适. 文学进化观念与戏剧改良//姜义华. 胡适学术文集·新文学运动. 北京:中华书局,1993:80.
③ 济之. 译《黑暗之势力》以后. 戏剧,1921,1(6):1.
④ 马森. 西潮下的中国现代戏剧. 台北:书林出版有限公司,1994:107.
⑤ 马森. 西潮下的中国现代戏剧. 台北:书林出版有限公司,1994:130.

美剧"运动提供了直接的指导作用和借鉴意义。20 世纪初,一批知识分子认识到中国传统戏曲具有的局限性,认为其无法适应现代社会,无法承担启蒙民众的任务,于是开始大力提倡和引进西方的戏剧艺术。中国的"爱美剧"运动就是在这种背景下产生的。这一运动发源于五四文学革命时期,"爱美剧"即"业余戏剧"("爱美"即 Amateur 的音译),是在批判旧戏,批判商业化倾向浓厚、迎合小市民趣味的文明新戏,介绍欧美话剧的基础上发展起来的。"爱美剧"的口号是"以非营业的性质,提倡艺术的新剧为宗旨"①。中国的"爱美剧"运动也是学习西方戏剧改革的产物,当时学习的对象之一便是美国的小剧场运动及其领袖人物——奥尼尔。

小剧场演出最早产生于 19 世纪末 20 世纪初的欧洲,其真正发展成为一场戏剧运动则是在 20 世纪初的美国。小剧场运动是指与商业性戏剧相对立的戏剧改革运动,演出不以营利为目的,反对盛极一时的浪漫主义架构剧与豪华商业演剧,旨在提高戏剧的质量与揭示生活的本质。1911—1919 年,欧洲小剧场演出传入美国,轰轰烈烈的小剧场运动催生了第一位重要的美国本土戏剧家——奥尼尔。

20 世纪 20 年代,尤金·奥尼尔与一批早已享有国际声誉的戏剧大师同时进入中国,比起功成名就的索福克勒斯(Sophocles)、莎士比亚、易卜生、莫里哀、契诃夫、萧伯纳等人,当时仍然年轻的奥尼尔一开始并没有引起中国学界和读者的注意。在新文化运动前后的中国戏剧界,许多进步青年为响应文学革命和戏剧改革的要求,正需要这种以反商业票房控制、追求艺术品位和思想价值为特点的小剧场运动,以实现中国旧剧的革新和新剧文化的建设,因此提倡"爱美剧",组建戏剧研究机构和业余话剧团体,通过办报刊和小型演出推动话剧运动改革。在美国诸多的小剧场中,最著名的有华盛顿广场剧团(Washington Square)和普罗文斯顿剧社(Provinceton Players),奥尼尔参与了这两个剧团的活动,也是普罗文斯顿剧社的领导人之一,这引起了中国剧坛和文学界对他的关注。洪深曾

① 沈后庆,张默瀚. 矫枉过正:从文明戏到"爱美剧"看中国早期话剧商业化纷争. 戏剧艺术,2013(3):95.

指出："现代伟大的戏剧者,有许多是爱美戏剧的出身。如英国的 Shaw,Barker,Drinknater,美国的 O'Neill,Barry 等。他们所写的戏,先在爱美剧场里,试验成功了,有人欢迎了,那营业戏剧者才搬了去演的。至今在职业戏剧方面,还只是他们这几个人所写的戏为有意义,有价值。"①奥尼尔领导的小剧场运动促进了美国各种不同风格戏剧的诞生与发展,奠定了美国戏剧基础,"使美国(戏剧)几乎在一夜之间便赶上了欧洲"②,也为新生的中国戏剧提供了发展方向。张嘉铸在 1929 年《新月》第 1 卷第 11 期发表的文章《沃尼尔》提到了奥尼尔与美国普罗文斯顿小剧场运动的关系。当时还有人指出,"缺少好的剧本、好的演员是影响中国新剧运动发展的重要障碍,最现实的解决方法是学习奥尼尔,先排独幕剧,然后再向长剧发展"③。奥尼尔领导的小剧场运动反对商业性、娱乐性的旧戏剧,与中国戏剧发展的潮流相契合,因而在 20 世纪三四十年代引发了中国学界译介奥尼尔作品的高潮。

(3)奥尼尔的戏剧创作手法受到了国内戏剧界的推崇,其作品主题也引起了当时中国读者的共鸣。尤金·奥尼尔被尊称为"美国戏剧之父",也是世界闻名的悲剧大师。他的创作生涯在 20 世纪的上半叶,这个时期的美国经历了两次世界大战,严重的历史灾难给包括美国在内的世界各国都带来不同程度的影响,人们开始丢掉幻想,面对现实。易卜生的"社会问题剧"也在这个时期传入了美国,奥尼尔在创作的准备期就研读了易卜生的戏剧,深受其现实主义创作手法的影响。因此,奥尼尔的创作针对时代提出的社会问题,致力于挖掘问题的根源,他的作品几乎涉及美国社会的各方面,如政治、经济、社会思想、文化,对这些问题的探讨深刻、尖锐、发人深思;展现了美国社会层出不穷的各种矛盾,如政治腐败、物欲横

---

① 洪深. 从中国的新戏说到话剧——序马彦祥著《戏剧概论》//洪钤. 洪深文抄. 北京:人民文学出版社,2005:97-98.
② 陈渊. 奥尼尔剧作的源流、表现手法及其对美国戏剧的影响//廖可兑. 奥尼尔戏剧研究论文集. 北京:中国戏剧出版社,1988:152.
③ 转引自:刘海平,朱栋霖. 中美文化在戏剧中交流——奥尼尔与中国. 南京:南京大学出版社,1988:4.

流、道德堕落、人们精神信念沦丧等。

20 世纪上半叶的中国,形势动荡混乱,处于一个新旧更替的时代。为了改良社会、救国救民,新文化运动中先进的知识分子致力于新思想启蒙,广泛引进西方进步的文化思想,他们提倡"民主""科学",提倡"新道德""新文学"。他们认为文学可以用于改造社会、促进社会进步,因此大量译介外国文学作品。在对待戏剧的态度上,他们认识到,旧戏是封建文化、封建道德的载体,因此对其从内容到形式都进行了深刻的批判。在这个时期,新文化先锋把西方戏剧作为中国戏剧改革学习的对象,特别推崇反映现实生活、暴露社会问题的写实主义戏剧。欧阳予倩曾说:"欧洲的戏剧有许多的派别,从古典主义以至于表现主义,各有各的一种精神。我们对于这许多派别,应当持怎么一种态度? 却是一个问题。据我的意见,以为现在应当注意从写实主义作起……写实主义戏剧的对社会是直接的,革命的中国用不着藏头露尾虚与委蛇的说话,应当痛痛快快处理一下社会的各种问题……写实主义简单的解释,就是镜中看影般的如实描写。"①写实主义戏剧更被胡适等人认为是西方唯一值得借鉴的戏剧流派。在这种风气下,写实主义戏剧的作家和作品得到了重视和大量的译介,逐渐为中国读者所熟悉,其中最引人注目的便是易卜生和奥尼尔。

20 世纪初期,奥尼尔的作品除了挖掘现实主义题材,还塑造了一系列美国社会底层的小人物,如格兰凯恩号海轮上生活艰苦、漂泊不定的水手;*Beyond the Horizon* 中被命运无情捉弄的农民兄弟;*The Hairy Ape* 中心灵扭曲、身体畸形、苦苦寻求归属感的司炉工;*Anna Christie* 中受尽欺侮凌辱、身心饱受创伤的妓女等。这些人物生活悲惨、命运多舛,被社会所抛弃,没有地位和前途。这些具有感染力的人物获得了 20 世纪三四十年代中国译者和读者的强烈认同感。最早翻译奥尼尔剧作的古有成在《加力比斯之月》的《译后》里说:"我一面译,我一面是和西洋的水手们交游……听听他们从心坎下流出的痛苦的呼声,临终的绝叫,有时不免凄然

---

① 欧阳予倩. 戏剧改革之理论与实际//中国现代文学馆. 欧阳予倩文集. 北京:华夏出版社,2000:338-339.

泪下。"①"尽管奥尼尔作品的内涵极为丰富,但中国学者往往倾向于选择从社会批判的视角去观照、认识奥尼尔的剧作,他们更为注重的是奥尼尔作品的社会意义,特别是他的作品中所反映的社会下层人民的生活与追求。"②

(4)奥尼尔的"东方情结"使中国读者产生亲近之感,其影响较大的国际声誉也使中国读者对其作品产生了期待。奥尼尔出生在一个演员家庭,他的父亲詹姆斯·奥尼尔(James O'Neill)是位著名戏剧演员。在中国文化的旧观念里,演员是社会下层的职业。奥尼尔本人也曾做过配角演员、水手、小职员、无业游民,生活一度落魄、贫困,在此期间,饱尝世态炎凉、人间愁苦。奥尼尔的人生经历也得到了当时中国译介者与读者的共鸣与同情。

奥尼尔本人具有"东方情结",对中国和中国文化也极有兴趣。1928年11月,奥尼尔的匿名访华掀起了国人对奥尼尔关注的一个小高潮。用奥尼尔自己的话说,他的中国之行是为了追寻"遥远和未来的美,书本上深深吸引着我的东方世界的神秘与魅力",为了实践自己的"终生理想"。③奥尼尔在华期间,张嘉铸去旅馆访问过他几次,并于1929年1月在《新月》第1卷第11期发表《沃尼尔》一文,文章开头有当时的编者说明:"沃尼尔(Eugene O'Neill)是美国现代最伟大的戏剧家,新近游历到了上海,张嘉铸先生就到旅馆里访问了几次;又给我们写了这一篇介绍的文字,大[多]④是译自克拉克(Clark),从此我们可以略知沃尼尔的生平。"⑤事实上,张嘉铸在文章中不仅向中国读者详细介绍了奥尼尔的生平和作品,还介绍了奥尼尔作品中的写实主义、象征主义、表现主义、意识流等戏剧观

---

① 古有成. 译后//奥尼尔. 加力比斯之月. 古有成,译. 上海:商务印书馆,1933:译后 5.

② 陈立华. 历史与时代的选择,审美与文化的共鸣——探索尤金·奥尼尔在中国的接受与传播. 英美文学研究论丛,2007(2):237.

③ 转引自:郑柏铭. 尤金·奥尼尔为什么不喜欢上海//罗宾森. 尤金·奥尼尔和东方思想. 郑柏铭,译. 沈阳:辽宁教育出版社,1997:209.

④ 原资料中,"大"字后面的字无法辨认,"多"字为笔者所加。

⑤ 张嘉铸. 沃尼尔. 新月,1929,1(11):1.

念和戏剧技巧。虽然奥尼尔的中国之行表面上看来并没有在中国产生非常大的影响,但张嘉铸的文章以及张嘉铸作为"国剧运动"主将之一后来的活动和创作,直接地提升了奥尼尔在中国的名气,间接地促进了中国现代戏剧对奥尼尔的借鉴和学习。奥尼尔的中国之行足以体现奥尼尔对中国及中国文化的兴趣,也足以让中国读者更加关注这位当时尚且年轻的美国剧作家。

奥尼尔的作品中所体现出来与中国道家文化和东方文化相关的内容也引起了中国读者的共鸣。"1966 年卡彭特的一篇论文将奥尼尔的东方主义进一步描述为他'艺术中最重要、最有特色的方面'。"①奥尼尔戏剧作品中流露出来的东方文化思想,贯穿他创作生涯的始终,不管是在他早期创作的独幕剧,还是后期的多幕剧中,东方文化对奥尼尔的影响表现在他一贯的现实主义思想中,这也影响到了他笔下人物的价值观和人生观。除此以外,他对戏剧创作的想象,创作中象征手法的使用和戏剧情节的构思都受到了东方思想的影响。如果说奥尼尔的早期作品中,东方思想仍显得较为"朦胧",比如神秘而充满魅力的"东方世界"在 *Beyond the Horizon* 中是"遥远而未知的美",在 *The Fountain*(《喷泉》)中则是"东方某个遥远的国度——中国或日本,谁知道叫什么名字——是一个大自然把它与人们隔开来,极其太平的地方"②(笔者译)。奥尼尔在后期作品中越来越明显地将东方文化集中为道家思想,如他在 20 世纪 20 年代创作的以中国为背景的 *Marco Millions*(《马可百万》)、*Lazarus Laughed*(《拉撒路笑了》)等作品中,男女主人公个性的对比正如道家阴阳概念的对比,这些剧作体现出了道家提倡的和平、和谐、抵制异化等思想。奥尼尔在给友人的信中曾写道:"《老子》和《庄子》的神秘主义,要比其他任何东方书籍更使我感兴趣。"③他在 1932 年创作的 *Days Without End*(《无穷的岁月》)中也有这样一段话,"你知道他下一个藏身之处是哪里吗? 竟然是宗

---

① 罗宾森. 尤金·奥尼尔和东方思想. 郑柏铭,译. 沈阳:辽宁教育出版社,1997:2.

② O'Neill, E. *Complete Plays of Eugene O'Neill*(Vol. I). New York: Literary Classics of the Penguin Putnam Inc., 1988:177.

③ 转引自:马祖毅,任荣珍. 汉籍外译史. 武汉:湖北教育出版社,2003:28.

教——但是从他离家出走的路上走得越来越远了——竟然是东方鼓吹失败主义的神秘教。最初吸引他的是中国和老子"①。奥尼尔剧作深具中国道家思想的主题,也拉近了他与中国读者的文化距离。

1936 年,奥尼尔被授予诺贝尔文学奖,授奖词中总结其获奖是由于他剧作中所表现的力量、热忱与深挚的感情——它们完全符合悲剧的原始概念。英明在 1936 年《礼拜六》第 668 期发表了《奥尼尔荣获诺贝尔文学奖金》的文章,首先将奥尼尔获奖的消息传到国内。文中,英明介绍了诺贝尔奖的由来和历届获诺贝尔文学奖的作家,谈到奥尼尔获奖时,他充分肯定了奥尼尔作品的影响力,认为"他的作品不但在美国已获得很高的评价,就是在国际方面也有相当的声誉了",并认为奥尼尔获得诺贝尔文学奖是因为其作品上演后受到了美国、欧洲等地观众的热烈欢迎,"自有其相当的原因,不是侥幸所致"。② 1937 年《东方杂志》第 34 卷第 1 期的《国际新闻》刊载了题为"获得一九三六年诺贝尔文学奖金之美戏剧家奥尼尔"的彩色照片。同年,俞念远于《文学(上海 1933)》第 8 卷第 2 期发表了题为《奥尼尔的生涯及其作品——一九三六年诺贝尔文学奖金的获得者》的文章,对奥尼尔的生涯和作品进行了详细的介绍,并给予了高度的评价,文章结尾写道:"奥尼尔获得这一届的诺贝尔文学奖金之后,当然,在世界剧坛上增加更高的声誉! 那么,他以后的作品的动向,是值得我们的关心吧。"③奥尼尔获得诺奖的名声也是他在中国读者中影响增加的原因。

(三)1936—1949 年译介渐趋衰落

1936 年之后,中国刚开始出现上升势头的奥尼尔研究热渐趋衰落。20 世纪 40 年代前半期,国内面临的迫切问题是抗日救国,拯救民族;后半期又经历了解放战争。当时的中国人面对死亡、鲜血和炮火,常年的战火让文学和艺术也染上了浓烈的硝烟味,读者需要更贴近现实的作品,沉吟

① 博加德. 奥尼尔集:1932—1943(上). 汪义群,等译. 北京:生活·读书·新知三联书店,1995:158.
② 英明. 奥尼尔荣获诺贝尔文学奖金. 礼拜六,1936(668):347.
③ 俞念远. 奥尼尔的生涯及其作品——一九三六年诺贝尔文学奖金的获得者. 文学(上海 1933),1937,8(2):377-378.

人性悲剧、人生哲理的奥尼尔自然逐渐受到了冷落。但在这个阶段中,奥尼尔的戏剧作品译介并没有完全消失,其在中国的文学和戏剧舞台上仍然存在着不可忽视的影响。

1. 1936—1949 年奥尼尔戏剧译介概况

1936 年直至新中国成立前,战火虽然影响了奥尼尔作品的译介,但奥尼尔剧作在中国的译介并没有完全停滞,仍然有其作品的翻译出版,也有一些介绍其生平的文章刊行,其戏剧的改编本也有少量的公演。这个时期翻译出版的奥尼尔的作品单行本共有 8 个,分别是:1936 年中华书局发行、王实味翻译的《奇异的插曲》;1937 年启明书店发行、唐长孺翻译的《明月之夜》;1938 年独立书局发行(1945 年南京独立出版社再版)、王思曾翻译的《红粉飘零》;1938 年上海剧艺社发行、范方翻译的《早点前》;1939 年长沙商务印书馆发行(1940 年再版)、顾仲彝翻译的《天边外》;1948 年上海开明书店发行、聂淼翻译的《安娜·桂丝蒂》;1948 年上海中正书局发行、朱梅隽翻译的《梅农世家》;1949 年晨光出版社发行、荒芜翻译的《悲悼》。除了单行本,奥尼尔的独幕剧也有收录于其他剧集中出版,如:范方译《早点前》收录于舒湮编的《世界名剧精选》,1939 年由光明书局出版;张友之译《划了十字的地方》收录于《世界独幕剧名剧选》,1944 年由重庆大时代书局出版。期刊上发表了 6 篇译文,包括 1936 年《中学生》第 66 期袁牧之翻译的《早饭前》、1936 年《文艺月刊》第 8 卷第 2 期马彦祥翻译的《早餐之前》、1936 年《农村合作月报》第 2 卷第 5 期向培良翻译的《捕鲸船》、1943 年《中国文艺(北京)》第 8 卷第 6 期纪云龙翻译的《没有点心吃的时候》、1949 年《西点》第 34 期朱梅隽翻译《梅农世家》、1949 年《戏剧生活》第 1 期和第 2 期谢文炳翻译的《曼纳的悲哀》。这些译本中,有两个再版的译本:1939 年顾仲彝翻译的《天边外》,包括奥尼尔的两个剧本《天边外》和《琼斯皇》,在 1940 年再版;1938 年独立书局发行、王思曾翻译的《红粉飘零》,1945 年由南京独立出版社再版。这说明这两部剧作当时在中国读者中受到了欢迎。重庆大时代书局出版了张友之翻译的《世界独幕剧名剧选》,其中收录了奥尼尔的《划了十字的地方》,该戏剧选本被列入大时代书局的"世界文艺名著译丛",译丛收录的都是著名剧作家如斯特林堡等的优秀独幕剧,足见当时文学界对奥尼尔作品的推崇程度。值得一提的是,这个阶段除了奥尼尔的戏剧作品,还有一本他的小说也被翻译成了中文,那就是 1947 年中国文化事业社出版、唐绍华翻译的《人性》。

　　除了戏剧作品的翻译,这个时期仍有少量与奥尼尔相关的期刊文章。内容主要分为三类:第一类是奥尼尔本人的照片或者其作品的剧照,如 1947 年《军中娱乐》第 1 期新刊登的《奇异的插曲》《送冰人来》《安娜克里斯第》《琼斯皇》几部剧目的剧照。第二类是介绍奥尼尔生平和作品的文章或书籍,如 1939 年,商务印书馆出版了巩思文的《现代英美戏剧家》,对奥尼尔进行了详细的介绍和研究,书中对奥尼尔的介绍除了"奥尼尔小传"和"奥尼尔的名剧"两个部分,还特别用大篇幅总评奥尼尔的戏剧,评论的角度涉及奥尼尔创作的时代背景、奥尼尔的创作技巧、奥尼尔的地位和影响等。在 20 世纪三四十年代关于奥尼尔的介绍和评论文献中,巩思文的介绍和研究是详细、丰富、多角度的,加深了读者对奥尼尔创作的社会、时代背景的认识,同时也较为全面地从戏剧创作的角度,如奥尼尔戏剧中的独白、对白、假面具等,对奥尼尔的剧作进行了研究。"值得一提的是,长沙成为抗战时期美国剧作家奥尼尔译介的重镇,在战争阻隔了中国人对奥尼尔译介热潮的情况下,长沙的商务印书馆在作品和评论两个方面连续推出专著,为中国奥尼尔译介做出了贡献。"①1949 年《新闻资料》第 206 期刊登了名为《奥尼尔将名垂千古》的通讯,向国人传达了一则消息,即"尤金·奥尼尔是美国作家中最有希望于纪元二千年被视为是'古典'的"②。1944 年,《国际编译》第 2 卷第 1 期和第 2 期连载了李曼瑰编译的《美国剧坛巨星奥尼尔》,用大篇幅对奥尼尔的生平和主要剧作进行了详细的介绍。第三类是对奥尼尔作品的评论,如上文提到的巩思文对奥尼尔作品的评介。除此之外还有如 1948 年《家庭年刊》第 5 期刊登的徐百益的《读剧随笔奥尼尔的〈天边外〉》,在这篇文章中,作者主要从如何实现婚姻和人生理想的角度进行了评论,认为应该谨慎选择婚姻对象,一旦

---

① 　熊辉. 抗战大后方对奥尼尔戏剧的译介. 戏剧文学,2014(2):135.
② 　奥尼尔将名垂千古. 新闻资料,1949(206):2109.

结婚,就应先适应环境再改造环境。

抗战全面爆发时期奥尼尔作品的译介还有一个特殊的现象,就是将翻译过来的戏剧进行中国化改写,放在抗战语境下进行解读和重新阐释。奥尼尔作品的这种存在方式是抗战大后方翻译文学的一种特色,这种方式也使得奥尼尔的戏剧能够继续产生积极的社会影响。

2. 抗战全面爆发大背景的"鼓舞性"与奥尼尔作品的"非实用性"

每个时代都会给此期间的艺术赋予新的主题,文学的政治性更是不容忽视的存在。英国文学批评家特里·伊格尔顿(Terry Eagleton)曾言,"文学理论一直与政治信念和意识形态价值标准密不可分"①。抗战全面爆发后,中国的文学创作受到政治、军事因素的强烈影响,"抗战救亡"这一主流政治话语逐渐成为文坛的主流话语,并逐渐成为文学创作的中心话题。1937年创刊的《抗战戏剧》杂志在第1期刊登了《抗战戏剧的另一使命》一文,其中谈道:"戏剧在平时的使命,可以只是宣传与教育,但在民族抗战的当中,不但要说服民众,教育民众,激发民众的爱国情绪。"②面对满目疮痍的家园和危在旦夕的民族命运,时代呼唤着充满现实性和战斗性的"实用"文学作品。通过戏剧这一种独特的文学艺术样式,"戏剧抗战"作为一种特殊的抗战方式,积极投入到抗日救亡的宣传中去。

"整个抗日时期,戏剧成为文学艺术中成绩最显著、社会影响最广泛的一个部门。"③这个时期,戏剧的创作和翻译都在质和量上有了巨大的进步,推动了中国现代戏剧的发展。据有关学者统计,西方戏剧的译介在抗战全面爆发时期最为集中,"1937—1945年出版改译作品单行本79种,约占总量(110种)的72%。另外还有50种收入30部戏剧集,约占这类总数(68种)的73%"④。在抗战大后方,戏剧的译介更是成绩斐然,例如当时

① 伊格尔顿. 二十世纪西方文学理论. 伍晓明,译. 西安:陕西师范大学出版社,1987:214.
② 抗战戏剧的另一使命. 抗战戏剧(半月刊),1937(1):3.
③ 陈白尘,董健. 中国现代戏剧史稿. 北京:中国戏剧出版社,1989:17.
④ 王建开. 五四以来我国英美文学作品译介史(1919—1949). 上海:上海外语教育出版社,2003:234.

的重庆就是翻译文学的一个重镇。在重庆,"在战时的文学翻译中,影响最大的莫过于戏剧的译介"①,这些戏剧的译介为抗战和我国现代戏剧的发展都做出了重大的贡献。受抗战全面爆发大语境的影响,戏剧创作者的创作选材大多关乎抗日战争或国民的苦难现状,而戏剧翻译者则大多选择具有强烈的反侵略性和不屈的斗争精神的作品来译介或改译。例如,冯亦代翻译的欧内斯特·米勒·海明威(Ernest Miller Hemingway)的剧本《第五纵队》,以马德里保卫战为背景,讲述了西班牙人民抗击纳粹德国的故事;宋之的和陈白尘改译的席勒原著的《威廉·退尔》,则讲述了13世纪瑞士农民无法忍受奥地利的殖民压迫而奋起反抗,最终推翻暴政的故事。这些剧本都具有鲜明的政治目的和浓烈的民族主义色彩,虽然"严格地说,抗战期间引入中国的西方剧本都经过不同程度的改编"②,在当时特殊的历史语境下,戏剧翻译者对原作有局部的改动,有的甚至将原作中的角色和剧情全部中国化,但这些戏剧的译介在客观上为宣传"抗日救亡"进行了有力的宣传,同时,这些"译"与"作"也对中国现代话剧的进步起到了促进作用。

在如此的大背景下,戏剧的社会作用得到了空前的强调。"戏剧协社和你都变了! 就是演剧团体和观众的眼光都换了方向。就因为我们在'九·一八'和'一·二八'以后,在时时听到工商业衰落,农村破产的今日,再没有心情去留意少奶奶的什么扇子了。我们的眼光从绅士和少奶奶的闲情转到中国的怒吼了。"③奥尼尔的戏剧作品的译介在中国受到"冷遇"也就不难理解——抗战历史语境需要更具现实意义、更能对国民救亡图存的信念起到鼓舞作用的作品。

奥尼尔创作的早期作品,题材来源于其青少年时期航海、淘金及各种社会底层的生活阅历,反映出神秘主义和宿命论的思想;其创作中期题材不再囿于海洋生活,而是从不同侧面反映美国现代社会的生活,如种族歧

---

① 廖七一. 抗战时期重庆的戏剧翻译. 外语与外语教学,2013(5):57.
② 廖七一. 抗战时期重庆的戏剧翻译. 外语与外语教学,2013(5):59.
③ 茅盾. 从《怒吼罢,中国!》说起//茅盾. 茅盾全集(第十九卷·中国文论二集). 北京:人民文学出版社,1991:529.

视、性别歧视、物欲横流、精神空虚等,丰富多样的题材再加上作者大胆而
创新的写作手法,成就了奥尼尔闻名世界的剧作,这些剧作也是奥尼尔对
美国现代社会生活中人们空虚的精神、心灵世界的探索和揭露;奥尼尔创
作的晚期作品在题材和手法方面延续了中期的特点,但更加体现出对小
人物命运的关怀和对日常生活的兴趣,作品的情节和冲突都趋于平淡,反
映了生活的本真面目,也对人与人之间的理解、同情和宽恕有了更深刻的
探讨。综观奥尼尔戏剧作品的三个阶段,可以看出,奥尼尔作为一位悲剧
大师,主要描写人性带来的悲剧,这些悲剧放在任何时代或许都具有意
义,不同时代有着不同经历的人或许都能在他的剧作中发现自己的影子,
这也正是奥尼尔戏剧作品具有永久性魅力的原因;但抗战全面爆发时期
的中国,现实残酷而迫切,民族存亡悬于一线,奥尼尔的作品并不能吸引
读者或观众的注意力,因此,这一时期奥尼尔作品的译介与之前的盛况
比,的确相对沉寂。1936 年,马彦祥将根据奥尼尔的 *The Long Voyage
Home* 改编的《还乡》搬上舞台,剧校学生原本计划演出的是苏联作家特列
雅柯夫(Sergey Mikhailovich Tretyakov)的反帝名剧《怒吼吧,中国!》,但
当时的中国国民党中央宣传部以“有碍邦交”为由禁止演出,最后临时换
上四个内容温和的独幕剧,其中包括由马彦祥导演的《还乡》。这也是《还
乡》的首演。这一事件反映了奥尼尔戏剧与政治形势之间的距离,也解释
了在抗战全面爆发时期迫切的政治形势下,奥尼尔戏剧的译介逐渐受到
冷落的原因。袁牧之在 1936 年《中学生》第 66 期发表的奥尼尔独幕剧
《早饭前》的《译者附志》中有言:“然而这篇东西发表于一九一六年,奥尼
尔又不是思想如何前进的一个美国作家,所以剧中的内容在一九三六年
的现在看来,似乎离我们所急需的食粮太过远了。不过奥尼尔虽是个相
当过时的作家,他的作品却也应该介绍一下。”①这段话点明了抗战全面爆
发时期人们对奥尼尔及其作品的认识,相对于抗战大语境,奥尼尔的作品
“过时”,他“又不是思想如何前进的一个美国作家”,但“也应该介绍一
下”。除了与抗战语境需求不符,袁牧之认为,这个时期奥尼尔作品不受

---

① 袁牧之. 译者附志//奥尼尔. 早饭前. 袁牧之,译. 中学生,1936(66):223-224.

欢迎"又因是故他的作品中极多 Slang,甚至满篇全是,也许这是他的作品少得介绍的一个原因"①。在抗战语境下,民族戏剧被重新提倡,外来译剧受阻,这个时期奥尼尔戏剧的翻译与其他作家作品的翻译一样,除了忠实于原文本的翻译,如范方翻译的《早点前》,还有改译和改编。奥尼尔的戏剧作品也在这个特殊的语境中得到了重新解读和阐释,并被打上了鲜明的时代烙印。对奥尼尔作品的改译较为有名的是顾仲彝改译的《天边外》和马彦祥改译的《还乡》,改编较为有名的是洪深根据 *The Emperor Jones* 创作的《赵阎王》,他根据 *Beyond the Horizon* 改编的《遥望》曾于 1941 年在重庆公演。

二、被遗忘的"候补":新中国成立后的 30 年

"自新中国成立以后的 30 年中,我国内地竟然没有翻译、评论、上演过一出他的剧本。奥尼尔的研究工作也几乎处于停顿状态。"②奥尼尔的作品"于 20 世纪 30 年代和 80 年代在中国分别掀起了两次译介高潮,但在1949—1966 这 17 年间却没有任何一部剧作被译入中国"③。而在 1967—1979 年,据笔者的考察,也只有香港的今日世界社出版了两个奥尼尔戏剧的译本。

(一)新中国成立后的 30 年奥尼尔戏剧译介情况概述

清末民初以来,我国文学翻译逐步繁荣,至 1949 年,新中国成立,翻译事业得到了有组织、有规划的发展。1949—1966 年,受当时政治、社会、文化因素的影响,对外国作品的译介方针较为特殊,简言之,翻译作品的选择极大地偏向社会主义苏联和人民民主国家。虽说这期间我国倾向于苏联作品的译介,但对世界各国的文学作品都有翻译,翻译作品的内容共同彰显时代的主题——民主、进步、家园重建。对翻译作品的选择,金人

---

① 袁牧之. 译者附志//奥尼尔. 早饭前. 袁牧之,译. 中学生,1936(66):224.

② 汪义群. 由"奥尼尔热"引起的思考. 戏剧艺术,1988(4):63.

③ 侯靖靖. 17 年间(1949—1966)奥尼尔戏剧在中国译界的"缺席"研究. 东华大学学报(社会科学版),2009(3):191.

曾在《论翻译工作的思想性》里指出两点:"第一,要考虑我国政治与文化环境的需要,翻译哪一种书是最迫切需要的,哪一种是较次需要的,哪一种是现在不需要将来需要的。其次就要考虑一本书的作者,他是哪国人,他是进步的,反动的,还是中间的。最后再把书的内容仔细看一遍,是否合于我们的需要,然后决定是否译出。"①1966—1976 年,我国处于"文革"时期,这段时期的翻译工作在量上呈现了大幅度的下降,公开发行的外国文学翻译出版物几乎消失殆尽,虽然文学翻译并没有完全消失,但是这些翻译的选材都更加谨慎了。

在这样的时代背景之下,奥尼尔的戏剧译本在新中国成立后的 30 年间消失在中国读者的视野中。"在五十年代以来的二十多年中,除了在一份《外国文学参考资料》上偶尔报导奥尼尔遗作出版的消息外,既无新的译本问世,又无新的评论发表,更谈不上上演他的剧作。1961 年出版的《辞海》(试行本)总算给了奥尼尔一席地位。"②

(二)新中国成立后的 30 年奥尼尔戏剧译介缺失的原因

新中国成立后的 30 年奥尼尔戏剧译介的缺失有着深刻的政治、社会、历史原因。从国际形势方面来看,中美两国的关系影响到美国作家作品在中国的译介;从国内形势来看,奥尼尔戏剧作品作为一种个人叙事与当时整个文学的元叙事和公共叙事并不一致。

1.中美关系对美国作家作品译介的影响

新中国成立之初,百废待兴,国内存在种种问题:经济落后、社会风气败坏、通货膨胀严重等。从整个国际环境来看,中国与西方资本主义国家之间矛盾重重,面临着新生政权被颠覆的危险。美国作为资本主义国家阵营的"马首"不仅不承认新中国,还通过侵略朝鲜和越南对中国造成间接的武力打击,中美关系跌入低谷。这种低谷直接导致国人对美国文学和文化的评价极低且带有极重的偏见。如 1951 年,曹靖华在《谈苏联文学》一文中对美国文学进行了极大的贬低,"以美国为首的,日趋愈速的,

---

① 金人. 论翻译工作的思想性. 翻译通报,1951,2(1):9.
② 龙文佩. 奥尼尔在中国. 复旦学报(社会科学版),1988(4):32.

步步滚向坟墓、腐烂到透顶的资本主义的社会,以及拜金主义的美国生活方式,也必然地产生那种腐烂到透顶的美国文学。反映到这些作品里的也不得不是拜金主义、色情狂、变态心理、神经病患者,不得不是崇拜禽兽、歌颂暴力、谋财害命、神秘惊险、恐怖凶残、稀奇古怪、荒诞乖戾、恶俗卑鄙"①。从这段话中可以看出当时国人对美国文化与文学的舆论导向,以及因此对美国文学产生的排斥心理。在这种情况下,美国文学自然不受译者和读者的欢迎。因此,新中国成立后的 30 年中,美国文学的译介呈现出颓势也就不难理解。据《1949—1979 翻译出版外国文学著作目录和提要》②的统计,我国在 1949—1979 年共翻译了 85 个国家 1909 位作家的 5677 种作品,其中苏俄文学 3218 种,占 57.7%,美国文学仅 209 种,占3.7%。在此期间得以译介的美国作品以左翼文学作品为主,马克·吐温(Mark Twain)的译本达到了 27 个,杰克·伦敦的也有 18 个,其他的美国文学作品也主要是反映工人阶级和被压迫人群的生活状况,抨击和揭露资本主义制度的种种弊端。

　　根据谢天振的统计,"文革"期间公开出版发行的美国文学几乎没有,内部发行的美国文学更下降为五种六部,且均为当代美国文学作品。③ 这些文学作品在当时的特殊语境下被重新解读,如"文革"中恢复翻译活动后最早出版的美国文学作品《美国小说两篇》,就将其中一篇的爱情故事称为"一份要美国青年向整个垄断资产阶级投降的号召书"④。在"文革"期间,翻译择取标准的极端化使得美国的文学作品很难进入中国读者的视野。除了这个原因,当时文艺界对样板戏的推崇,也使得其他戏剧种类不能再演出。"文革"时期,"'革命样板戏'的胜利'开创了无产阶级文艺的新纪元';而舶来品话剧则属于腐朽没落的资产阶级以及其他一切剥削

①　曹靖华. 谈苏联文学. 人民文学,1951,4(1):44.
②　中国版本图书馆. 1949—1979 翻译出版外国文学著作目录和提要. 南京:江苏人民出版社,1986.
③　谢天振. 非常时期的非常翻译. 中国比较文学,2009(2):27.
④　司马平. 一份向垄断资产阶级投降的号召书//贝奇,西格尔. 美国小说两篇. 晓路,蔡国荣,译. 上海:上海人民出版社,1974:50.

阶级,即使是西方历史上的经典作品,也被认为不适合当今中国的'革命人民',现当代西方戏剧更是'腐朽下流、毒害和麻痹人民'的东西"①。1972年7月30日,毛泽东在同李炳淑的谈话中提到:"现在剧太少,只有几个京剧,话剧也没有,歌剧也没有。"②由此可见,当时国内几乎没有戏剧创作和外国话剧剧本翻译的需求。

综观新中国成立后的30年,中美关系的紧张影响到美国文学的译介。美国文学的译介从量上不可能大规模地进行,作品内容的选择也是极其严格的。而作品从不涉及政治的奥尼尔和其他不是"进步作家"的美国作家的作品,在这个时期自然被排除在译介对象之外。

2. 奥尼尔作品的"现实主义"与"社会主义现实主义"的差异,以及作品主题的"悲剧性"与"无悲剧"社会风尚的背离

自20世纪20年代以来在中国文艺界和文学界逐渐盛行的"现实主义",在新中国成立之后仍然得到了大力的提倡,但"现实主义"的前面被冠以了"社会主义"四字,其内涵也从而得到了全新的阐释。所谓"社会主义的现实主义,作为苏联文学与苏联文学批评的基本方法,要求艺术家从现实的革命发展中真实地、历史地和具体地去描写现实。同时艺术描写的真实性和历史具体性必须与用社会主义精神从思想上改造和教育劳动人民的任务结合起来"③。也就是说,"现实主义要求作家们真实地表现现实,而在现实主义前面冠以'社会主义',意味着给'真实'赋予阶级或国家意志"④。医此,新中国成立以后的社会主义现实主义是为了激起民众在中国共产党的领导下进行革命和国家建设的热情。戏剧的创作和译介自然也受到了现实主义盛行风气的影响,人们对戏剧的认识也发生了变化,认为"戏剧艺术是一种具有强大威力的思想武器。……戏剧工作为总路

---

① 官宝荣,等. 他山之石——新时期外国戏剧研究及其对中国戏剧的影响. 上海:上海远东出版社,2015:6.

② 转引自:陈晋. 文人毛泽东. 上海:上海人民出版社,1997:613.

③ 曹葆华,等译. 苏联文学艺术问题. 北京:人民文学出版社,1953:13.

④ 戚学英. 作家身份认同与中国当代文学的生成(1949—1966). 武汉:华中师范大学出版社,2013:137.

线而奋斗,就是要求戏剧工作者运用社会主义现实主义方法描写丰富多彩的现实"①。

奥尼尔的作品以写实为主,原因在于,"奥尼尔认为,一个严肃的剧作家的任务是忠于现实,反映现实"②。综观奥尼尔作品的题材,可以看出,其早期的创作主题主要是两类——婚姻家庭和海上生活;中期的作品中体现了多样的创作手法,选材也来源于反映美国社会各阶层的方方面面,但是从大部分作品中可以看出现实主义得到了深化;晚期他更是回归到写实,题材也回归到日常生活和小人物的命运。"所谓写真实,在他看来既是人物性格的真实,也是环境的真实、心理的真实,也包括作者自我感情的真实流露。"③奥尼尔对"真实"的理解虽然宽泛,但却与"社会主义现实主义"的内涵大相径庭。因此,在崇尚"社会主义现实主义"文学作品的新中国成立后的 30 年,奥尼尔的戏剧作品被排除在严格的意识形态审查制度之外。除此之外,奥尼尔具有强烈的现代意识,他曾将象征主义、表现主义、意识流等现代派艺术形式和一些新的、非写实的表现手段运用到其创作中期的戏剧中,开创了自己的独特风格。这与当时文学艺术的僵化和教条是不相容的。而且在当时的中国,现代派艺术被认为是腐朽、反动、没落的艺术。这也使得奥尼尔的戏剧被排除在译介选择之外。

1942 年,毛泽东《在延安文艺座谈会上的讲话》中明确指出,"在现在世界上,一切文化或文学艺术都是属于一定的阶级,属于一定的政治路线的。……因此,党的文艺工作,在党的整个革命工作中的位置,是确定了的,摆好了的;是服从党在一定革命时期内所规定的革命任务的"④。1949年 7 月,中华全国文学艺术工作者代表大会更是把 1942 年毛泽东《在延安文艺座谈会上的讲话》中提出的"文艺为人民服务,首先是为工农兵服

① 张光年. 戏剧工作为总路线而奋斗——在中华全国戏剧工作者协会全国委员会扩大会议上的总结发言//张光年. 戏剧的现实主义问题. 北京:中国戏剧出版社,1957:50-51.
② 汪义群. 奥尼尔研究. 上海:上海外语教育出版社,2006:82.
③ 汪义群. 奥尼尔研究. 上海:上海外语教育出版社,2006:83.
④ 转引自:林青山. 毛泽东哲学思想简论. 济南:山东人民出版社,1983:391-392.

务"的方针,确定为今后全国文艺运动的总方向。在这一思想的指导下,我国制定了"文艺为人民服务"和"推陈出新"的文艺方针,文学、电影、戏曲、曲艺等文艺作品应反映和宣传积极向上、朝气蓬勃的社会风尚。虽然新中国成立后的 30 年里,因为政治形势的变化,戏剧的发展也是一波三折,但是总的来说,在这个时期,戏剧都在宣扬美好,批判丑恶,塑造的人物也都是英雄式的"高大完美",无论是历史剧还是现实生活剧,都崇尚正义最终战胜邪恶。当时的观点还认为,只有旧社会旧中国才会造成人的悲剧,而新中国的人们都会过上新生活,会走向更美好的明天,新中国是"无悲剧"的。因此,无论是创作还是翻译,在当时的戏剧界,悲剧都是不受欢迎的。

奥尼尔在 30 多年的创作生涯中,写下了 50 多篇剧作,其中大多数是悲剧,他也因此成为公认的现代悲剧大师。在创作初期,奥尼尔受宿命论的影响,在其海洋剧中将大海比作神秘的力量,主人公在不断探寻的过程中,去追寻大自然的奥秘,追寻这种让人类产生恐惧的力量,这种力量,或许是上帝,或许是命运。而在其早期的悲剧作品中,人与大海抗争,往往是以卵击石,始终无法摆脱早已注定的悲惨结局。虽然奥尼尔在一些作品中表现出面对神秘力量的矛盾态度,比如大海虽如命运对人类般残酷,但人却不仅不能离开大海,还要在其中寻求希望。但总体而言,奥尼尔早期剧作中反映出来造成人类悲剧的一个重要方面就是命运。在创作中期,奥尼尔开始脱离现实主义的西方戏剧传统,写作各种实验悲剧,如他的表现主义悲剧、心理探索悲剧和信仰探索悲剧等,从多个角度对人生悲剧的原因进行了探索。比如在心理悲剧的作品中,奥尼尔对剧中人物进行心理探寻和精神分析,对人性进行深刻的剖析;而在信仰悲剧中,奥尼尔探讨了物质与精神这对矛盾,试图揭示被物质和功利蒙蔽的人性的本真,并尝试寻找新的信仰以填补人思想的荒芜。奥尼尔的晚期悲剧逐渐淡化了对人物内心的分析,也减少了对神秘力量的探究,回到了现实世界,通过描写日常生活、家庭婚姻和小人物,试图从社会环境中探寻造成人类悲剧的根源。奥尼尔认为,"现实主义这个词在舞台上已经用得太滥。其实大部分所谓现实主义的剧本反映的只是事物的表面,而真正的现实主义的作品所反映的是人物的灵魂,它决定一个人物只能是他,而不可能是别人"①。综观奥尼尔整个悲剧创作生涯,"他所描写的大都是一些为运命所播弄的苦人们。无论怎样奋斗,都不能战胜运命的威压的,那些永远沉沦在痛苦中的人——为自然,文明,情欲等所战败而毁灭的人——便是他所最爱用的题材"②。无论是哪种类型的悲剧,都与新中国成立后的 30 年所提倡的文艺和社会风尚格格不入,尤其是在当时反对宿命论和唯心主义思想的风气中,他的戏剧并不受欢迎。1961 年中华书局出版的《辞海》(试行本)对奥尼尔作品的评价为:"在一定程度上反映了美国资产阶级社会中的各种问题,如谋杀、贫穷、金钱势力、种族偏见等,但作品中充满悲观绝望情绪,具有浓厚的颓废倾向。"③在极左意识形态的有色眼镜下,奥尼尔的戏剧自然被排除在译介对象的范围之外。

三、重新登场的"名角":20 世纪八九十年代

改革开放以后,外国文学的译介冲破了之前极左的意识形态束缚,逐渐复苏,呈现出繁盛的局面。这个时期译介文学的国别增多,作品的内容更加丰富,开始以文学性和审美价值作为审查作品的标准。很多优秀的外国古典和现代著作都得到了重视,一批被时代遗忘的外国作家也通过翻译作品重新回到了中国读者的视野中,奥尼尔就是其中之一。1979 年,赵澧于在《戏剧学习》第 4 期发表文章《美国现代戏剧家——尤金·奥尼尔》,奥尼尔的名字终于回到了阔别 30 年的中国读者和学界的视野中,中国在 20 世纪八九十年代出现了第二个奥尼尔译介和研究的高潮。奥尼尔剧本的优秀译作不断涌现,对奥尼尔其人及其作品的研究也更加深入和全面。

(一)20 世纪八九十年代奥尼尔戏剧译介的新浪潮

20 世纪八九十年代,是外国文学在中国译介复苏和逐渐繁荣的时期,

① 奥尼尔. 奥尼尔文集(第六卷). 北京:人民文学出版社,2006:235.
② 钱歌川. 奥尼尔评传//奥尼尔. 卡利浦之月. 钱歌川,译. 上海:中华书局,1935:15.
③ 转引自:龙文佩. 奥尼尔在中国. 复旦学报(社会科学版),1988(4):32.

也是奥尼尔的剧作在中国译介的第二个高潮期。这个时期与三四十年代的第一次高潮期相比,无论是"译"还是"介"都呈现出不同的特点。首先,"译"的方面:从量上看,据笔者的统计,这个时期的奥尼尔戏剧作品译本有近 30 个,其中还包括成规模、成系列的译作;从质上看,这个时期的翻译作品误译漏译现象很少,也没有改译和改编等现象。其次,"介"的方面:这个时期的"介"更准确地讲,应该用"研究"一词。在八九十年代,学界对奥尼尔其人和其作品不再局限于简单的介绍,文学研究者和戏剧研究者从多角度开展全方位的研究,对奥尼尔的戏剧作品进行了深刻、丰富的解读,极大地推进了奥尼尔戏剧研究在中国的发展。

1. 成规模的全面"译"与多角度的深刻"介"

八九十年代,翻译文学选取的国别增加,文学样式增多,文学作品的主题也是"高雅"与"通俗"共存;文学翻译这一行为逐渐凸显出与前一个时期不同的特点,比如,对译文质量的要求更高,对不同文体翻译特征的把握更恰当。这个时期,文学翻译出版方面的特点有"外国文学翻译的丛书化、系列化"和"外国文学经典作家文集、全集的编辑出版"。① 这个时期奥尼尔戏剧作品的译介受到时代文艺政策的影响,也开始活跃起来。综观这个时期奥尼尔戏剧作品的译介,可以发现其主要特点为"译"的全面和"介"的深刻。

首先,成规模、成系列的奥尼尔戏剧译作出现。新中国成立前,对奥尼尔作品的译介主要集中在他的独幕剧和影响较大的早期作品上;20 世纪六七十年代,奥尼尔在香港发行的两部译作选取的是奥尼尔晚期的两部有名作品;20 世纪八九十年代以后,奥尼尔的戏剧作品几乎全部被陆续翻译成中文,*Beyond the Horizon*、*The Emperor Jones* 等经典剧目还出现了几个版本的复译。除了戏剧,奥尼尔的小说、散文和戏剧理论也被翻译成中文。顺应这个时期外国文学的"丛书化"和"系列化"特点,奥尼尔戏剧翻译作品也成规模、成系列地出现。其中,影响较大的版本如下。

① 查明建,谢天振. 中国 20 世纪外国文学翻译史(下卷). 武汉:湖北教育出版社,2007:773-777.

1984 年,漓江出版社出版的《天边外》,收录了荒芜译《天边外》、汪义群译《上帝的女儿都有翅膀》和《进入黑夜的漫长岁月》、茅百玉译《琼斯皇》。

1988 年,中国戏剧出版社出版的《外国当代剧作选(1)》,收录了龙文佩和王德明译《送冰的人来了》、张廷深译《进入黑夜的漫长旅程》、刘海平译《休伊》、郭继德译《诗人的气质》、梅绍武和屠珍译《月照不幸人》。

1995 年,北京生活·读书·新知三联书店出版的《奥尼尔集:1932—1943》(上、下),收录了汪义群重译的《啊,荒野!》《无穷的岁月》和《长日人夜行》、梅绍武和屠珍重译的《诗人的气质》《更庄严的大厦》和《月照不幸人》、龙文佩和王德明重译的《送冰的人来了》、申慧辉重译的《休吉》。除戏剧作品外,还收录了申慧辉翻译的奥尼尔的小说《明天》。

20 世纪 80 年代对外国文学的译介弥补了新中国成立后的 30 年的译介缺失,外国文学期刊上也出现了大量的西方当代文学作品。因此,除了上文列举的规模较大的译本,奥尼尔的剧作,作为新中国成立后的 30 年中译介缺失的对象,在 20 世纪 80 年代得到了翻译界的重视,大部分奥尼尔戏剧作品也都刊登在相关的文学期刊上。这个时期文学期刊上发表的奥尼尔剧作主要有:1980 年复旦大学外国文学研究室《外国文学》发表的龙文佩译《东航卡迪夫》、刘宪之译《琼斯皇》和白野译《天边外》;1981 年《外国文学》第 4 期发表的李品伟译《榆树下的欲望》;1982 年《外国文艺》第 1 期发表的鹿金译《大神布朗》;1983 年《美国文学丛刊》第 1 期发表的张廷深译《日长路远夜深沉》、權畲译《早餐之前》和郭继德译《诗人的气质》;1987 年《当代外国文学》第 2 期发表的刘海平译《休伊》和《马克百万》;1989 年《戏剧》第 4 期发表的张冲译《回归海区的平静》。

其次,在八九十年代,随着奥尼尔戏剧作品译本的不断丰富,对奥尼尔其人及其作品的研究也急剧增多,对奥尼尔作品的研究在研究方法、研究视角方面也有了实质性的进步。与三四十年代对奥尼尔其人与其作品的研究相比,八九十年代的研究文章不仅在数量上猛增,研究的角度更加丰富,研究的深度也更加深刻。根据陈立华的统计,新中国成立前(1920—1949),研究奥尼尔的文章仅有 32 篇;新中国成立后的 30 年,对于奥尼尔的研究几乎销声匿迹;八九十年代相关研究文章数量突飞猛进。除了研究文章,国内学者还翻译和撰写了一系列奥尼尔研究的专著。有的研究者选用西方文论,从不同角度,如精神分析、女性主义、后殖民主义、结构主义、生态批评、伦理批评等,对奥尼尔的戏剧加以阐释;有的研究者从戏剧、哲学、美学、语言学等视角对奥尼尔的作品进行深度探析。①

2.译本普遍采取的翻译策略和共同特征

从整体来看,八九十年代奥尼尔戏剧作品的译本,普遍采取归化的翻译策略,译本质量较高,不再有粗制滥译的现象存在。译本中的人物语言更能体现戏剧语言"口语化""个性化"的特征,因此,在普遍将语言高雅化的同时,这个时期的译本更具有一定的"通俗性"。

译者选取何种翻译策略,受很多因素的影响,通过翻译文学在译入国文学系统中占据的地位能够看出一些端倪。根据伊塔玛·埃文-佐哈尔(Itama Even-Zohar)提出的多元系统理论,一个民族的文学文化的地位决定了翻译文学在文学多元系统内的地位,或起"主要作用"(primary position),或起"次要作用"(secondary position)。从文学史上看,翻译文学的文化地位在很大程度上影响了译者的翻译决策。当翻译文学在文学多元系统内处于主要地位时,译者们会努力使自己的译文接近原文的形式,展示译文的"充分性"。而当翻译文学在特定的多元系统内处于次要地位时,译者采取的翻译策略更为保守,在翻译过程中展现的是译文的"可接受性"。换言之,若翻译文学在一个文学多元系统处于主要地位,译者往往采取异化翻译策略(foreignizing translation);反之,译者则多采取归化翻译策略(domesticating translation)。

话剧于 20 世纪初自欧美传入中国,逐渐流传开来,并进入主流文化,成为中国现代戏剧重要的组成部分。一般认为,最早翻译到中国的话剧是 1908 年巴黎万国美术研究社出版的李石曾译《夜未央》和《鸣不平》。

---

① 陈立华. 谁的鼓声穿透了时空——追溯尤金·奥尼尔在中国内地的传播与接受//谢群,陈立华. 当代美国戏剧研究:第 14 届全国美国戏剧研讨会论文集. 北京:北京理工大学出版社,2010:17-18.

此后,翻译剧本不断出现,很多名人如马君武、梁启超,都曾翻译过西方的话剧,但当时剧本的翻译量较小。外国戏剧大规模的译介始于五四运动时期,宣扬"新文化"的知识分子提倡"文学革命"和"戏曲改良",他们注意到来自欧洲的这种完全异于传统旧戏的戏剧样式,开始有意识地译介外国戏剧。从译介的范围来看,以"五四"为起点,"翻译介绍外国戏剧之举日盛,几乎涉及所有国家、所有流派的作家和作品"①。从译介的量来看,据夏岚统计,截止到 1937 年 7 月,共计有 657 种外国剧本被翻译成中文②。另据有关学者统计,西方戏剧的译介在抗战全面爆发时期最为集中,"1937—1945 年出版改译作品单行本 79 种,约占总量(110 种)的72%。另外还有 50 种收入 30 部戏剧集,约占这类总数(68 种)的73%"③。这些数据说明,新中国成立前,外国戏剧的翻译量是远胜于国内剧作家的创作量的,且国内剧作家有相当一部分剧作是由外国剧作"改译"或"改编"而来。翻译戏剧在戏剧文学这个系统中占据了主要地位,从这个角度出发,可以解释新中国成立前大多数戏剧翻译者的翻译策略,正如田禽所说:"翻译剧本的人未必是真正研究戏剧者,所以他们只抱着介绍文艺作品的心理,[是]坚持着'直译'的理论工作者。"④除此之外,这个时期译者对外国戏剧文本的选择强调的是文学价值和社会作用,因此,翻译者对剧本是否能够搬演并不关心。三四十年代奥尼尔戏剧的译作也不例外,古有成等非从事戏剧工作的译者,他们的翻译更多以阅读而非演出为目的,因此大多采取直译的翻译策略。

八九十年代奥尼尔译作的普遍"口语化"与"通俗化",原因有二。

第一,译作与译者对戏剧翻译特点的认识是分不开的。这一时期奥尼尔戏剧翻译最大的特点是大多数译者也是奥尼尔的研究者,因此,对奥尼尔作品和戏剧的特点认识深刻,龙文佩、荒芜、汪义群、欧阳基、郭继德

① 夏岚. 中国三十年代舞台翻译剧现象之我见. 戏剧艺术,1999(6):61.
② 夏岚. 中国三十年代舞台翻译剧现象之我见. 戏剧艺术,1999(6):62.
③ 王建开. 五四以来我国英美文学作品译介史(1919—1949). 上海:上海外语教育出版社,2003:234.
④ 田禽. 中国戏剧运动. 重庆:商务印书馆,1944:106.

等都曾发表论文,从各个角度对奥尼尔的作品进行研究和阐释,还撰文阐发翻译体会。如汪义群曾撰文,以奥尼尔戏剧作品为例,探讨美国现代戏剧作品中非规范语言现象,认为"戏剧作品的语言有一个很重要的特点。一方面,它是剧作家以书面形式发表的文学语言;另一方面,它又带有极其浓厚的口语色彩"[①]。因此,"戏剧作品和其他体裁的文学作品相比,在语言的运用上就显得更为随便,更缺乏规范性"[②]。译者对戏剧语言"口语化"的认识,也使得他们的译作语言更加"口语化"。

第二,这一时期,翻译戏剧的数量虽然比前一个阶段有大的增加,但总体情况并不算繁盛,因而在文学系统中处于次要地位。特别是进入 90 年代以后,市场经济日益发展,大众文化逐步兴起,在政治和经济的双重影响下,话剧面临生存危机,至今仍没有摆脱困境。话剧的创作和翻译也因此进入低迷期,尤其是翻译话剧,其在文学系统中的次要地位日益明显。根据何辉斌的统计,"1977—1992 年,[我国]共出版了 1280 部作品。按理说,出版物是逐年增加的,但在 1980—1983 年出现了高峰期之后,外国戏剧的曲线在这个时段总体上是下降的。1993—2010 年出版了 2057 部外国戏剧。虽说 1999 年和 2005 年出现了两个高峰,但总体情况不算景气"[③]。根据多元系统理论的假设,对于在文学系统中处于次要地位的翻译戏剧,译者多采用归化策略,而这个阶段的奥尼尔戏剧译本正好突显了这一特征,更加"通俗化",更接近译文读者的阅读习惯和审美偏好。

(二)新一轮译介浪潮形成的原因

这一时期出现的"奥尼尔译介热"并非"否极泰来"或大众兴趣的偶然转移,这与新时期国内的政治、文化形势的变化是分不开的,除此之外,奥尼尔戏剧艺术的持久魅力也是其再次吸引中国读者的重要因素。

1. 美国文学的"解冻"与文艺政策的"开放"

1979 年 1 月 1 日,中美两国正式建交,之后,两国在政治、军事、经济、

---

① 汪义群. 美国现代戏剧作品中非规范语言现象初探. 外语教学, 1983(4):32.
② 汪义群. 美国现代戏剧作品中非规范语言现象初探. 外语教学, 1983(4):32.
③ 何辉斌. 新中国外国戏剧翻译与评论的量化研究. 文化艺术研究, 2014(4):113.

文化等领域的合作逐渐深入。政治与时代的影响逐渐反映到社会文化的各个方面,中国的文学与翻译文学随之进入了"解冻"时期,许多在新中国成立后的 30 年中被挡在审查制度之外的国家的文学作品,都从这个时期开始陆续被译介到中国,形成了中国翻译史上的第三次翻译高潮,至今方兴未艾。

美国文学在中国的译介在整个 20 世纪几经沉浮。1901 年林纾、魏易翻译了《黑奴吁天录》,自此,美国文学开始引起中国读者的关注。中国在 20 世纪的坎坷经历,使得外国文学的译介一直带着沉重的历史使命,并深受政治、历史因素的影响。因此,美国文学在新中国成立前的译介虽然在各阶段呈现不同的特点,但整体而言,都是根据国内形势的需要而加以选择性的译介。新中国成立后的 30 年里,由于中美紧张的政治关系,美国现当代文学被认为是"腐朽、没落"的资产阶级文学而受到批判。受严格的意识形态审查制度的影响,这个阶段的美国文学作品译介主要选取的是沃尔特·惠特曼(Walt Whitman)、马克·吐温、杰克·伦敦、欧·亨利(O. Henry)等美国"进步作家"的作品。中美于 70 年代初恢复交往后,中国对美国文学、文化的敌视逐渐减弱。1978 年 11 月,外国文学翻译界在广州召开全国外国文学研究工作规划会议,这次大会重新评价了西方现当代的文学作品,制定了适合新的历史时期的翻译政策,确定了研究和介绍现当代外国文学新成果和新思潮的重要使命,自此,美国现当代文学在中国的译介渐渐"复苏"。1985 年后,美国文学的译介量逐渐超越英国,随着美国文化在世界范围内的强势地位日益突显,美国文学占我国翻译文学的比重逐渐超越了其他国家。据统计,1977—2008 年,美国文学译作、论著达 5800 多种①。美国文学的译介在新时期逐渐成为外国文学中的绝对主流,译介态势盛况空前。在这样的背景下,奥尼尔作为美国当代最著名的剧作家,其戏剧作品自然再次受到瞩目,受到译介者的青睐。

1976 年"文革"结束后,整个中国社会发展出现了重要转折,文艺政策

---

① 孙致礼,孙会军,等. 中国的英美文学翻译:1949—2008. 南京:译林出版社,2009:220.

也面临重大的调整。总的来说,新中国成立后的 30 年里,在文艺领域占统治地位的"一元化"的发展格局强调文艺的政治倾向,从而使得文艺的审美和娱乐性受到了忽略。在对待外国文艺的态度上,这种格局体现出了囫囵的批判性和唯我独尊的封闭性、排他性。80 年代初的文艺政策在对前一时期进行拨乱反正的基础上,开始反思这种一元化发展格局带来的负面影响。1979 年,邓小平在全国第四次文代会的发言中,提到了"百花齐放""洋为中用",为新时期的文艺方针确定了大的方向。"可以说,正是呼吸着改革开放的新鲜空气,伴随着思想解放的精神氛围,新时期文艺理论研究一反其在前一个时期养成的封闭性格局而走向了开放性的发展。"①新时期文艺政策的开放性首先体现在对待外国文艺的态度上,这个时期产生了了解、引进和借鉴国外文艺理论的极大热情。这一切都促进了翻译事业的发展,文学翻译和其他各类翻译在这个阶段都在质和量上有了巨大的提升。

2. 戏剧危机造成的对西方戏剧的再度渴求

20 世纪初,西方戏剧进入中国,为中国的戏剧改良运动提供了借鉴和努力的方向,促使中国传统戏剧向现代戏剧转型。中国现代戏剧经历了抗战全面爆发时期的大发展,也经历了在新中国成立后的 30 年中被片面地视为政治宣传工具而受到的极大束缚。尤其是"文革"期间,外国戏剧越来越被边缘化,外国戏剧的译介、研究以及中国本土戏剧的创作都遭到了极大的打压和破坏。到 70 年代末 80 年代初,中国的现代剧创作严重落后于时代,脱离了观众,戏剧观念陈旧,戏剧体制也亟待革新。

中国戏剧的发展面临着真正的"危机",为了应对经济发展和大众文化兴起所带来的"生存危机",以及重新实现中国戏剧创作现代性的"创作危机",有识之士再次将目光投向西方戏剧。于是,第二次西方戏剧译介热潮出现了,西方的各种人文、艺术、哲学思潮的译介,为中国戏剧的发展做出了巨大的贡献。董健认为,"五四"前后发生在中国戏剧界的第一次"西潮",促成了中国戏剧从古典时期向现代时期转变;改革开放后的第二

---

① 谭好哲. 论新时期文艺理论的开放性特征. 理论学刊,2008(8):119.

次"西潮"则形成了中国戏剧开放性和多元性的格局,结束了单一的写实主义的统治,把中国戏剧的现代化推向了一个新的历史时期。① 西方戏剧的大量译介和研究,以及中西戏剧的交流,不仅使人们的思想认识有了提高,也使得中国戏剧创作者开始从西方戏剧中学习创作方法,以改变被陈旧、僵化的观念束缚的创作思路和严重落后于其他国家的写作手法。80年代中期,外国戏剧的译介到了繁荣阶段,20 世纪重要的戏剧流派与戏剧家的作品都或多或少得到了译介,对中国戏剧界产生了巨大的影响。进入 90 年代,特别是新世纪以后,外国戏剧的翻译再度进入低迷期,原因主要在于:1992 年,中国加入了《世界版权公约》,中国译者不能再任意翻译外国文学作品;90 年代中期以来,中国戏剧受到商业因素的冲击,对外国戏剧的需求已转为以赢取商业利润为导向,译介对象的范围大大缩小;另外,这个时期,大众文化兴起,人们的价值观念、生活方式等都发生了深刻的变化,造成了戏剧市场冷清的局面,在客观上影响了外国戏剧作品的需求量。

奥尼尔戏剧在八九十年代的译介与中国戏剧界对外国戏剧的需求是分不开的,奥尼尔的创作很大程度上受到他所处的时代和社会思潮的影响,他的作品力图真实反映社会与人生,他早期和晚期的作品都追求写实,在创作中期却实践了一系列创新而非写实的表现手段,形成了新颖的独创形式。这些都使得奥尼尔的剧作成为这一时期戏剧创作学习的对象。1983 年湖南人民出版社出版的奥尼尔戏剧译作《漫长的旅程、榆树下的恋情》的《编者的开场白》中谈道:"他[奥尼尔]的表现方法是富于想象力的。在西方现代剧坛上,他是对技巧最锲而不舍的尝试者。他的这种尝试精神,给美国戏剧界留下了不可磨灭的印记。对我们,在艺术上,也确有可供借鉴之处。"②因此,80 年代,奥尼尔戏剧的部分译本在文学、戏剧期刊上大量出现,而且八九十年代的高潮期并没有因进入新世纪而低

---

① 董健. 论中国现代戏剧"两度西潮"的同与异. 戏剧艺术,1994(2):9.
② 湖南人民出版社译文编辑室. 编者的开场白//奥尼尔. 漫长的旅程、榆树下的恋情. 欧阳基,等译. 长沙:湖南人民出版社,1983:3.

落,相反,新世纪既有成套的奥尼尔作品译介,也不断有单行本出现,复译现象从未中断。

3.奥尼尔戏剧持久的文学魅力

八九十年代,奥尼尔的剧作仍对中国读者和观众有着巨大的吸引力,主要原因有二:一是奥尼尔戏剧探讨话题的永恒性;二是奥尼尔高超的戏剧创作艺术。

奥尼尔自创作之初,就与当时的商业性戏剧进行了较量,他的作品是严肃的,一贯执着地探索人生的意义,力图引起人们的强烈共鸣。从他的剧作中,读者可以读出他所处的时代特色和社会思潮,也可以读出永恒的话题——精神世界和物质世界的冲突,悲观主义和理想主义的对峙,人心和人性是造成人悲剧的根源。奥尼尔的戏剧关注现代社会中的人,特别是那些社会底层的小人物的处境和命运,他力图通过剧作中人物的"悲剧"来探索造成这些悲剧的根源,这些悲剧有的看似是精神世界与物质世界的冲突导致的,有的看似是悲观主义战胜理想主义造成的,但究其根源,造成人悲剧的是一种神秘的力量,这种神秘的力量可能是命运(奥尼尔早期受希腊悲剧的影响,认为命运和上帝是人生活背后的不可抗力),也有可能是人的感情和人性的弱点(在奥尼尔中期和晚期的创作中更多体现)。奥尼尔的戏剧反映出现代美国人经历了两次世界大战和其间的经济危机所呈现的痛苦精神状态和可悲的处境,成为这一代美国人心路历程的记录,但这些记录实则是全世界现代化进程中人人都可能面对的问题,奥尼尔的戏剧表现出物质和科学不能给人带来精神的力量,精神上的信仰才能最终让人走出悲剧的困境。而这些正是使得奥尼尔戏剧能产生持久的魅力,不同时代、不同文化的读者都能从剧中人物身上发现自己的影子的原因。因此,奥尼尔的戏剧在当时的中国并没有"过时",相反,剧中关于人生、人性、情感、命运的探讨,给处于政治、经济、文化转型时期的中国读者以巨大的启发和力量。

奥尼尔对美国及世界剧坛做出的贡献是巨大的,他高超的戏剧创作艺术也是举世公认的。奥尼尔在戏剧创作上是一位不懈的实验者和革新者。在其戏剧创作生涯的开端,奥尼尔就与当时美国盛行的供人们消遣的商业剧进行斗争。在奥尼尔看来,一个严肃的剧作家笔下的人物要忠于现实,反映现实,因此,他关注的对象是人和人的精神世界,他的作品以现实人生为出发点,探讨人的欲望、情感和追求,而这也是他的戏剧与商业剧最根本的区别。奥尼尔从写作现实出发,在戏剧创作道路上不断地探索,在其创作中期进行了大量的戏剧实验,广泛借鉴了现代戏剧各种流派的表现手法,如自然主义、象征主义、表现主义、意识流,"几乎尝试了现代戏剧中的一切流派,他甚至将古希腊、英国伊丽莎白时代的一些已被人们所抛弃的手法重新捡起,化腐朽为神奇,赋予其新的生命"①。经过这些大胆的探索和实验,奥尼尔吸取对他有用的创作手法,在后期剧作中再次回归到写实,形成了新的现实主义风格,对人生的根本性问题有了更深刻的洞察。奥尼尔擅长对人物心理的刻画,他高超的创作艺术和不断革新、勇于实践的精神,值得戏剧界学习和研究。

---

① 汪义群. 奥尼尔研究. 上海:上海外语教育出版社,2006:76.

第二章　奥尼尔戏剧的汉译本

——作为文化文本的翻译

　　翻译是一项跨文化的交流活动,是文化传播和异质文化交流的主要手段。翻译在一定的文化环境中进行,也在不同的语言之间进行文化因素的碰撞。因此,译本的文化性是无法否认的。20世纪奥尼尔戏剧的汉译本蕴含着丰富的文化信息,不同时期的译者受到不同历史、社会、政治因素的影响,采取了不同的翻译策略,对文化因素的传递也产生了不同的效果。本章在肯定奥尼尔戏剧汉译本文化性的基础上,对在20世纪奥尼尔戏剧的两个翻译阶段中,译者对待文化因素不同的态度和所采取的多样的翻译方法进行探讨。

第一节　文化文本的界定与奥尼尔戏剧文本的文化性

　　文字从来就只是文本的一部分,而文化从来就是文本的本质属性。从文字文本到文化文本的转变,是文学研究和翻译研究得到丰富和升华的过程。戏剧文本中的文字需要演出来对其进行再阐释,因此,兼具文学性和表演性的戏剧文本蕴含着更为丰富的文化信息。

　　"文本"一直以来都游走在语言与文化之间。20世纪中期以前,西方传统的文本概念皆与文学作品相联系,研究者将目光局限在文学文本的研究中,探究"作者"或者"语言形式"等问题,"文本"成为文学理论和语言学研究的核心概念,而文化的整个维度则被排除在文本研究之外。随着西方文论及文化研究的发展,文本研究从这种封闭状态中解放出来,变得更加开放,各种各样的符号文化进入了文本研究的视野,研究者更加关注文本世界的呈现方式,关注人类在文化文本下的生存和发展。从广义上说,任何文本都是在一定的文化中生成的,语言是文化的重要组成部分和载体,文本以不同的语言形式、组织形式和表现形式体现着文化,甚至可以说,任何文本都是"文化文本"。

文化与语言密切的联系决定了文化与翻译的关系,因为翻译是一种跨文化的交际行为。文化对翻译的影响可以从两个层面进行——宏观层面和微观层面。宏观层面的研究是观察翻译过程中两种不同的文化是如何结合、如何相互影响和制约的,从翻译研究的角度看,是讨论"外部"因素对翻译活动的影响。微观层面的研究主要关注在具体的翻译过程中,译者是如何克服文化障碍,如何处理体现在语言上的文化信息,如蕴含文化意义的句和带有民族色彩的词,以达到交际目的;语言形式和文化词句从微观层面影响翻译研究,语言形式隐含地体现了一个民族的思维方式和文化心理,文化语句则较为直接地反映一个民族的各种文化现象。"戏剧翻译与其他类型文本的翻译一样都要面临语言和文化的问题,但是在面临与文化有关的问题时,戏剧翻译比其他类型文本的翻译受到更多的限制。这是因为戏剧文化因素的传译需要考虑舞台表演的瞬时性和大众性。"①因此,本研究中使用"文化文本"的概念,是为了强调和突出戏剧文本中的文化因素;本章关注的是文化的微观层面在奥尼尔戏剧中的体现,以及在汉译过程中对这些文化因素的处理和与之相关的问题。

文学是一种反映社会文化较为集中的领域。戏剧作为一种特殊的文学样式,兼具文学性与表演性,因此蕴含着更为丰富的文化信息。从文学性方面看,剧本作者通过使用情节、人物、主题等文学手段以反映某种文化的生活方式、风俗习惯和思想价值观等。从表演性方面看,任何一个国家有其表演的传统形式,戏剧中如演员的肢体动作、舞台设置都传达出这个国家某方面的文化信息。从戏剧文本的创作可以看出其具有的双重性——可供阅读亦可供演出;而戏剧翻译,无论译者的目的是供人阅读或

---

① 孟伟根. 戏剧翻译研究. 杭州:浙江大学出版社,2012:42.

演出,译本仍然具有这两种功能,虽然因为译者的目的不同,一种功能可能较强因而较为明显,另一种功能可能较弱因而也较为隐晦。因此,戏剧文本的文化性是不可否认的,戏剧文本的翻译过程中所涉及的文化因素的翻译策略也是非常值得探讨的。

奥尼尔的早期剧作,题材主要围绕婚姻和家庭,或者是海上的颠沛生活。表现婚姻和家庭的剧本反映了奥尼尔及奥尼尔的时代对爱情、婚姻和家庭的理解,而描写海上生活的剧本则取材于奥尼尔早年的航海经历,也较为真实地再现了当时美国水手困苦的生活。奥尼尔中期剧作的题材向更深远的方向开拓,如社会底层的妇女、种族歧视造成的创伤、现代人的精神状态、理想与现实之间的冲突,从各个侧面展现了美国的现代生活。奥尼尔晚期的作品在题材方面更加关注小人物和日常生活,通过回归写实,探索人生的一些根本性问题。从整体来看,奥尼尔的剧作可以说是 20 世纪 20 年代初至 50 年代美国人生活与心灵的记录,剧本中所蕴含的文化信息量自然不言而喻。奥尼尔的戏剧创作艺术可以称为美国的一种文化遗产,他早期反对商业剧,开始创作严肃的剧本,中期尝试了多种戏剧表现手法,晚期则采用更加成熟、深邃的写实手法,在继承欧洲传统戏剧创作艺术的基础上不断探索新的创作手法,也充分地展现了美国现代戏剧的文化特征。

语言是文化的载体,是一个民族文化的积淀和印证,表达着一个民族的思想、情感、习俗、传统等,因此,翻译作为跨文化交际的一种形式,不仅仅是语言符号的转换,更是一种文化间转换的模式。戏剧作为一种独特的文学样式,也以语言文字传递着文化信息,戏剧作品的翻译就是一种文化翻译。从这个角度而言,奥尼尔戏剧作品的汉译本就是中美两种文化相互渗透、交融的结晶,充分体现了翻译作为跨文化交际的本质。不同的时期,奥尼尔戏剧汉译本在文化因素的翻译方面呈现出不同的特点,因此,下文根据奥尼尔戏剧在中国译介的时期,分为两部分进行讨论:三四十年代的独幕剧、八九十年代的经典译本。

第二节 三四十年代奥尼尔独幕剧中的文化翻译

一般认为,独幕剧是一种全部戏剧内容在一幕内完成的小型戏剧,它短小精悍,内容集中,能迅速地反映戏剧的主题、思想和精神。在奥尼尔看来,"对表达诗意,对表达在多幕剧中难以贯穿始终的内心感情,独幕剧仍不失为是一种好形式"①。奥尼尔在创作早期共写下了 17 个独幕剧,对人性的善恶进行了最初的探索,对各种社会底层小人物的生存状态进行了描绘,也关注到当时的一些社会现象,如阶级矛盾、种族矛盾、战争。为了塑造更丰满的人物形象、探索更丰富的作品题材、尝试更多样的表现手法、表达更深邃的思想内涵,奥尼尔中期和晚期的创作改为多幕剧的写作,但其早期的作品为其在创作技巧和思想内涵方面都奠定了基础,是其创作生涯中的重要部分。三四十年代,中国对奥尼尔戏剧最初的译介主要为他的独幕剧,共 8 个:*Ile*、*The Moon of the Caribbees*、*Bound East for Cardiff*、*The Long Voyage Home*、*In the Zone*、*Where the Cross Is Made*、*The Rope*、*Before Breakfast*。除了 *Bound East for Cardiff* 和 *Where the Cross Is Made*,其余 6 个独幕剧均有复译本。

三四十年代译介的这 8 个独幕剧中,*The Rope* 通过一对农民父子间的矛盾反映了金钱所引发的人性之恶,*Before Breakfast* 通过一对夫妻之间的问题探讨了爱情与家庭生活的真谛,其余的 6 个独幕剧均取材于海洋和水手生活。这 6 个独幕剧主要描写普通、底层人的生活,因此其最大的特色就是剧中大量使用了方言和俚语,并通过这些方言和俚语展示了当时美国丰富的社会文化。这些方言和俚语也成为译者的关注点和挑战,如中国最早的奥尼尔剧作翻译者古有成在其译作《加力比斯之月》的《译后》中说:"我译本书时,最感困难的便是因为著者喜用俗语(slang),尤

---

① 奥尼尔. 奥尼尔文集(第六卷). 北京:人民文学出版社,2006:248.

其是关于咒骂的言辞。"①钱歌川也说："我们读奥尼尔时,尤其是读他那些初期的海洋剧及农民剧时,最使我们注意的,就是他能巧妙地使用那些水手农夫黑人等的方言俗语,……其实,这样复杂的言语,要用一种文字,表现出来,真不是一件容易的事。我觉得这是不能满足地翻译出来的。"②与其他类型文本的翻译相比,戏剧翻译更能反映具体的时代及环境影响。综观三四十年代独幕剧的译本,可以从两个主要的方面来考察其作为文化文本的翻译特征——译者在涉及文化因素翻译时所做的主要应对策略和译者的文化误译,无论是"文化补偿"还是"文化误译"都与译者当时对戏剧和戏剧翻译的认识有着密切的联系。

一、文化补偿策略

不同文化之间的距离和障碍导致文化差异在所难免,不同语种的作者也会在与其意向读者交流时对双方共有的相关文化背景知识进行省略,由此造成翻译中的"文化缺省"。而翻译中的"补偿"是指在译文的某个地方处理某种翻译问题时(如笑料、比喻、俚语、文化专有项等)有所损失,而在另一个地方加插该种特征,以补偿损失。③ 为了使读者对译文获得连贯的理解,译者必须进行文化补偿。面对文化差异和文化缺省,三四十年代奥尼尔独幕剧的译者,本着对戏剧和戏剧翻译的认识,以介绍先进的外国戏剧为宗旨,以演出或阅读为目的,采取了多样的翻译策略。

(一)直译加注释

翻译过程中,为了做到对异质文化的"传真"和再现,直译加注释是译者最常采取的方式。但直译加注释的方式是否适合戏剧的翻译,是值得探讨的问题。尽管"添加注释"的方法明显有益于目标读者了解异国文

---

① 古有成. 译后//奥尼尔. 加力比斯之月. 古有成,译. 上海:商务印书馆,1933:译后 4.
② 钱歌川. 奥尼尔评传//奥尼尔. 卡利浦之月. 钱歌川,译. 上海:中华书局,1935:22-23.
③ Shuttleworth,M. & Cowie,M.(eds.). *Dictionary of Translation Studies*. New York:Routledge,2014:25.

化,但在阅读过程中,如果脚注和尾注过多,会影响阅读的连贯性,从而影响到兴奋惯性和交际速度。在戏剧翻译中,直译加注释这一方式的弊端更加明显。英若诚曾说:"演员赋予舞台语言以生命,剧本上的台词变成了活的语言,使观众得到巨大的艺术享受。但是,在剧场里,这种艺术享受也是来之不易的。一句台词稍纵即逝,不可能停下戏来加以注释、讲解。这正是戏剧语言的艺术精髓。"①舞台上的戏剧语言具有"瞬间性",不能像阅读文学作品一样,可以回顾上下文或阅读注释。因此,如果一部戏剧的翻译是以舞台演出为目的,直译加注释的方法是不可取的;但如果一部戏剧被当作普通的文学作品,以搬上"书架"为目的,对文化缺省因素则可以采取这种补偿策略。

清末戏曲界开始的"戏曲改良运动"②没能从传统中为中国戏剧的现代化带来根本性的革新,新文化先锋的目光自然地就转向了外国戏剧。为了学习完全异于传统旧戏的新戏剧,促进本国新剧的发展,并从另一个侧面宣扬外国文化,新知识分子开始有意识地翻译和介绍外国戏剧作品。但新文化人更多地关注和批评旧戏的内容,"也就是说,选择外国剧本进行翻译的时候,翻译者对剧本的搬演并不关心,其文学价值和社会作用才是根本的关心点"③。三四十年代奥尼尔戏剧的译本也是如此,奥尼尔作为美国现实主义戏剧家受到当时新文化人的推崇,并被积极译介到中国,但大多数的译本并不是为了能够搬上舞台。田禽曾说:"翻译剧本的人未必是真正研究戏剧者,所以他们只抱着介绍文艺作品的心理,[是]坚持着'直译'的理论工作者。"④三四十年代奥尼尔戏剧翻译也是如此,在众多的译者中,真正从事戏剧演出和导演工作,能够将戏剧搬上舞台的只是其中

① 英若诚. 序言//萧伯纳. 芭巴拉少校. 英若诚,译. 北京:中国对外翻译出版公司,1999:序言 3-4.
② 清末戊戌变法以后,一批爱国知识分子在资产阶级民主思潮的推动下,开始以历史进化的眼光看待文学,并发起了一系列的文学革新活动。在戏曲领域进行的革新活动被称为"戏曲改良",目的是开启民智、宣传舆论、唤醒国民。
③ 夏岚. 中国三十年代舞台翻译剧现象之我见. 戏剧艺术,1999(6):62.
④ 田禽. 中国戏剧运动. 重庆:商务印书馆,1944:106.

的少数。从译本各方面的特征及译者自身的叙述来看,大多数的译本只是被当作文学作品,并不是为了舞台演出。因此,在一些译本中对文化因素出现了直译加注释的处理方式,其中最明显的译本是古有成译《加力比斯之月》和钱歌川译《卡利浦之月》。

1933 年商务印书馆发行的古有成译《加力比斯之月》是一本奥尼尔的独幕剧集,其中收录了《加力比斯之月》《航路上》《归不得》《战线内》《油》《一条索》《画十字处》共 7 个独幕剧。据古有成自己说,这个独幕剧集是于民国十七年春,也就是 1928 年翻译的,当时翻译该书,"还不过是学习翻译之第一遭"①,该书在译文正文之后列出了 21 条注释。这些注释主要分为三类。第一类是对地名的注释,也就是在译文中音译了地名,并在注释中详细说明了其所处的地理位置,这类注释有 11 条。如:"(注一)加力比斯(Caribbees),系西印度群岛中之一小岛";"(注六)波纳斯薏里斯,是阿根廷之首都";"(注七)拉布拉他(La Plata),为阿根廷首都波纳斯薏里斯东方不远的海港"。② 第二类是对人名和典故的说明,共六条。如:"(注十三)罗美欧(Romeo),为莎翁名剧 *Romeo and Juliet* 中之男主角,此处德力斯戈尔说伊凡会变成个漂亮的罗美欧,系讥讪之辞";"(注十八)倭铿(Vikings),乃古代斯干的纳维亚搬到的人民,善于航海,敢于探险,又骁勇好斗。关于他们的传说,构成欧洲文学最优美的部分之一。英国一〇一七年登陆之 King Canute,即一倭铿也";"(注二十一)雅各(Jacob),Abraham 之次孙,犹太十二支派之始祖"。③ 第三类是对译文一些词句的进一步解释,使得读者对意义的理解更顺畅,共四条。如:"(注二)Blow the man down,这是水手们的没有意义之和歌,下面跟着来的没有译出之歌辞同此。blow down 本是吹倒或打倒之意,但是把 blow the man down

① 古有成.译后//奥尼尔.加力比斯之月.古有成,译.上海:商务印书馆,1933:译后 2.

② 古有成.注释//奥尼尔.加力比斯之月.古有成,译.上海:商务印书馆,1933:注释 1-3.

③ 古有成.注释//奥尼尔.加力比斯之月.古有成,译.上海:商务印书馆,1933:注释 2-3.

译起来却没有什么意思";"(注三)*Bound East for Cardiff* 直译为东向迦迪扶驶去,迦迪扶系英国 Wales 的 Glamorganshire 的海口";"(注五)此处自哼字起,是船主在对扬克说话的当中,忽然听得有人叫唤,叫唤的人或许就是鲁滨逊,所以船主便匆匆出去了"。①

从这三类注释中可以看出,除去作者对某些词句如何翻译的解释,注释主要是对文化信息的补充说明,特别是在人名、地名和典故直译后加上了注释。在普通的文学阅读本中,这本是译者常用的处理方法,但戏剧翻译译本中加上了注释,便是将其当作普通文学文本对待,这与 30 年代的外国戏剧翻译趋势是一致的,当时的外国戏剧译本大多并不是为了搬上舞台。

钱歌川译《卡利浦之月》与古有成译《加力比斯之月》是同一个独幕剧,前者于 1931 年首先连载于《现代文学评论》第 2 卷第 1 期和第 2 期,并于同年由中华书局以英汉对照读物的形式出版。发表于《现代文学评论》的《卡利浦之月》并没有加注,但是英汉对照单行本中却加了 351 条注释。钱歌川在单行本的《译者的冗言》中谈道:"我接近奥尼尔并不算多年以前的事,原因是我平日只爱读诗歌与小说,而少染指于剧本,不过我与美国文学的渊源,却很不浅……他[奥尼尔]的名声虽传遍了世界各处,但中国却少有人介绍他。如他那种名文,我国读书界,却没有接近他的机会。"②可见钱歌川将戏剧看作与其他文学作品一样,认为戏剧是用来阅读的,而译介奥尼尔,是为了中国的"读书界"能够有机会读到这位"美国的莎士比亚"。至于为什么会用英汉对照读物的形式出版该剧,钱歌川在单行本的《奥尼尔评传》中说:"我们读奥尼尔时,尤其是读他那些初期的海洋剧及农民剧时,最使我们注意的,就是他能巧妙地使用那些水手农夫黑人等的方言俗语,用不同的言语,来表示种种人的性格,这确实是他的特长。其实,这样复杂的言语,要用一种文字,表现出来,真不是一件容易的事,我

---

① 古有成. 注释//奥尼尔. 加力比斯之月. 古有成,译. 上海:商务印书馆,1933:注释 1.

② 钱歌川. 译者的冗言//奥尼尔. 卡利浦之月. 钱歌川,译. 上海:中华书局,1935:i.

觉得这是不能满足地翻译出来的,要真正得到他那行间字里,音调抑扬的真味,非读原文不可,所以此剧用作对译本,是最适宜而便利的了。"①因此,该书的注释中,大部分都是一些俗语、习语、固定搭配等的含义的详细解释。如:"26 sprawled out 伸长手足匍匐""41 spin dat yarn(俗语)= tell that story""232 with a hard laugh 勉强一笑"。② 另一类注释对原文中一些水手语言不规范的语法做出纠正。如:"16 naygurs = negroes""21 Down't be ser dawhn in the marf = Don't be so down in the mouth 不要那般沮丧""51 loike av = like of"。③ 上述两类注释充分体现了译者的初衷,即通过对原文"行间字里"的详细解释,让读者可以真正体会到原文的"真味",并且通过双语对照的形式学习语言。

除了上述占大多数的两类注释,还有一类是对文中文化信息的直译加注释以详细说明。有对地名的直译加注释,如"Caribbees 应读'卡利比兹',意为卡利浦群岛。这个可细分为南北二部,南部名 Windward Islands,北部名 Leeward Islands"④。有对典故的解释,如"149 Mrs. Old Black Joe 出于名歌'Old Black Joe',用来唤黑人之语"⑤。有对计量单位的解释,如"170 pint 派因脱,略为 pt. (英美液量名,等于四 gill,约合我国半斤)"⑥。还有对船上生活习惯的解释,如"349 tolls four bells 铃鸣四下,(即十时)"⑦。钱歌川的《卡利浦之月》单行本非常明确是以阅读为目的的翻译,因此,译者对译文中的部分文化信息采取了直译加注释的方式。

钱歌川在 1933 年《图书评论》第 1 卷第 5 期发表了《古有成翻译的加力比斯之月》一文,指出了古有成译本中的误译,认为奥尼尔戏剧中俚语

① 钱歌川. 奥尼尔评传//奥尼尔. 卡利浦之月. 钱歌川,译. 上海:中华书局,1935:23.
② 奥尼尔. 卡利浦之月. 钱歌川,译. 上海:中华书局,1935:43,45,94.
③ 奥尼尔. 卡利浦之月. 钱歌川,译. 上海:中华书局,1935:41,42,47.
④ 奥尼尔. 卡利浦之月. 钱歌川,译. 上海:中华书局,1935:36.
⑤ 奥尼尔. 卡利浦之月. 钱歌川,译. 上海:中华书局,1935:68.
⑥ 奥尼尔. 卡利浦之月. 钱歌川,译. 上海:中华书局,1935:73.
⑦ 奥尼尔. 卡利浦之月. 钱歌川,译. 上海:中华书局,1935:128.

的翻译的确是难点,并且认为商务印书馆在出版书籍之前没有做好校对工作,以至于让误译甚多的该译本得以付梓。钱歌川认为:"短短的一个独幕剧,大概校阅一下,已经发现了上面这许多错误,真教我们读书的人太苦了。译者是翻译界的老手,发行者是出版界的第一家。这主要自然应归咎于译者,但出版者也不能不分点责任。"①而钱歌川指出的误译主要是指译者对原文中俚语理解的错误或表达得不地道,但是却没有提到任何与原文的文学样式相关的话题。比如:"古译第六面第十一至第十二行'你们愿听他们黑人吗?'这实在不是一句中国话。原文'Will ye listen to them naygurs?'的意思是,'你们听见那些黑人唱歌吗?'并无一个'愿'的意思。"②古有成在同年同刊同卷第 8 期也撰文给予了回应,他为自己的译文辩护,声称自己翻译该书时是新手,且非美国俚语专家,因此误译漏译在所难免。他还对钱歌川具体指出的误译进行了检讨,也指出有的地方自己的翻译才是正确的。例如,针对上例中钱歌川指出的误译之处,古有成辩驳:"拙译:'你们愿听他们黑人吗!'钱先生斥为实在不是一句中国话,以为应改为'你们听见那些黑人唱歌吗?',并无一个'愿'字的意思。钱先生的意思,我未敢苟同。'你们愿听他们黑人吗!'虽嫌太直译点,但与下文连读起来,并不大觉得。"③古有成从文法和上下文的角度,对自己的译文进行了辩护,但也没有结合戏剧的特点对译文进行任何的讨论。由钱、古二人的文章可以看出,他们在翻译时,并没有把原文作为戏剧的特征考虑在内,更没有将译文搬上舞台的打算,他们的翻译都以供人阅读为目的。

由古有成的译本和钱歌川的译本可以看出,译者对戏剧的翻译是以演出还是以阅读为目的,直接关系到其在翻译过程中对原文中文化信息的处理。直译加注释的方式,在以舞台演出为目的的翻译中显然是不合适的,但是在 30 年代戏剧翻译的大环境中,以戏剧的思想内容和文学性

---

① 钱歌川. 古有成翻译的加力比斯之月. 图书评论,1933,1(5):42.
② 钱歌川. 古有成翻译的加力比斯之月. 图书评论,1933,1(5):39.
③ 古有成. 古有成先生来函. 图书评论,1933,1(8):111.

为标的选择标准之下,对外国戏剧的翻译普遍是以介绍到中国读书界为目的,因此,这个时期奥尼尔独幕剧的翻译中存在明确以阅读为目的的译本并不奇怪,进而直译加注释的文化补偿方式也自然出现了。

(二)文内补偿

直译加注释的方法在保存原文文化信息方面可以做到最为"传真",但是却会中断交际的过程,使读者的阅读连贯性受到干扰。戏剧翻译,特别是以演出为目的的翻译,更加注重语言的流畅与连贯,因此,文内补偿是译者普遍采取的文化传译方法,在保持源语文化意象的同时,又为目标语受众提供有关文化信息。这也是三四十年代译者采取的较为常见的文化翻译方法。

1930 年,赵如琳翻译的独幕剧《捕鲸》发表于《戏剧》第 2 卷第 1 期,并于次年被收入《独幕剧集》和《当代独幕剧集》,分别由北新书局和泰山书局发行。《捕鲸》中肯尼船长因为不愿面对其他捕鲸船长的嘲弄以致颜面尽失,不顾水手恶劣的生活条件和急切的思乡之情,没有取到足够的鲸油坚决不肯返航,最终使得他的太太彻底发疯。该剧具有奥尼尔早期创作突出的特点:以海洋生活为题材,对人的执念进行了探索。1936 年向培良再次翻译了该剧,将题目译为《捕鲸船》,发表于《农村合作月报》第 2 卷第 5 期。无论是赵译还是向译,都能明显地看出译者对文化信息进行的文内补偿策略。

Ile 中,Keeney 夫人对其丈夫解释从前对海洋和海洋生活的幻想时说:

> Oh, I know it isn't your fault, David. You see, I didn't believe you. I guess I was dreaming about the old Vikings in the story books and I thought you were one of them. ①

赵如琳译《捕鲸》中译文为:

---

① O'Neill, E. *Complete Plays of Eugene O'Neill* (Vol. I). New York: Literary Classics of the Penguin Putnam Inc., 1988:500.

哎,我知道这不是你的错处,大卫。你明白,那时我不相信你的话。我猜我那时正梦想着故事书里的海盗。并且我以为你就是那样一个海盗哩。①

维京人对西方人来说是野蛮的入侵者和海上强盗,但同时也是浪漫生涯与冒险生涯的代名词,这里译者使用了增译的方法,在文内对 the old Vikings 的文化意义进行了补偿性的说明。

向培良译《捕鲸船》中,相同的一句话译为:

啊,大卫特,我知道这不是你的错。你知道,那时候我不相信你。我梦想着故事里面传说的古代威钦(Vikings)的英雄,我想你也是那么的一个。②

向培良也同样采用了增译法,多加了"古代"和"英雄"二词,对 Vikings 的时代与象征意义进行了解释,也使上下文更合逻辑。同时,他还将原文用括号放在译文后面,使得这一文内补偿更利于为读者进一步补充文化信息。

上述的例子实则为音译加进一步的解释,这种方式既保留了原文中具有文化特色的词语,又用简洁的语言对文化信息的内涵加以补充解释。但是,如果原文中的文化信息并非极其重要,无须构建艺术上的空白给源语受众留下想象的空间,且文化信息不易在文中用简单的语言说明时,译者常采用的另一种文化信息的文内补偿方式,就是对文化信息进行一种释义(paraphrase),译者用目的语中的文化意象和形式,来表达原文化信息的含义。就戏剧瞬时性的特点来看,这种文化因素的传译方式也是较为普遍的,为了让观众在瞬间明白剧中人说话的意思,以免打扰剧情的顺畅和发展,不重要的文化因素常常都用释义的方法处理。例如,*Before Breakfast* 中,Rowland 夫人问丈夫,Helen 怀孕了会如何处置:"What is

---

① 奥尼尔. 捕鲸. 赵如琳,译. 戏剧,1930,2(1):55-56.
② 奥尼尔. 捕鲸船. 向培良,译. 农村合作月报,1936,2(5):177.

she going to do—have the child—or go to one of those doctors?"①范方
译《早点前》中译文为："她打算怎么样？——把小孩子养下来——还是去
找个大夫打打胎？"②"go to one of those doctors"是对堕胎的委婉表达，
在文化差异面前，译者选择将其意思直接、明确地解释出来，便于读者在
较短的时间里领会到其中的含义，从而不妨碍其理解接下来的剧情。再
如在 The Moon of the Caribbees 中，水手 Driscoll 讽刺水手 Cocky：
"Another lyin' Cockney, the loike av yourself!"③马彦祥译《卡利比之
月》中译文为："他大概跟你一样，只会说大话的。"④"Cockney"一般是"伦
敦东区佬"的意思，指的是当时没有受到教育的、社会地位低下的粗俗的
人。译者在这里没有将其直译为"伦敦东区佬"，而是对其意思进行了解
释，让读者或听众能容易明白其意思。同样是 The Moon of the Caribbees
中，黑人姑娘 Pearl 说水手 Smitty 是一位"gentleman"⑤，马彦祥将其翻译
为"有身份的人"⑥，对"gentleman"的含义进行了解释。Smitty 对 Pearl
说他自己其实是一个"ranker"和"rotter"⑦，"ranker"本义为"出身行伍的
人"，"rotter"本义为"无赖"，而马彦祥将它们分别译为"粗人"和"讨厌的
人"⑧，这种对词的意义进行解释的做法使得译文更易于理解。

（三）归化

文化之间的距离决定了在源语和目标语之间难以找到完全对应的表
达方法，在翻译中，文化因素的处理没有绝对的归化（adaptation），也没有

---

① O'Neill，E. *Complete Plays of Eugene O'Neill*（Vol. I）. New York：Literary
Classics of the Penguin Putnam Inc.，1988：397.
② 奥尼尔. 早点前. 范方，译. 上海：上海剧艺社，1938：18.
③ O'Neill，E. *Complete Plays of Eugene O'Neill*（Vol. I）. New York：Literary
Classics of the Penguin Putnam Inc.，1988：528.
④ 奥尼尔. 卡利比之月. 马彦祥，译. 文艺月刊，1934，6(1)：81.
⑤ O'Neill，E. *Complete Plays of Eugene O'Neill*（Vol. I）. New York：Literary
Classics of the Penguin Putnam Inc.，1988：539.
⑥ 奥尼尔. 卡利比之月. 马彦祥，译. 文艺月刊，1934，6(1)：90.
⑦ O'Neill，E. *Complete Plays of Eugene O'Neill*（Vol. I）. New York：Literary
Classics of the Penguin Putnam Inc.，1988：539.
⑧ 奥尼尔. 卡利比之月. 马彦祥，译. 文艺月刊，1934，6(1)：90.

绝对的异化(alienation),译者都是在归化与异化中寻求平衡,以达到自己的翻译目的和实现交际的目的。总的来说,戏剧翻译中,对于文化因素的翻译,归化策略使用较多,这是因为戏剧文本无法摆脱的可表演性。英国学者泰瑞·黑尔(Terry Hale)和卡罗尔-安·厄普顿(Carole-Anne Upton)也认为在当代的戏剧翻译中,归化占据了主导地位,正如他们所说:"尽管所有的文学翻译者都要面临归化和异化这两难的困境,但文化移植比其他的翻译模式更适合于戏剧翻译。"①译者使用归化的翻译策略,用目的语中文化因素的表达方式取代源语中文化因素的表达方式,帮助文化受众消除理解上的障碍,以达到跨文化交际的目的。归化的翻译策略固然会阻碍目标受众对源语中"异国情调"的体验,但在戏剧翻译中,文本受到"瞬间性"和"大众性"的限制,为了让不同文化修养的观众在稍纵即逝的舞台对白中明白剧情和主题思想,在目标语中寻找能跟源语中文化意象相对应的意象就成了译者首先使用的策略。

袁昌英翻译的奥尼尔的独幕剧《绳子》于 1934 年发表在《现代上海》第 5 卷第 6 期。《绳子》以农户家的恩怨作为题材,讲述了偷钱逃家的儿子为了夺财联合姐夫,不惜对亲生父亲下毒手,父子之间的感情在金钱和物欲面前一文不值,令人唏嘘不已。《绳子》的语言特征非常明显,除去父亲在半疯癫状态下吟诵《圣经》中的句段,其他的人物语言都是不规范、粗俗的。在袁昌英的译本中,有多处对于文化差异较大的表达所采取的归化翻译策略。

在 *The Rope* 中,女儿 Annie 抱怨父亲 Bently 在母亲尸骨未寒之时就去追求后来的继母时,怒道:"You quotin' Scripture! Why, Maw wasn't cold in the earth b'fore you was down in the port courtin'agen—courtin' that harlot that was the talk o' the whole town."②袁昌英译《绳子》中译文为:"呸!你会唱《圣经》!母亲躺在地下还没有冷,你就在码头

---

① 转引自:孟伟根. 戏剧翻译研究. 杭州:浙江大学出版社,2012:42.

② O'Neill, E. *Complete Plays of Eugene O'Neill*(Vol. I). New York:Literary Classics of the Penguin Putnam Inc., 1988:549.

上吊膀子——吊那个淫妇的膀子,使得满城风雨的都讲你!"①原文中的"courtin"为"courting",在英文中有动物求偶之含义,Annie 出于愤怒和羞耻,将父亲的行为贬损为"动物般的求偶行为"。译者则用了"吊膀子"这一地道的中文表达。胡祖德在《沪谚外编》中解释:"吊膀子:男女相悦,眉目传情,以相挑逗之谓。"②鲁迅在《准风月谈》中谈道:"'吊膀子'呢,我自己就不懂那语源,但据老于上海者说,这是因西洋人的男女挽臂同行而来的,引伸为诱惑或追求异性的意思。吊者,挂也,亦即相挟持。"③"吊膀子"这一表达较为粗俗,一般而言都表达了对行为人的不齿和厌弃。因此,译文中使用这一表达,是较为通俗和达意的。

Annie 与丈夫 Sweeney 谈到父亲抵押农庄的钱时,说道,"But the thousand dollars Paw got for the mortgage just before that woman ran away"④。袁昌英译为"可是那女人未跑以前,爸抵押的那一千块钱呢"⑤。原文中用的是"dollars",译者直接用了"块",也就是中国的货币单位,让目的受众能轻易明白。

后来 Annie 又说道:"What could he have done with that? He ain't spent it. It was in twenty dollar gold pieces he got it, I remember Mr. Keller of the bank tellin' me once."⑥袁昌英译为:"他拿了那笔钱做什么了? 他没有花掉。我记得银行里的克来先生告诉我是二十元金洋一块的现洋。"⑦原文中的"piece"在译文中为"金洋"和"现洋",指的是"大洋",是民国时期使用的货币。译者直接用本国的货币替代了国外的货币,为目的受众扫除了文化的障碍。

---

① 奥尼尔. 绳子. 袁昌英,译. 现代,1934,5(6):281.
② 胡祖德. 沪谚外编. 上海:上海古籍出版社,1989:69.
③ 鲁迅. 准风月谈. 天津:天津人民出版社,1999:113.
④ O'Neill, E. *Complete Plays of Eugene O'Neill*(Vol. I). New York:Literary Classics of the Penguin Putnam Inc., 1988:555.
⑤ 奥尼尔. 绳子. 袁昌英,译. 现代,1934,5(6):285.
⑥ O'Neill, E. *Complete Plays of Eugene O'Neill*(Vol. I). New York:Literary Classics of the Penguin Putnam Inc., 1988:555.
⑦ 奥尼尔. 绳子. 袁昌英,译. 现代,1934,5(6):286.

Sweeney 与妻子交谈的时候,舞台提示中有一句为:"He takes a full quart flask of whisky from the pocket of his coat and has a big drink."①袁昌英译为:"他从外衣口袋内拖出一只斤多重的麦酒瓶,大大地喝一口。"②这里的"whisky"被译为"麦酒","whisky"是由大麦等谷物酿制的一种烈性蒸馏酒,是西方人喜爱且常见的一种;而"麦酒"是我国古时中原地区常见的一种酒,以麦子酿造而成,民国时期主要在江浙一带流行。译者用了本国常见的酒来消除目的受众的文化障碍。另外,译者将原文中的"quart"进行了归化处理,"quart"是容量单位,音译为"夸脱",但中国人对酒一向习惯于论重量卖,所以用"斤多重"来说明瓶子的容积,更易于中国读者理解。

提到逃家的弟弟 Luke,Luke 恰好出现了。于是 Sweeney 说:"Speak of the divil an' here he is!"③袁昌英译为:"讲起曹操,曹操就到!"④这是典型的归化处理,将英语中的谚语用中国具有近似意义的谚语来代替。

Luke 谈到外出的经历,对姐夫 Sweeney 说:"You country jays oughter wake up and see what's goin' on. Look at me. I was green as grass when I left here…"⑤袁昌英译为:"你们乡下伙儿,应该惊醒起来,看看事体。你看我。我离开这里的时候,比绿草还嫩生……"⑥原文中的"green as grass",意思是"生手,新手",但译者通过归化的处理,用了"嫩生"一词,使得译文既保留了原文的文化意象又清楚地使目标语读者明白了这个文化意象的含义。

Luke 与姐夫说起父亲想要让他上吊而死,他不能忘记,父亲也不能

① O'Neill, E. *Complete Plays of Eugene O'Neill* (Vol. I). New York: Literary Classics of the Penguin Putnam Inc., 1988:556.
② 奥尼尔. 绳子. 袁昌英,译. 现代,1934,5(6):286.
③ O'Neill, E. *Complete Plays of Eugene O'Neill* (Vol. I). New York: Literary Classics of the Penguin Putnam Inc., 1988:558.
④ 奥尼尔. 绳子. 袁昌英,译. 现代,1934,5(6):289.
⑤ O'Neill, E. *Complete Plays of Eugene O'Neill* (Vol. I). New York: Literary Classics of the Penguin Putnam Inc., 1988:561.
⑥ 奥尼尔. 绳子. 袁昌英,译. 现代,1934,5(6):291.

忘记,他说:"Yuh kin betcher life on that, pal. And he ain't goin' to ferget it—not if he lives a million—not by a damned sight!"①袁昌英译为:"他也绝对不会忘记! 你可以拿命来赌,朋友! 他也绝对不会忘记——就是他活到一千岁也不会的——无论如何不会的!"②原文中夸张的"lives a million"被译者翻译为"活到一千岁",保存了夸张的效果,但也更加符合中国人对"活得久"的概念。

不论译者的翻译目的如何,戏剧文本都具有文学性和可演出性,只是供读者阅读的文本文学性更强,而供舞台演出的文本可演出性更强。供舞台演出的戏剧翻译文本,总体来说以归化为主,原因在于戏剧与其他文学文本不同,受制于"瞬间性"和"大众性",需要观众在极短的时间内消化和领悟舞台内容。尤其是当两种文化之间的差异较大时,源语文化可传达程度较低,即使译者希望读者寻找与自己不同的、新奇而陌生的东西,也往往要借助与自己视域完全吻合的东西以增加译文在目标受众中的接受度。

二、译者身份认同视角下的"务实"与"超务实"——三四十年代奥尼尔独幕剧误译研究

三四十年代,奥尼尔的独幕剧被大量翻译到中国。该时期的奥尼尔独幕剧译者中,部分译者从事文学翻译和创作,如古有成、钱歌川、王实味;大部分译者从事戏剧创作和研究,如赵如琳、马彦祥、顾仲彝、洪深、袁昌英、范方。综观这些汉译本,译者对剧中丰富的文化信息进行了不同程度的传递,但其中不乏误译。误译固然有译者造成的无心之失,比如因为译者本身的双语水平较低和对美国文化的了解程度有限所造成的误译,但更引人注目的是译者在对戏剧教化功能的再认识影响下,在协调中西戏剧传统冲突的过程中,对原文进行的"务实"和"超务实"处理。从这些

---

① O'Neill, E. *Complete Plays of Eugene O'Neill* (Vol. I). New York: Literary Classics of the Penguin Putnam Inc., 1988:566.
② 奥尼尔. 绳子. 袁昌英,译. 现代,1934,5(6):295.

"务实"和"超务实"的处理行为中,可以反观译者对自身身份的认同,同时也能更深刻地反映其身份认同与翻译行为之间的相互影响。

(一)译者行为批评理论中的"务实"与"超务实"

"务实"与"超务实"是周领顺提出的"译者行为批评理论"中的两个重要概念,该理论以译者的行为为中心,通过对译者的语言性、社会性和译者行为社会化两个方面的结合考察,兼顾了翻译的内部研究和外部研究。该理论构建了译者行为和译文质量评价模式,即"求真—务实"连续统评价模式,其中"原文求真、译文求用",因此将其视为一个"批评性、描写性的模式,是分析的工具"。① 在这个评价模式中,"'求真'是指译者为实现务实目标而全部或部分求取原文语言所负载意义真相的行为;'务实'是指译者在对原文语言所负载的意义全部或部分求真的基础上为满足务实性需要所采取的态度和方法"②。在周领顺看来,"务实"建立在"求真"的基础上,与"求真"不可分割,而译者在翻译的过程中,就在以"务实"和"求真"作为两个端点的范围内偏移。③ 事实上,译者的"务实"是为了追求传统意义上的"达",也就是为了使得译文"合理"而做出的调整或补偿。

如果有的翻译活动超出了"务实"这一端,就进入了"超务实"的范围。"'所谓超',不是说效果更好,而是'超'出了评价模式的约束。"④但"超务实"应该区别于"误译","无意而为的误译是真正的误译;有意而为的误译是译者故意采取的一种积极的翻译策略,或者准确地说是文化上的归化行为,是使翻译社会化的表现"⑤。也就是说"超务实"实则为译者在外在因素,如安德烈·勒菲弗尔(André Lefevere)所说的意识形态、诗学、赞

---

① 周领顺. 译者行为批评:理论框架. 北京:商务印书馆,2014:87.
② 周领顺. 译者行为批评:理论框架. 北京:商务印书馆,2014:76.
③ 周领顺."求真—务实"译者行为连续统评价模式相关概念辨析——译者行为研究(其七). 江苏大学学报(社会科学版),2011(6):44.
④ 周领顺. 译者行为批评的理论问题. 外国语文,2019(5):119.
⑤ 周领顺. 译者行为批评:理论框架. 北京:商务印书馆,2014:157.

助人的影响下对译文进行的有意改动①。"务实"与"超务实"的区别大致可以概括为两方面：第一，"务实"是译者"社会性"的体现，而"超务实"是译者"社会化"的结果；第二，"务实"是与"求真"紧密联系的，在"求真—务实"这个连续统中始终受到"求真"的束缚和牵制，而"超务实"已经不在这个连续统范畴之中，因此与"求真"毫无关系，从而动摇了译者的译者身份。

举例来说，奥尼尔的代表作 *Beyond the Horizon* 第一幕第一场中，Andrew 与 Robert 谈论着如果 Robert 去远航，可能会碰到的机会和前程时说："I've heard there are great opportunities for a young fellow with his eyes open in some of those new countries that are just being opened up."②结合原文中的"new countries that are just being opened up"，对比以下三个译者的译文，即可体会到上述概念的区别。古有成将其译为"那些新开的新国家"③，荒芜译为"那些刚开放的新兴国家"④，顾仲彝则改译为"南洋"⑤。*Beyond the Horizon* 成文于 1918 年，考察该剧的创作背景，再结合上下文，可以看出作者的本意是指那些"新成立，刚对外敞开国门做生意"的国家。古有成的译文是"求真"，可以看出译者想要忠实传达原文的含义；荒芜的译文结合的是 80 年代的热门词"开放"和"新兴"，因此可谓是"务实"；而顾仲彝所译的《天边外》本就注明为改译，译者将整个原文的背景都移植到 30 年代的中国农村，为了使得译本更合理，译者选择了当时具有较多商业机会的"南洋"作为替代，因此可以理解为"超务实"。

观察译者的"务实"与"超务实"，不仅可以看出译者如何将外部影响内化，也可以进一步看出译者的多重身份。"如果因为外在的影响而不得

① Lefevere，A. *Translation，Rewriting and the Manipulation of Literary Fame*. Shanghai：Shanghai Foreign Language Education Press，2004：vii.
② O'Neill，E. *Complete Plays of Eugene O'Neill*（Vol. I）. New York：Literary Classics of the Penguin Putnam Inc.，1988：576.
③ 奥尼尔. 天外. 古有成，译. 上海：商务印书馆，1931：9.
④ 奥尼尔. 天边外. 荒芜，汪义群，等译. 桂林：漓江出版社，1984：7.
⑤ 奥尼尔. 天边外. 顾仲彝，译. 长沙：商务印书馆，1939：10.

不让译者的行为发生根本性改变(比如完全脱离原文的意义),那么此时的译者行为也只能是一名普通社会人的行为,与'译者'的身份和行为相去甚远。"①事实上,译者的多重身份并不是孤立存在的,这些身份之间相互作用、不可分割,译者对自身的身份认同是将这些身份结合在一起的关键,并决定了在翻译中占主导作用的身份。20 世纪三四十年代,西方戏剧的译介在中国达到了高潮,但这时期的译者,如田禽所说,"翻译剧本的人未必是真正研究戏剧者"②。同期奥尼尔作品的译者中,大多数译者本身就是戏剧创作者或戏剧表演者,如顾仲彝、洪深、马彦祥、袁昌英、袁牧之、向培良、聂淼,综观他们的译本,从突出戏剧的主题与教化功能做出的"务实",和为了协调中西戏剧传统的冲突所做出的"超务实",可以看出他们在翻译活动中对自身作为戏剧工作者的身份认同。

(二)戏剧功能认识影响下的"务实"

1. 语言教化的"务实"

20 世纪初,外国戏剧译介到中国,被赋予了感化教育的社会功能,特别是在新文化运动旨在反对封建思想,提倡人格独立、个性解放、男女平等、婚姻自由的大背景下,戏剧以其思想、形式、情感高度结合的特点,成为新文化先驱启蒙社会的工具,他们认为:"现代的戏剧,应该说他一面是'教化的娱乐',一面是'为教化的艺术'……再生的教化,是人类最高的教化;发展再生的教化,是现代戏剧的职责;利用娱乐的机会,以艺术的功能来发展再生的教化,就是近代戏剧底完全意义。"③对戏剧功能的认识不仅决定了当时外国戏剧翻译对象的选择——首选"反映社会问题"的西方写实主义戏剧,还影响到了译者的具体翻译过程。

赵如琳翻译的《捕鲸》中一个很引人注目的现象便是对咒骂语言的删除,译者通过对"damn"等词的省译,使得整个戏剧变得"高雅",从而对观众的言行起到引导的作用。除了省译骂人的句子和词,译者将对人的贬

---

① 周领顺. 译者行为批评的理论问题. 外国语文,2019(5):119.

② 田禽. 中国戏剧运动. 重庆:商务印书馆,1944:106.

③ 蒲伯英. 戏剧之近代的意义. 戏剧,1921,1(2):2-3.

损都"从轻处理",如 the Steward 在谈到船主快把夫人逼疯的时候说：
"For he's a hard man—a hard, hard man—a driver if there ever was
on… 'Tis a God's wonder we're not a ship full of crazed people—with
the damned ice all the time, and the quiet so thick you're afraid to hear
your own voice."① 赵如琳译为："因为他是一个无情的人——一个无情，
无情的人——如果世间上是有一个驱使人，驾御人的人，他就是那个人
了……如果我们一船人不都变成疯子，那真是上帝的奇迹了——整体都
和冰块在一起，而且寂寥得连听见自己的声音也恐怕起来的。"② 这里的
"driver"被译为"驱使人"，而"damn"被省译了。

　　从西方舶来的写实的时装现代剧，既为写实，使用的是白话和口语。
但中国传统戏曲的舞台语言，在唱词之外，有"韵白"和"京白"之分，"韵
白"不是哪一种方言，而"京白"也多含成语且讲究节奏，与普通的京话也
是不同的。因此，受传统戏曲影响的中国观众或读者，并不期待在戏剧中
会出现"大白话"或口语。译者在翻译中也自然流露出受到了这方面的影
响，特别是三四十年代虽是戏剧翻译的高潮时期，却也是探索阶段，是中
西戏剧冲突与协调的阶段，因此，这个时期的译者会有意地为舞台语言进
行一种"升格"，使之区别于口语，特别是在不以演出为目的的剧本翻译
中，这种现象更为明显。在赵如琳翻译的《捕鲸》中，这种"升格"行为的表
现很突出，即对咒骂语言的删除和"委婉"翻译。

　　2. 善恶倡导的"务实"

　　"善与恶的对立冲突，从根本上说来是中国古典戏剧情感模式的基本
着眼点。善恶的二元对立及最终得报的观念始终是中国戏剧观众的基本
心理格局，它是植根于我们民族的文化心理和价值取向体系。"③ 三四十年
代的奥尼尔戏剧译者，除古有成外，皆在翻译戏剧的同时也创作戏剧，有
的甚至还是戏剧演员或者导演，因此，他们都受到中国传统戏剧与西方戏

---

① O'Neill, E. *Complete Plays of Eugene O'Neill* (Vol. I). New York: Literary
　　Classics of the Penguin Putnam Inc., 1988:493.
② 奥尼尔. 捕鲸. 赵如琳，译. 戏剧,1930,2(1):43.
③ 齐建华. 中国传统戏剧的情感模式. 艺术百家,1996(3):11.

剧的双重影响。中国传统戏剧传统情感模式的一大特征,便是以道德为核心,因此"善恶""忠奸"的矛盾始终是戏剧的主要冲突所在。

在 *Ile* 中,船主 Keeney 与大副说起不能返航的原因:"It ain't the damned money what's keepin' me up in the Northern seas, Tom. But I can't go back to Homeport with a measly four hundred barrel of ile."①赵如琳译为:"我在北极的海不走并不是为着钱。但是只有四百桶鲸油我是不能回去的。"②原文中的"Homeport"译者并没有直接译出,而是"含糊"地译为"回去"。

Keeney 进一步解释不能回去的理由:"Can't you hear 'em laughin' and sneerin'—Tibbots'n' Harris'n' Simms and the rest—and all o' Homeport makin' fun o' me? 'Dave Keeney what boasts he's the best whalin' skipper out o' Homeport comin' back with a measly four hundred barrel of ile'?"③赵如琳译为:"你听不见他们笑我,讥诮我——狄博斯,哈理斯,阿辛和其他的人——和所有乡里的人都挖苦我么?'看哪,大卫坚尼他说他自己是最好的捕鲸船主,离乡后只带了四百桶鲸油回来'?"④原文中的两个"Homeport"分别被译为"乡里"和"乡",原文的范围被译文扩大了。

Keeney 夫人说起坚持跟来这趟航行的原因:"I wanted to see you the hero they make you out to be in Homeport."⑤赵如琳译为:"我要见到他们做成你是家乡里的英雄。"⑥Keeney 夫人继续谈到以往的想法:"I used to be lonely when you were away. I used to think Homeport was a

---

① O'Neill, E. *Complete Plays of Eugene O'Neill* (Vol. I). New York: Literary Classics of the Penguin Putnam Inc., 1988:497.

② 奥尼尔. 捕鲸. 赵如琳,译. 戏剧,1930,2(1):49.

③ O'Neill, E. *Complete Plays of Eugene O'Neill* (Vol. I). New York: Literary Classics of the Penguin Putnam Inc., 1988:497-498.

④ 奥尼尔. 捕鲸. 赵如琳,译. 戏剧,1930,2(1):50-51.

⑤ O'Neill, E. *Complete Plays of Eugene O'Neill* (Vol. I). New York: Literary Classics of the Penguin Putnam Inc., 1988:500.

⑥ 奥尼尔. 捕鲸. 赵如琳,译. 戏剧,1930,2(1):55.

stupid, monotonous place."①赵如琳译为:"当你离开我去航海的时候,我总是孤零零的。我时常把家乡当作一块讨厌的没有趣味的地方。"②这两处的"Homeport"也被译为了"家乡",扩大了"Homeport"的范围,进而增加了"Homeport"的含义。

"homeport"为航海使用的一个专用术语,意为"船籍港",即"船舶所有人办理船舶所有权登记的港口",与"乡"或"家乡"的意义并不相同。*Ile*中使用"homeport"一词时都大写了首字母,应是特指船上众人都知道的船籍港,当然,也是船主夫妇的家的所在地。赵如琳的译本中对多次出现的"Homeport",进行了"含糊"或词义"扩大"的处理,为的是突出该剧中水手及船主夫人的思想情绪,将船主与水手之间的矛盾上升到了伦理的层次——船主阻挠水手"回家""返乡"。*Ile*中船长 Keeney 执着于多年出海获得鲸油第一的成绩,虽然这趟航行被冰冻住,船上食物腐坏,水手和夫人都强烈要求返航,但他用殴打和枪支镇压了水手的罢工。他对夫人的态度和最后对夫人提出返乡要求的妥协,也可以看出其想要返航却不甘心的矛盾心态。船长与水手之间的矛盾,或许是船长为一己虚荣所致,但船长的目的不是为了阻止水手返乡,因此,不能用"善"与"恶"之间的对立来看待该戏中的冲突。赵如琳将"Homeport"多次译为"家乡",弱化了原剧中人性的复杂性的展现,转移了整部戏的主要矛盾,使得该剧的主题变为"思乡",冲突变为了"返乡"与"阻止返乡","善恶"之争一目了然,符合中国读者或观众对戏剧情感模式的期待。

(三)中西戏剧观念冲突下的"超务实"

1.道具翻译的"超务实"

舞台提示对刻画人物性格和推动戏剧情节发展有一定的作用。总的来说,舞台提示的内容兼具"不可替代性"和"可替代性"。所谓"不可替代性",指的主要是舞台布景,舞台布景体现着剧情发生的时代、特点场景,

---

① O'Neill, E. *Complete Plays of Eugene O'Neill*(Vol. I). New York: Literary Classics of the Penguin Putnam Inc., 1988:502.

② 奥尼尔.捕鲸.赵如琳,译.戏剧,1930,2(1):50.

这些因素能帮助观众理解剧情并加深对作品思想内涵与情感意蕴的认识,如果将剧情时空加以更换,就会与剧本中的其他部分发生根本性冲突,影响人物形象的塑造和戏剧思想内涵的呈现。在戏剧翻译的过程中,舞台布景也是译者尽量忠实、力求再现的内容。"可替代性"指的是舞台提示中不影响剧情发展和主题呈现的道具。笼统地说,除去布景,舞台上其他所有的陈设、用具等都属于道具的范畴。道具的使用能表现人物的生活状态,反映同一种人的社会属性;但能够反映同一种人的社会属性和生活状态的,可以有不同的物品,从这个意义上说,道具是具有可替代性的。因此,当一部戏剧被翻译成另一种语言,其中的某些道具发生了"变化",但这些变化并不能引起剧情和主题的变化,因此不足以使得译者"有心为之";这些道具是常用的物品,因此翻译过程中的这些变化也并不是译者不了解原文化而带来的"无心之过"。

在 *The Rope* 的舞台提示中,Mary 的衣着是:"She wears a shabby gingham dress."[①] Annie 的穿着为:"She wears a faded gingham dress and a torn sunbonnet."[②]"gingham dress"是"格子布连衣裙",而袁昌英将两句中的"gingham dress"都译为"缟棉布衣"[③]。《小尔雅·广诂》中有言,"缟,素也"。换句话说,"缟棉布衣"就是素色的棉布衣,是典型很朴素、简单的衣物。无论是"破旧的格子布连衣裙"或是"破旧的缟棉布衣"都能反映 Mary 和 Annie 穷困、艰难的生活状况。再如,Annie 戴着的"a torn sunbonnet"被译为"一顶破旧的小帽",袁昌英将"太阳帽"换成了"小帽";Bently 穿的"a threadbare brown overcoat"被译为"一件棕色的破烂外衣",袁昌英将"大衣"换成了"外衣"。[④] 这类型的误译体现出译者的舞台道具可替代性的观点,即使原文中的某些道具并没有被忠实地传达,也

① O'Neill,E. *Complete Plays of Eugene O'Neill* (Vol. I). New York:Literary Classics of the Penguin Putnam Inc.,1988:547.

② O'Neill,E. *Complete Plays of Eugene O'Neill* (Vol. I). New York:Literary Classics of the Penguin Putnam Inc.,1988:549.

③ 奥尼尔. 绳子. 袁昌英,译. 现代,1934,5(6):280-281.

④ 奥尼尔. 绳子. 袁昌英,译. 现代,1934,5(6):280-281.

并不妨碍目标受众对人物形象的认识和对戏剧情节的理解。

在 *Ile* 中，船长 Keeny 在得知水手即将罢工时"takes a revolver from the pocket of his coat and examines it"①。向培良译为"从大衣袋里取出一手枪检验之"②，原文中的"revolver"没有被翻译成"左轮手枪"，而是被译者译为"手枪"。这个例子中，无论这把枪是不是左轮手枪，其作用就是船长用来威胁水手的武器，只要起到了这个作用，这把枪并非左轮手枪不可。

道具是具有可替代性的，最直接的表现就是在译者对物质文化的翻译策略上，从而使得译本不可避免地烙上了译者的主观印迹。作为翻译活动的策动者，译者具有一定的独立性，为了实现翻译的目的而充分发挥创造性和能动性。在文学翻译活动中，译者自身的因素诸如价值标准、认识方式、思维习惯、意志、情感等都会介入到译者对原文本的解读，从而体现在译文表达中。三四十年代奥尼尔独幕剧翻译中的舞台道具被频频"更换"，可以归因为译者具有道具的"可替代性"的认知。20 年代初，中国的话剧表演中舞台导演的地位正式确立，导演的一项职责就是确定舞台的道具、置景和演员的穿着、化妆，使其最好地贴合剧情；而导演的个性风格也使得上述各方面的内容存在差异，在剧本和剧情相同的情况下，不同导演风格、不同舞台效果的呈现，都是因为这些舞台因素具有可替代性。

  2. 人物表情、动作翻译的"超务实"

具体来说，话剧的舞台提示一般包括四方面的内容：对人物、时间、地点、布景的提示；对人物动作和表情的说明；对舞台美术、音乐和人物上下场的说明；对开幕闭幕的说明。话剧对人物的塑造中，除了语言，人物的动作和表情也是非常重要的。三四十年代奥尼尔独幕剧的翻译中一个独特的现象，就是人物动作和表情翻译得"漫不经心"，人物语言翻译得"处处小心"。换句话说，人物语言的翻译得到了译者精心的斟酌，而人物动

---

① O'Neill, E. *Complete Plays of Eugene O'Neill*（Vol. I）. New York: Literary Classics of the Penguin Putnam Inc., 1988:496.

② 奥尼尔. 捕鲸船. 向培良, 译. 农村合作月报, 1936, 2(5):114.

作和表情的翻译,似乎并没有得到译者足够的重视,因此译文中人物的表情和动作与原文对照就显得怪异。

在 *The Rope* 中,舞台提示 Mary 的表情:"Her face is stupidly expressionless."①袁昌英译为:"脸上蠢笨得一点表情也没有。"②译文的表述不是地道的汉语,读者只能推测 Mary"蠢笨"且"一点表情也没有"。而 Annie 出场时,舞台提示对她的描写是:"Her habitual expression is one of a dulled irritation."③袁昌英译为:"她习惯上的表情是一种滞缓的烦躁。"④"滞缓的烦躁"实在是匪夷所思。Annie 控诉父亲 Bently 在母亲尸骨未寒的时候就另觅新欢,舞台提示中,她的表情和动作是:"She glares at him vindictively, pausing for breath."⑤袁昌英译为:"她仇视的,目光炯炯的望了他一下。停住换一口气。"⑥"目光炯炯"在汉语中是形容人的眼睛明亮有神,这与原文的含义并无关系;"仇视"又"目光炯炯",这对读者的理解能力的确是一大挑战。类似这样疑似疏忽的翻译还有多处,如将 Bently 说话的提示"mumbling"译作"闷住嘴说","hissing"译为"叫"。

可以说,这类"超务实"的翻译行为是三四十年代奥尼尔独幕剧翻译中普遍存在的现象。向培良译《捕鲸船》中也有数个类似的例子。如 *Ile* 中人物动作和表情转换最快的是船长用枪威胁水手放弃罢工之后,与夫人的一番对话。水手离去之后,船长说:"Keeney hears his wife's hysterical weeping and turns around in surprise—then walks slowly to

---

① O'Neill, E. *Complete Plays of Eugene O'Neill* (Vol. I). New York: Literary Classics of the Penguin Putnam Inc., 1988:548.
② 奥尼尔. 绳子. 袁昌英,译. 现代,1934,5(6):280.
③ O'Neill, E. *Complete Plays of Eugene O'Neill* (Vol. I). New York: Literary Classics of the Penguin Putnam Inc., 1988:549.
④ 奥尼尔. 绳子. 袁昌英,译. 现代,1934,5(6):280.
⑤ O'Neill, E. *Complete Plays of Eugene O'Neill* (Vol. I). New York: Literary Classics of the Penguin Putnam Inc., 1988:549-550.
⑥ 奥尼尔. 绳子. 袁昌英,译. 现代,1934,5(6):281.

her side." ① 向培良译为："喀尼听到他夫人歇斯迭里的哭声,惊讶地转过来,于是缓步走近去。" ② 译文中译者明显添加了"惊讶"的情绪,并模糊了"走近"的对象。

接着,船长 "putting an arm around her shoulder——with gruff tenderness" ③,向培良译为"把手围在她的肩上,一种粗率的温存" ④。粗率,指草率、粗心大意,语出《宋书·刘怀慎传》："德愿性粗率,为世祖所狎侮。"可以看出,"粗率"并不能表达"gruff"之意。

这种"超务实"让人不得不联系到当时的译者对舞台提示的认识。中国戏剧特别注重演员的当场表演,与西洋传统戏剧注重剧作家的"案头"创作相比,中国戏剧更注重"场上"搬演。这就常常使演员表演处于整个艺术创造的核心位置。⑤ 因此,受传统戏剧的影响,三四十年代的戏剧译者对剧本的重要性并不十分强调,认为剧本只是蓝本,只提供基本的东西,其他的依靠演员去把握与发挥,比如对动作与情感的理解和表现。

(四)译者的身份认同对译者行为的影响

译者的身份认同,简言之,就是译者作为个体对某个社会群体的关系认定,是个人在不同群体中进行抉择的过程,最终将通过积极或消极地参与某个群体的实践活动,而将其他群体视为"他者"。这一认同是心理的过程,但离不开身体的体验,同时,由于个人所处的社会环境的不断变化,个体的身份认同不会处于静止不变的状态,也是处于不断的变化之中。译者可以兼具多个身份,可以积极或消极地参加多个群体的活动,但译者对自身身份的认同会给个人的行为打上或浅或深的烙印。

20 世纪初的中国,形势动荡,处于一个新旧更替的时代。为了改良社

---

① O'Neill，E. *Complete Plays of Eugene O'Neill*（Vol. I）. New York：Literary Classics of the Penguin Putnam Inc.，1988：500.

② 奥尼尔. 捕鲸船. 向培良，译. 农村合作月报，1936，2(5)：117.

③ O'Neill，E. *Complete Plays of Eugene O'Neill*（Vol. I）. New York：Literary Classics of the Penguin Putnam Inc.，1988：500.

④ 奥尼尔. 捕鲸船. 向培良，译. 农村合作月报，1936，2(5)：117.

⑤ 叶长海. 中国传统戏剧的艺术特征. 戏剧艺术，1998(4)：94.

会、救国救民,新文化运动中的先进知识分子致力于新思想启蒙,广泛引进西方进步的文化思想,他们以文学进化观念为武器,对传统文学和文化进行了批判,"旧戏"①就是被批判的内容之一。这个时期奥尼尔独幕剧译者翻译奥尼尔的剧作,是因为奥尼尔领导的小剧场运动,以"爱美剧"对抗商业剧,为中国的"爱美剧运动"提供直接的指导作用和借鉴意义。也是因为奥尼尔的作品针对时代提出的社会问题,挖掘问题的根源,几乎涉及了美国社会的各方面,塑造了一系列美国社会底层小人物,引起了中国读者的强烈认同感。

马彦祥、顾仲彝、洪深、范方等将自己的译本搬上了中国的舞台,并用多次上演的事实证明了这些译本的受欢迎程度。如 1936 年,马彦祥翻译的《早餐之前》发表于《文艺月刊》第 8 卷第 2 期,并于同年 5 月由联合剧社在南京首演,剧社之后在南京进行了多次演出,导演为马彦祥。除了将译本搬上舞台,这个时期的译者还对奥尼尔的戏剧进行了改编和仿作,以探索戏剧创作新的形式和主题。最典型的例子是洪深效仿 *The Emperor Jones*,于 1922 年创作的《赵阎王》。田汉认为,《赵阎王》这部剧在"形式上受奥尼尔的影响但主题是攻击中国军阀混战"②,揭露了社会现实问题,反映了当时知识分子变革社会的诉求。如果说奥尼尔以 *The Emperor Jones* 开启了美国现代戏剧的大门,"洪深则是把西方现代演剧制度引入中国的第一人,通过改编《琼斯皇》,率先把西方现代派戏剧手法运用于中国戏剧创作及舞台实践"③。

总之,三四十年代奥尼尔独幕剧的译者大多积极活跃在中国戏剧工作的第一线,他们对自身身份的认识是清晰的,因而他们译介国外戏剧的宗旨和目的也是明确的。他们长期受到中国传统戏剧观念的影响,强调导演和演员在舞台表演上的中心地位,因此在翻译中采取了不同手段对

---

① "旧戏",指的是当时占据舞台统治地位的京剧和各种地方戏。

② 田汉. 他为中国戏剧运动奋斗了一生//欧阳予倩. 欧阳予倩全集(第一卷). 上海:上海文艺出版社,1990:13.

③ 朱雪峰. 文明戏舞台上的《赵阎王》——洪深、奥尼尔与中国早期话剧转型. 戏剧艺术,2012(3):49.

舞台说明中的道具和人物表情、动作进行了"超务实"的处理;同时,当时的新文化先驱积极倡导戏剧的教化功能,因此翻译时在语言和善恶观念方面也进行了不同的"务实"。

上文通过观察 20 世纪三四十年代奥尼尔独幕剧译本中译者的"务实"与"超务实",反观译者群的自身身份认同。译者的身份可以是多重的,可以是复杂的。在周领顺等看来,"译者的行为多种多样,但只有在'求真—务实'译者行为连续统评价模式约束的范围内,译者的身份才是译者"①,而译者的多重身份之间又是相互影响的,更重要的是,译者对自身身份的认识,常常深刻地影响着他们的翻译活动。探讨译者的自身身份认同,能够更深入地认识译者及其翻译行为,因而值得学界进一步研究和探索。

需要说明的是,上文所说的"译者"是广义上的,"超务实"是广义上"译者"的"非译者"(戏剧工作者)行为。上文对于译者行为批评中的"务实"和"超务实"、翻译"社会化"以及"身份"等做了一点较为详细的脚注,提供了一些可资查询的实证。对于戏剧工作者主身份的译者和观众而言,"超务实"在效果上也几乎如愿地达到了"超"的效果,这样的效果是"译者"和"戏剧工作者"双重身份共同作用的结果。

第三节 八九十年代奥尼尔戏剧汉译本中文化因素的翻译

20 世纪 80 年代开始,奥尼尔戏剧的汉译本重现中国,渐渐形成另一个译介高潮。这段时间,除了期刊上不时发表的奥尼尔戏剧译作,更为突出的是以戏剧集的形式出版的成规模译作。截止到 20 世纪末,国内一共出版了 5 部奥尼尔戏剧集,分别为 1982 年上海文艺出版社出版的《奥尼尔剧作选》、1983 年湖南人民出版社出版的《漫长的旅程、榆树下的欲望》、1984 年漓江出版社出版的《天边外——奥尼尔剧作选》、1988 年中国戏剧

---

① 周领顺,杜玉. 汉语"乡土语言"葛译译者行为度——"求真—务实"译者行为连续统评价模式视域. 上海翻译,2017(6):25.

出版社出版的《外国当代剧作选 1》①、1995 年生活·读书·新知三联书店
出版社出版的《奥尼尔集:1932—1943》(上、下)。这 5 部戏剧集对奥尼尔
的代表性戏剧进行了译介,其中有对经典译文的重复收录,如《奥尼尔剧
作选》和《天边外——奥尼尔剧作选》中都收录有荒芜翻译的《天边外》,
《外国当代剧作选 1》和《奥尼尔集:1932—1943》(上、下)中都收录有梅绍
武、屠珍合译的《月照不幸人》。这 5 部戏剧集中也有对奥尼尔经典剧本
的复译,最为突出的是奥尼尔后期最为著名的作品 *Long Day's Journey
into Night*,在这 5 部集子中一共有三个译本,分别为蒋嘉、蒋虹丁译《漫长
的旅程》(《漫长的旅程、榆树下的欲望》)、汪义群译《进入黑夜的漫长旅
程》②(《天边外——奥尼尔剧作选》)、张廷琛译《进入黑夜的漫长旅程》
(《外国当代剧作选 1》)。

　　八九十年代奥尼尔戏剧译者一个很大的特点,就是"译"与"研"相结
合。翁显良曾说:"外国文学的翻译必以外国文学的研究为前提;英语戏
剧的翻译必以英语戏剧的研究为前提。"③这指明了当时文学翻译者的努
力方向,也体现了该时期文学翻译者的普遍认识。该时期奥尼尔戏剧翻
译较为突出的译者,都是从事奥尼尔戏剧或文学研究的学者,代表人物有
荒芜、汪义群、龙文佩、刘海平、郭继德、梅绍武、屠珍等。这批译者不仅翻
译了奥尼尔的剧作,也成为中国研究奥尼尔及其译作的生力军,从这批译
者撰写的译本前言就可见他们研究的功力,在他们所译的作品的前言中,
他们从各个角度深度地剖析了奥尼尔戏剧中的人物和主题,也总结了奥
尼尔戏剧创作艺术对中国戏剧创作的贡献。如奥尼尔戏剧的著名译者荒
芜,在 1982 年上海文艺出版社出版的《奥尼尔剧作选》的开头撰写了《奥
尼尔及其代表作》,文章不仅对奥尼尔的生平及著作进行了详细的介绍,

---

① 《外国当代剧作选》是由姜椿芳主编的一套丛书,共六册,第一册为奥尼尔卷。该
　　套丛书于 1988 年出版第一册《外国当代剧作选 1》,于 1992 年出版最后一册《外国
　　当代剧作选 6》。
② 汪义群翻译的《进入黑夜的漫长旅程》后改译名为《长日入夜行》,收录于 1995 年
　　《奥尼尔集:1932—1943》(下)中,译文有少量的改动。
③ 翁显良. 千面千腔——谈戏剧翻译. 中国翻译,1982(5):37.

还重点探讨了书中收录的奥尼尔的三本剧作《天边外》《琼斯皇》和《悲悼》的主题和思想，介绍了奥尼尔戏剧创作中常用的自然主义、象征主义、表现主义等表现手法，并对奥尼尔悲剧创作的动因提出了独到的见解："奥尼尔研究生活中的光明面与阴暗面，分析生活中的主流和潜流，观察生活中惊心动魄、丰富多采的场面，他并不拒绝生活中的悲剧、痛苦甚至丑恶，而是如实地接受下来，然后去芜存菁把它们转化为艺术形象，创作出光辉的人物、诗和美。"[①]又如 1984 年漓江出版社出版的《天边外——奥尼尔剧作选》收录了汪义群撰写的《执着地反映严肃的人生》，文章分为三个部分，第一部分介绍了奥尼尔生平和创作，第二部分介绍了剧作选中收录的几部戏剧，第三部分对作为"严肃戏剧家"的奥尼尔进行了总结和评价，汪义群认为"奥尼尔的功绩首先在于他通过自己的戏剧创作，真实地反映了 20 世纪美国人民的生活与思想，迷惘与追求，揭示了他们丰富而深刻的内心世界，为我们展示了一幅生动的现代美国社会的图画。奥尼尔的功绩还在于他一贯坚定、执着地反映严肃的人生，并用自己的艺术实践与当时以消遣为目的的商业性戏剧作不妥协的斗争"[②]。本书选择了这些"研"与"译"结合的译者的代表作进行详细考察，具体为荒芜翻译的《天边外》、汪义群翻译的《长日入夜行》、龙文佩翻译的《送冰的人来了》、欧阳基翻译的《榆树下的恋情》、郭继德翻译的《诗人的气质》和梅绍武、屠珍翻译的《月照不幸人》，以展现这个时期奥尼尔戏剧汉译的主要特点。

　　文化信息在译本中的传递，最能反映一个社会在某个特定时代对待思想和文化是否开放。从文化的角度来看，新时期奥尼尔戏剧汉译的文化因素处理主要呈现了两个特点：第一，力求对原文中文化信息的准确呈现，大多数译本中都有对原剧中文化信息的注释，对原文中的文化信息进行补充说明；第二，在译本中出现有时代特色的词汇，体现了译者在当时的意识形态环境下对译本独特的阐释。下文将结合典型译本对上述两个

---

① 荒芜. 奥尼尔及其代表作//奥尼尔. 奥尼尔剧作选. 荒芜，译. 上海：上海文艺出版社，1982：26.

② 汪义群. 执着地反映严肃的人生//奥尼尔. 天边外. 荒芜，汪义群，等译. 桂林：漓江出版社，1984：14.

特征进行详细、深入的探讨。

一、文化信息的准确再现

总体上看,八九十年代的译本追求对原文的忠实,即尽量完整地再现原作的思想和风貌,这与当时译者对翻译的认识,以及译者的双语水平和对奥尼尔及其作品的研究是分不开的。这个时期的大多数译本都用注释的形式对文中无法传达或者传达不够完全的文化信息进行了补充说明,以 1988 年中国戏剧出版社出版的《外国当代剧作选 1》和 1995 年生活·读书·新知三联书店出版社出版的《奥尼尔集:1932—1943》(上、下)最为突出:《外国当代剧作选 1》收录的五部戏剧中,每部都有不下 10 条的注释;而《奥尼尔集:1932—1943》(上、下)收录了八部戏剧,注释共 100 条。这些注释大多数都是对戏剧中提到的人名、地名、引文出处的说明。

《外国当代剧作选 1》中的代表作是龙文佩译《送冰的人来了》,该译本对文化信息的注释主要是对人名、地名、引文出处及译文中容易让读者不清楚的地方加以说明。如第一幕开头的舞台说明中,原文对 Ed Mosher 的外貌描述为:"He has a round kewpie's face—a kewpie who is an unshaven habitual drunkard."[1]译者对"kewpie"进行了音译:"(他)长着一张丘皮样的脸——这个'丘皮'是个不刮胡子的酒鬼。"[2]译者还对"丘皮"做了注释:"一种塑料或赛璐珞制的打着顶髻的圆脸玩具娃娃"[3],为读者提供了更多的文化信息。第一幕中,Larry 和 Rocky 一起嘲弄对明天生出的希望:"Their ships will come in, loaded to the gunwhales with cancelled regrets and promises fulfilled and clean slates and new leases!"[4]译文为:"他们的船就要进港了,满载着勾销了的悔恨,兑现了的

---

① O'Neill, E. *Complete Plays of Eugene O'Neill* (Vol. III). New York: Literary Classics of the Penguin Putnam Inc., 1988:567-568.

② 奥尼尔. 外国当代剧作选 1. 北京:中国戏剧出版社,1988:10.

③ 奥尼尔. 外国当代剧作选 1. 北京:中国戏剧出版社,1988:10.

④ O'Neill, E. *Complete Plays of Eugene O'Neill* (Vol. III). New York: Literary Classics of the Penguin Putnam Inc., 1988:569.

诺言,一改旧观的新起点,再次点燃的新希望!"①译者对"他们的船就要进港了"进行了注释:"见莎士比亚剧本《威尼斯商人》,指好运就要来了。但这里是反话。"②该条注释注明了引文的出处;且根据上下文,Larry 的态度是对明天不抱任何希望,为了不让读者对 Larry 看似热情的话语产生误解,译者还特别说明"这里是反话"。又如第二幕中,Larry 嘲弄世界产业工人联盟的叛徒:"Be God, it's not to Bakunin's ghost you ought to pray in your dreams, but to the great Nihilist, Hickey!"③译文为:"老天爷,你在梦中可不应该向巴枯宁的鬼魂祷告,而应该向伟大的虚无主义者希基祷告!"④译者对"巴枯宁"做了注释:"巴格宁⑤(1814—1874),俄国无政府主义者。"⑥该注释是对文中提到的人物进行注解,帮助读者更好地理解文中对话的深层含义。第二幕中大家奏乐给酒馆老板 Hope 庆生,Larry 开玩笑说:"Be God, it's a second feast of Belshazzar, with Hickey to do the writing on the wall!"⑦译文为:"天啊!这可是贝尔谢扎的第二次宴会,由希基在墙上题字!"⑧译者对"贝尔谢扎"进行了注释:"根据《圣经》丹尼尔第五章,巴比伦国王贝尔谢扎在一次不敬神的宴会上,发现有只手在墙上写字。经先知丹尼尔解说,这些字的意思是国王的统治时间不长了,上帝结束了国王的统治。"⑨该注释将人名及典故注解得非常详细,以帮助读者理解译文的含义。从上述的例子中可以看出,原文中的文化信息在译文中用添加注释的方式得到了较为完整的保存和呈现,便于读者理解译作更深层的含义。

---

① 奥尼尔. 外国当代剧作选 1. 北京:中国戏剧出版社,1988:13.
② 奥尼尔. 外国当代剧作选 1. 北京:中国戏剧出版社,1988:13.
③ O'Neill, E. *Complete Plays of Eugene O'Neill* (Vol. III). New York: Literary Classics of the Penguin Putnam Inc. , 1988:622.
④ 奥尼尔. 外国当代剧作选 1. 北京:中国戏剧出版社,1988:95.
⑤ 应为"巴枯宁",译本中可能为打印错误。
⑥ 奥尼尔. 外国当代剧作选 1. 北京:中国戏剧出版社,1988:95.
⑦ O'Neill, E. *Complete Plays of Eugene O'Neill* (Vol. III). New York: Literary Classics of the Penguin Putnam Inc. , 1988:632.
⑧ 奥尼尔. 外国当代剧作选 1. 北京:中国戏剧出版社,1988:110.
⑨ 奥尼尔. 外国当代剧作选 1. 北京:中国戏剧出版社,1988:110.

除了龙文佩翻译的《送冰的人来了》,《外国当代剧作选 1》中收录的另外 4 部剧中,译者也对文化信息进行了相应的处理。张廷琛译《进入黑夜的漫长旅程》中,译者主要对人物对话里提到的人名和典故进行了注解。如第四幕中,Jamie 深夜醉酒归家却因为走廊没有路灯被绊倒,生气地称省电的父亲为"Gaspard"①。译者将其音译为"加斯派",并加注释:"加斯派:当年流行的一出戏 *The Chimes of Normandy*〔又名《钟声(*The Bells*)》〕中的吝啬鬼。"②该注释说明了 Jamie 称父亲为"加斯派"的原由。刘海平译《休伊》中,译者主要对赌博游戏做了注解。如 Erie 对 Night Clerk 说起自己声色犬马的生活:"When the horses won't run for me, there's draw or stud."③译文为:"赛马运气不好,可以赌牌,打德洛或斯塔德。"④译者分别对"德洛"和"斯塔德"进行了注解,说明了这两种纸牌游戏的规则。郭继德译《诗人的气质》中,译者主要对剧中提到的人名和地名进行了注解。如第一幕中,Gregan 对 Maloy 讲起自己的经历:"I got this cut form a saber at Talavera, bad luck to it!"⑤译文为:"倒霉的是,我在塔拉韦拉挨了这一刀!"⑥译者对"塔拉韦拉"作了注解:"西班牙的一个地名,1809 年威尔斯利率领的英、西联军在此地打败法国军队。"⑦梅绍武、屠珍译《月照不幸人》中,译者对原文中提到的人名、地名和引文出处以及中国读者不熟悉的物质文化因素做了详细的注释。如第一幕中,邻居 Harder 和 Josie 父女俩理论篱笆被毁的责任,遭到父女俩的刁难,Josie 讽刺 Harder 不成熟:"Maybe the stork brought him, bad luck to it for a

---

① O'Neill, E. *Complete Plays of Eugene O'Neill* (Vol. III). New York: Literary Classics of the Penguin Putnam Inc., 1988:814.

② 奥尼尔. 外国当代剧作选 1. 北京:中国戏剧出版社,1988:376.

③ O'Neill, E. *Complete Plays of Eugene O'Neill* (Vol. III). New York: Literary Classics of the Penguin Putnam Inc., 1988:836.

④ 奥尼尔. 外国当代剧作选 1. 北京:中国戏剧出版社,1988:411.

⑤ O'Neill, E. *Complete Plays of Eugene O'Neill* (Vol. III). New York: Literary Classics of the Penguin Putnam Inc., 1988:184.

⑥ 奥尼尔. 外国当代剧作选 1. 北京:中国戏剧出版社,1988:441.

⑦ 奥尼尔. 外国当代剧作选 1. 北京:中国戏剧出版社,1988:441.

dirty bird."①译文为:"没准儿是鹤鸟把他捎来的吧,那只脏鸟算倒了大霉。"②译者对"没准儿是鹤鸟把他捎来的吧"这一说法添加了注释:"西俗,旧时骗孩子,说婴儿是鹳鸟送来的。此处暗喻哈德是个婴孩。"③该注释对剧中人物说话时提到的典故加以说明,否则读者不能明白译文的意思。又如第二幕的舞台说明描述了 Josie 的起居室:"There is a table at center, a disreputable old Morris chair beside it…"④译文为:"屋子中央放着一张桌子,旁边有一把破旧不堪的'莫里斯'安乐椅……"⑤译者加上注释:"'莫里斯'安乐椅是一种椅背斜度可调节、椅垫可移走的椅子。"⑥该注释是对读者不熟悉的物质文化的补充说明。

1995 年生活·读书·新知三联书店出版社出版的《奥尼尔集:1932—1943》(上、下)共收录了 8 部戏剧,除了《无穷的岁月》(汪义群译)没有注释,其他 7 部剧本共有注释 100 条。除了列在书最后的这 100 条注释,剧本中还有一些译者做的脚注。《奥尼尔集:1932—1943》(上、下)收录的八部剧本中有五部与《外国当代剧作选 1》中的相同:《诗人的气质》(梅绍武、屠珍译)、《送冰的人来了》(奥尼尔)、《长日入夜行》(汪义群译)、《休吉》(申慧辉译)、《月照不幸人》(梅绍武、屠珍译)。除了同样由梅绍武、屠珍翻译的《月照不幸人》,其他四个剧本的注释与《外国当代剧作选 1》中的译本相比均有少量变化,如《外国当代剧作选 1》收录的《送冰的人来了》中,龙文珮并没有对题目《送冰的人来了》进行深入的注解,但在《奥尼尔集:1932—1943》(下)收录的译本里,他增加了对题目意义的解释:"送冰的人来了:参见《马太福音》第 25 章第 6 节:夜半时分传来一声叫喊,'看哪,新

---

① O'Neill, E. *Complete Plays of Eugene O'Neill* (Vol. III). New York: Literary Classics of the Penguin Putnam Inc., 1988:886.

② 奥尼尔. 外国当代剧作选 1. 北京:中国戏剧出版社,1988:633.

③ 奥尼尔. 外国当代剧作选 1. 北京:中国戏剧出版社,1988:633.

④ O'Neill, E. *Complete Plays of Eugene O'Neill* (Vol. III). New York: Literary Classics of the Penguin Putnam Inc., 1988:892.

⑤ 奥尼尔. 外国当代剧作选 1. 北京:中国戏剧出版社,1988:642.

⑥ 奥尼尔. 外国当代剧作选 1. 北京:中国戏剧出版社,1988:642.

郎来了;出去迎接他。'"①《圣经》中的引喻与一个下流故事相吻合,故事中有位丈夫提早回家,向楼上的妻子喊道:"送冰人来了吗?"妻子回答:"没有,不过他呼吸沉重。"1940 年 2 月 8 日,奥尼尔在给乔治·吉恩·内森(George Jean Nathan)的一封信中写道:"好了,我希望你喜欢《送冰的人来了》,包括我喜爱的标题,因为它独特地表达了剧本外在与内在的诸多精神。"②

除了《外国当代剧作选 1》同样收录的 5 部剧本,《奥尼尔集:1932—1943》(上、下)还增加了 3 部剧本,分别为《啊,荒野!》(汪义群译)、《无穷的岁月》(汪义群译)和《更庄严的大厦》(梅绍武、屠珍译)。《无穷的岁月》(汪义群译)没有任何注释,《啊,荒野!》(汪义群译)和《更庄严的大厦》(梅绍武、屠珍译)的注释大部分都是对剧中引文出处的补充说明。如 *Ah, Wilderness*! 第一幕中 Sid 与 Lily 开玩笑唱道:

> "Dunno what ter call 'im
>
> But he's mighty like a Rose—velt."③

汪义群译《啊,荒野!》中译文为:

> "不知叫他什么好
>
> 但他了不起,就像罗斯——福。"④

译者对这段译文加注:"'不知……罗斯福':参见弗兰克·莱·斯坦顿和埃塞尔伯特·内文创作的流行歌曲《上帝缺了朵玫瑰花》。"⑤该注释

---

① 博加德. 奥尼尔集:1932—1943(下). 汪义群,等译. 北京:生活·读书·新知三联书店,1995:1288.

② 博加德. 奥尼尔集:1932—1943(下). 汪义群,等译. 北京:生活·读书·新知三联书店,1995:1288.

③ O'Neill,E. *Complete Plays of Eugene O'Neill* (Vol. III). New York:Literary Classics of the Penguin Putnam Inc.,1988:8.

④ 博加德. 奥尼尔集:1932—1943(上). 汪义群,等译. 北京:生活·读书·新知三联书店,1995:10.

⑤ 博加德. 奥尼尔集:1932—1943(下). 汪义群,等译. 北京:生活·读书·新知三联书店,1995:1280.

说明了译文中 Sid 所唱之曲的来历。

《更庄严的大厦》(梅绍武、屠珍译)中译者的注释集中在注明剧中人物谈话中所提到的文化因素。如第一幕第一场中 Gregan 谈到了 Melody 的一生,说他的女儿与他不赞成的人结婚,自此以后成了行尸走肉,行为举止发生了巨大的变化:"talking' in brogue wid all the bog-trotters came in, tellin' stories and roarin' songs, an' rovoki' jigs…"①译文为:"碰到有爱尔兰乡亲来到,他就上腔上调地跟他们闲聊瞎扯淡,扯起嗓门胡唱,还蹦蹬吉格舞……"②译者对"吉格舞"进行了注释:"一种二拍子的爱尔兰快步舞。"③该注释使得读者能更好地理解 Melody 对家乡爱尔兰的情结。又如第一幕第二场中,Simon 对母亲 Deborah 评价 Andrew Jackson 的政治手腕不高明:"His spoils system is a disgrace to the spirit of true Democracy."④译文为:"他那种政党分赃制对真正民主精神来说确实是一大耻辱。"⑤译者对"政党分赃制"做了注释:"政党分赃制,指将公职委派给获胜政党支持者的制度。"⑥该注释详细地说明了"政党分赃制"的内容,帮劝读者对 Simon 的观点是否恰当做出判断。

二、鲜明时代词汇的出现

从文化的角度观察,奥尼尔戏剧在八九十年代的汉译本还有一个重要的特征,就是译者受到 20 世纪 80 年代国内主流意识形态和文艺思潮

---

① O'Neill, E. *Complete Plays of Eugene O'Neill* (Vol. III). New York: Literary Classics of the Penguin Putnam Inc., 1988:289.

② 博加德. 奥尼尔集:1932—1943(上). 汪义群,等译. 北京:生活·读书·新知三联书店,1995:375.

③ 博加德. 奥尼尔集:1932—1943(上). 汪义群,等译. 北京:生活·读书·新知三联书店,1995:375.

④ O'Neill, E. *Complete Plays of Eugene O'Neill* (Vol. III). New York: Literary Classics of the Penguin Putnam Inc., 1988:320.

⑤ 博加德. 奥尼尔集:1932—1943(上). 汪义群,等译. 北京:生活·读书·新知三联书店,1995:415.

⑥ 博加德. 奥尼尔集:1932—1943(上). 汪义群,等译. 北京:生活·读书·新知三联书店,1995:415.

的影响,在译文中有意或无意地留下了时代的印记,具体表现在译者的选词上,反映了译本的历史性和时代性。受原文内容的影响,具有鲜明时代词汇出现的译本主要有荒芜翻译的《天边外》、龙文佩翻译的《送冰的人来了》,其他译本偶有该类词汇出现,如张廷琛翻译的《进入黑夜的漫长旅程》。

荒芜翻译的《天边外》是受到普遍肯定的译本,在 80 年代收录在两个较为出名的奥尼尔戏剧集中,一个是 1982 年上海文艺出版社出版的《奥尼尔剧作选》,另一个是 1984 年漓江出版社出版的《天边外——奥尼尔剧作选》。2006 年人民文学出版社出版由郭继德主编的《奥尼尔文集》(六册),该文集将奥尼尔的所有戏剧作品全部译出,很多戏剧都换了新的译者,《天边外》使用的却还是荒芜的译本,由此可见该译本在读者和学者心目中得到了较高的评价。荒芜翻译的《天边外》最早发表在 1982 年上海文艺出版社出版的《奥尼尔剧作选》中,属于 80 年代初的译本。*Beyond the Horizon* 是一个三幕悲剧,以美国乡村性格迥异的两兄弟为主角——爱好幻想、终日向往大海和广阔、自由空间的 Robert 和天生的庄稼汉 Andrew,因为邻家女 Ruth 的选择,Robert 放弃了自己多年的梦想,而他的哥哥 Andrew 在伤心之余代替弟弟去远航,从此三人因为生活和命运的错位而痛苦万分。该剧的故事和人物本应与中国读者相距较远,但译者受到 80 年代主流意识形态和文艺思潮的影响,在译文中有意或无意地留下了带有鲜明时代特色的词汇。

如原文第一幕第一场中,Andrew 与 Robert 谈论着如果 Robert 去远航,可能会碰到的机会和前程时说:"I've heard there are great opportunities for a young fellow with his eyes open in some of those new countries that are just being opened up."①荒芜译《天边外》中译文为:"我听说在那些刚开放的新兴国家里,一个青年人只要睁着眼睛,总会

① O'Neill, E. *Complete Plays of Eugene O'Neill*(Vol. I). New York: Literary Classics of the Penguin Putnam Inc., 1988:576.

碰到好机会的。"①相同的一句话,古有成译《天外》中的译文为:"听说在那些新开的新国家里,一个少年汉,时时留神,是有很多机会的。"②顾仲彝的改译本《天边外》中,这句话则改译为:"听说在南洋,一个年轻人,只要张着眼睛找机会,总会碰到好运气的。"③对比这三个译文,为了上下文的统一,顾仲彝将"new countries that are just being opened up"整体换成了"南洋",另外两个译者则选择了不同的措辞。荒芜是在80年代初翻译的,自然受到了中国当时正兴起的改革开放的影响,并且将属于发展中国家的"新兴国家"视为友邦,因此,"刚开放的新兴国家"是带有鲜明时代特色的表达。

又如第二幕第一场中,Atkins夫人指责Robert对农场经营不善,Mayo夫人为Robert百般辩护,Atkins夫人于是说:"Say what you've a mind to, Kate, the proof of the puddin's in the eatin'; and you can't deny that things have been goin' from bad to worse ever since your husband died two years back."④荒芜的译文是:"你想说什么就说什么吧,凯特。空谈不如实验。你不能否认,自从你丈夫两年前去世后,事情越来越糟了。"⑤原文中的谚语"the proof of the pudding is in the eating"意思是"布丁好坏,不尝不知",意即要想了解事物就要亲身去体验。荒芜将之译为"空谈不如实验",由仿照"空谈不如实干"而来。同一句话,古有成的译文是:"由你说罢,克脱,事实具在。"⑥顾仲彝的译文是:"由你说罢,不过事实上是糟透了。"⑦三个译者都充分理解了原文中"事实胜于雄辩"之意,但古有成和顾仲彝的译文只是将之轻淡带过,荒芜的译文仿照流行于80年代的现代励志名言"空谈不如实干",这句话被用于鼓励年轻人要

① 奥尼尔. 天边外. 荒芜,汪义群,等译. 桂林:漓江出版社,1984:7.
② 奥尼尔. 天外. 古有成,译. 上海:商务印书馆,1931:9.
③ 奥尼尔. 天边外. 顾仲彝,译. 长沙:商务印书馆,1939:10.
④ O'Neill, E. *Complete Plays of Eugene O'Neill* (Vol. I). New York: Literary Classics of the Penguin Putnam Inc., 1988:604.
⑤ 奥尼尔. 天边外. 荒芜,汪义群,等译. 桂林:漓江出版社,1984:41.
⑥ 奥尼尔. 天外. 古有成,译. 上海:商务印书馆,1931:62.
⑦ 奥尼尔. 天边外. 顾仲彝,译. 长沙:商务印书馆,1939:61.

务实、上进。荒芜的译文虽与 Atkins 乡下老太太的身份略有不符,但将"实干"换成了"实验",既表达出了原文的亲身体验之意,也成功地使译文打上了"与时俱进"的时代色彩。

再如第二幕第二场中,Andrew 对 Ruth 说到再次出门的打算:"I tell you, Ruth, I'm going to make good right from the minute I land, if working hard and a determination to get on can do it; and I know they can!"①荒芜的译文为:"我告诉你,露丝,我一上岸,就好好干,我相信苦干和决心会成功的。我知道会成功的!"②古有成的译文为:"我告诉你,路史,我一上岸,我便可得心应手,要是勤奋工作和一种上进的决心能够做到的话;我知道它们能够啦!"③顾仲彝的译文为:"我告诉你,丽金,我一上岸,我就动手做,我相信勤恳的工作和上进的决心已定能发财的;我知道是能够的!"④对比三个译文,可以发现三位译者对原文的理解基本一致,但对于"working hard and a determination to get on can do it"的表达各异。荒芜的译文选择了"苦干和决心会成功",80 年代初国内百废待兴,因此从政府到个人都崇尚"苦干",也鼓励人做事要有"决心",在这样上进而具有正能量的氛围之中,译者的措辞选择就有了合理的解释。

The Iceman Cometh 描述了纽约一家死气沉沉的酒店里寄居的一群房客,他们中有退休的警察、记者、无政府主义者、哈佛法学院的毕业生、退役军人等。这群人不能适应现实生活,又不会反抗;他们是生活的失败者,害怕现实,逃避现实,只想用幻想来欺骗自己,他们是二战后美国部分社会的缩影。*The Iceman Cometh* 中的人物发表了许多对当时政治局势的看法,而龙文佩在翻译时的选词是值得玩味的,其不可避免地受到了当时国内主流意识形态的影响,因此措辞也被打上了时代的烙印。

如原文第一幕中,醉酒后的 Hugo 对吵他睡觉的 Rocky 叫骂:

---

①   O'Neill, E. *Complete Plays of Eugene O'Neill* (Vol. I). New York: Literary Classics of the Penguin Putnam Inc., 1988:626.

②   奥尼尔. 天边外. 荒芜,汪义群,等译. 桂林:漓江出版社,1984:67.

③   奥尼尔. 天外. 古有成,译. 上海:商务印书馆,1931:106.

④   奥尼尔. 天边外. 顾仲彝,译. 长沙:商务印书馆,1939:103.

"Capitalist swine! Bourgeois stool pigeons! Have the slaves no right to sleep even?"①龙文佩译《送冰的人来了》中译文为："资本主义的走狗！有产阶级的坐探！难道当奴隶的连睡觉的权利也没有了吗?"②"swine"一词旧指"猪"，后在英语俚语中指讨厌的人，常用于口语中的咒骂。这里译者将"Capitalist swine"译作"资本主义的走狗"，与原文的意义是有差别的，原文的意义是"有资产的讨厌鬼"，并不是服务于资本主义的走卒。但译者将其译为"资本主义的走狗"更多让人联想到国内才经历了阶级矛盾极端恶化的时代，在那个时代常用于骂人的话就是"资本主义的走狗"，因此在 80 年代初的译本中出现如此具有时代性的措辞可以说是历史、政治因素使然。

第二幕中，Parrit 对 Larry 谈起他母亲与其他男人有染，却欺骗他说没有，他指责母亲说："That was a silly stunt for a free Anarchist woman, wasn't it, being ashamed of being free?"③龙文佩的译文为："一个思想解放的、信仰无政府主义的女人为解放思想而感到害臊，这耍的是哪门子花招?"④把原文中的"free"译为"思想解放"，把"being free"译为"解放思想"是非常具有时代特色的。1978 年 12 月，邓小平在中共中央工作会议闭幕会上提出"解放思想、实事求是"，这一口号成为 80 年代的主旋律，因此，原文中的"free"虽然可以有多种理解和表达，译者仍选择了最符合时代特色的"思想解放"。

再如第四幕中，Parrit 向 Larry 讲述自己当叛徒告发母亲和她的组织的原因，并讽刺母亲："It'll give her the chance to play the great incorruptible Mother of the Revolution, whose only child is the Proletariat. She'll be able to say: 'Justice is done! So may all traitors

---

① O'Neill，E. *Complete Plays of Eugene O'Neill*（Vol. III）. New York：Literary Classics of the Penguin Putnam Inc.，1988：570.

② 奥尼尔. 外国当代剧作选 1. 北京：中国戏剧出版社，1988：15.

③ O'Neill，E. *Complete Plays of Eugene O'Neill*（Vol. III）. New York：Literary Classics of the Penguin Putnam Inc.，1988：634.

④ 奥尼尔. 外国当代剧作选 1. 北京：中国戏剧出版社，1988：113.

die!' She'll be able to say: 'I am glad he's dead! Long live the Revolution!'"①龙文佩的译文为:"这下她好做伟大的铁面无私的革命妈妈了,她的惟一的孩子是无产阶级。她将来可以说:'叛徒得到了应有的惩罚!但愿叛徒统统死光!'她将来还可以说:'我很高兴他已经死了!革命万岁!'"②"incorruptible"的本意是不受腐蚀的、廉洁的,但译者选择了在 80 年代代表一种主流价值观的"铁面无私",因此"铁面无私的革命妈妈"既有历史感也有时代感。最后一句"I am glad he's dead! Long live the Revolution!"实则是 Parrit 辛酸的心声,作为母亲唯一的儿子却无法取代革命在她心目中的分量,前半句是他想象中母亲对于他短暂一生即将结束的无情表达,后半句则是 Parrit 讽刺性地对革命事业的热情抒发。因此,将"Long live the Revolution!"译为"革命万岁!"是对国内耳熟能详的口号的沿用。

除了《天边外》和《送冰的人来了》这两个词汇的时代色彩较为浓重的译本,其他译本也偶有零星的时代词汇出现。如 Long Day's Journey into Night 中,Jamie 对 Edmund 讽刺父亲吝啬不愿将他送到好的疗养院去:"Probably give you a case to take with you to the state farm for pauper patients."③张廷琛译《进入黑夜的漫长旅程》中译文为:"恐怕还要给你一箱酒带到给穷人疗养的公办农场去喝呢。"④"state farm"指的是美国"州立"或"国有"的农场,但译者选择了"公办"这一具有时代特色的词汇。"公办"指的是指事业由国家或集体举办的,在中国是指有保障较为权威的机构,而原文中的"state farm"显然是不花钱且条件较差的机构,因此"公办"虽然在这里与上下文并不协调,但体现出了译者是受当时社会环境影响所做出的选择。再如在 A Moon for the Misbegotten 第二

---

① O'Neill, E. *Complete Plays of Eugene O'Neill* (Vol. III). New York: Literary Classics of the Penguin Putnam Inc., 1988:704.
② 奥尼尔. 外国当代剧作选 1. 北京:中国戏剧出版社,1988:220-221.
③ O'Neill, E. *Complete Plays of Eugene O'Neill* (Vol. III). New York: Literary Classics of the Penguin Putnam Inc., 1988:814.
④ 奥尼尔. 外国当代剧作选 1. 北京:中国戏剧出版社,1988:377.

幕中,Josie 有意将 Tyrone 灌醉,诱使他将农场以低价卖给她和父亲,Tyrone 不知其真实的意图,开玩笑说:"I might forget all my honorable intentions, too. So look out."①梅绍武、屠珍译《月照不幸人》中译文为:"我也可能把一切正派作风都忘了。所以说,你得留点神。"②从上下文可以看出,Tyrone 的玩笑是委婉地表达自己醉酒后可能会因失去理智而侵犯 Josie,译者将"honorable intentions"译为"正派作风",根据上下文可以看出这里的"作风"指的是男女之间的关系,而"作风问题"从 20 世纪五六十年代直到 80 年代中期都是常见的词汇,用"正派作风"或"作风正派"来特指男女间不逾矩的表现,是具有时代特色的用词表达。

三、文化因素的翻译特点形成的原因

八九十年代奥尼尔戏剧译本在文化因素的传递方面呈现出两大特点——对文化信息加注释予以补充说明,力求准确、全面地传达原文中的文化信息;有时代特色的文化词出现在译文中。产生这两大特点的原因主要有三方面。

第一,译者的翻译是以阅读为目的,因此以介绍戏剧的思想和创作手法为主。姜椿芳在《外国当代剧作选 1》的《卷前语》中说:"我们在发展本国的戏剧艺术时,是必要借鉴别国的戏剧成就。用戏剧形式所反映的世界各国人民的现实生活和前进动向,戏剧形式的改进和剧本的写作技巧,供我们参考和学习。"③20 世纪的最后 20 年,中国的文艺界和学术界都经历了从废墟中恢复到逐渐发展的过程,戏剧更是从"文革"时期单一的"样板戏"的束缚中解放出来,但与外界的长时期隔绝,使得当时戏剧界的创作处于盲目与混沌的状态,这个时期外国剧本的翻译就显得非常重要,它为国内的戏剧创作提供了新的思路,带来活力的源泉。龙文佩在《外国当

---

① O'Neill, E. *Complete Plays of Eugene O'Neill* (Vol. III). New York: Literary Classics of the Penguin Putnam Inc., 1988:914.

② 奥尼尔. 外国当代剧作选 1. 北京:中国戏剧出版社,1988:676.

③ 姜椿芳. 卷前语//奥尼尔. 外国当代剧作选 1. 北京:中国戏剧出版社,1988:卷前语 1.

代剧作选 1》的《后记——尤金·奥尼尔的后期剧作》中也提到,"为了满足文艺界人士和广大读者的要求,我们把奥尼尔的后期五篇剧作翻译出来"①。针对读者的戏剧翻译与针对演出人士的戏剧翻译有较多不同之处,而在新时期的译本中的表现就是文化因素通过增加注释的方式加以传达,以阅读为目的将剧本从舞台变成了与小说、诗歌、散文无异的文学作品,不受舞台和表演的各种特征的限制,因此,译者对文中无法传达或详细说明的文化因素用注释的形式加以补充。

第二,译者对戏剧的研究使得他们想要尽量接近原文本,便于更加细致地分析人物和更加深刻地理解作品主题。新时期奥尼尔戏剧译者的一个突出特点就是"研"与"译"的结合,他们对奥尼尔的作品进行研究,因此在翻译的时候也无形中体现了一种理念,即尽量忠实地传达原文的内容。早在古罗马时期,昆图斯·贺拉斯·弗拉库斯(Quintus Horatius Flaccus)就用"忠实"形容译者(faithful translator),中国翻译界最初使用"信",20世纪二三十年代起,开始使用"忠实"这一概念,"忠实"成为绝大多数翻译家和翻译学家的翻译原则和执着的追求。80 年代的译者也不例外,对作品的深入研究使得他们认识到将原作信息最大限度保存的重要性,因此对文化因素的传达更注重全面和准确。80 年代中期以来,中国的翻译研究逐渐从语文学的研究模式进入到结构主义的现代语言学模式,翻译活动不再被看成是灵感与悟性的结果,而是得到了规律性的研究与探讨。翻译界的研究和观念也对文学研究和翻译实践产生了一定的影响,许多翻译活动不再是译者随性而为,可以看出,译者对翻译工作的态度较之从前更加谨慎。

第三,八九十年代的时代思想在固守与创新中徘徊,在摒弃与接纳间犹疑,因此译者的思想更容易受到主流意识形态的影响,并在译文中有意或无意地留下时代词汇的印记。每个时代的译者都免不了会在译文里留下属于他的时代的特征,八九十年代奥尼尔戏剧的译者也不例外。80 年

---

① 龙文佩. 后记——尤金·奥尼尔的后期剧作//奥尼尔. 外国当代剧作选 1. 北京:中国戏剧出版社,1988:742.

代初中国开始改革开放,国内逐渐接触了更多外国的文化,并逐渐受到影响,如荒芜在《天边外》中,保留了原剧中人物打招呼的"hello",将之译为"哈罗",是国人对外国文化逐渐接受并熟悉的一个表现。为了让译本在读者中得到更好的接受,译者将体现时代色彩的词汇加入译本,丰富了译本的历史使命,也体现了主流意识形态对译者的影响。

第三章　奥尼尔戏剧的汉译本

——作为文学文本的翻译

　　传统意义上，文学作品通常有四类——小说、散文、诗歌、戏剧，戏剧的文学性是不容置疑的。20世纪奥尼尔戏剧的汉译本，也从不同的角度、不同程度地体现了戏剧的文学性。本章主要考察在20世纪奥尼尔戏剧不同翻译时期中，译者如何处理原作中的种种文学特征，以在译文中保存或再现原作的文学性。

　　对于文学性，由于考察文学本质的视角不同，学界目前尚且没有形成统一的认识。"笼统地说，文学性就是文学作品对于社会人生深刻的认识、把握与表现，是揭示人生世相本来面目的特征。"[①]也就是说，无论从作家、文本存在或是读者接受的维度，"文学都是人学的客观存在，文学的起点和归宿始终都是人，它不仅浸透着对人的个体生命关怀与生存观照，而且不断对人的存在和人类自身发展问题进行深入的探索，以对人类的价值审察和终极追问为己任。文学世界所要建构的是人类的精神家园"[②]。从这个角度来看，戏剧文本是文学文本，因为两者都是通过塑造形象、创造意境来进行意蕴的表达。戏剧文本是文学文本，因为其核心主题是人类的存在与命运，建构人类的价值观与精神内涵，关注人类的情感与苦难。

　　"文学性存在于话语从表达、叙述、描写、意象、象征、结构、功能以及

---

①　刘家思.剧场性：戏剧文学的本质特征.四川戏剧,2011(1):44.
②　刘家思.剧场性：戏剧文学的本质特征.四川戏剧,2011(1):44.

审美处理等方面的普遍升华之中,存在于形象思维之中。"①因此,戏剧文本的文学性从两个层次得以体现:一是深刻的主题思想,即深刻、广泛地反映社会生活的思想性;二是精巧的文体结构和艺术性的语言文字,即语言文字的文采和文学语言的特征。以文学文本为前提,为了强调其文学性,本研究将从主题内核和具体的文学手段,从叙述、描写到意象、象征,再到结构、功能以及审美处理等方面,考察奥尼尔戏剧在译为汉语的过程中,文学性的重现与失落。

第一节　三四十年代改译本中情节的改变与思想主题的重现

奥尼尔戏剧汉译本也从主题思想和语言两方面体现着文学性。总的来说,戏剧文本的思想性始终是其生命力之所在,综观中西戏剧史,经典的戏剧作品固然在语言方面极有文采,甚至有剧作家个人的风格特征;但更重要的是剧本表达的深邃的人文精神和反映的广阔时代、社会背景。因此,戏剧翻译中,如何忠实地保存与重现原作品的思想内涵是非常重要的。奥尼尔戏剧汉译在三四十年代出现了一个特殊的现象,就是奥尼尔独幕剧的翻译中出现了改译本。

一、关于戏剧的"改译"

"所谓改译,即英语中的 adaptation(改编),指有译有改的创造性地译介外国作品的方法,在改编中,有对内容的改变、形式的改变、风格的改变。"②一般来说,内容的改变较为常见,如对情节的增删,对人物身份、形象的改变;形式的改变主要体现在语言表达上,如在译文中用散文体代替原文的诗体。内容或形式的改变都会造成原戏剧风格的改变,因为风格是由内容和形式形成的。因此,这三种改变有时是三者共存,更多的时候则是内容或者形式的改变引起风格的变化。

---

① 史忠义."文学性"的定义之我见.中国比较文学,2000(3):127.
② 刘欣.论中国现代改译剧.上海:上海戏剧学院硕士学位论文,2009:1.

新文化运动时期,我国大量译介外国文学作品,开启了我国文化和文学的转型时期。当时"翻译、改写、转述、编写、借用、创作等的界线并不像今天想象的那样泾渭分明"①。因此对外国文学作品的译介也出现了多种形式,如译述、编译、改译、伪译,许多译者都是"边译边创作,互为推动,极其普遍,很少有只著不译或只译不著的作家,相反,二者是相互渗透,合而不分"②。虽然"在中国,一般的、广泛接受的定义是,'将一种语言文字中蕴涵的内容或信息换用另一种语言文字表达'"③。翻译可以被看作一种社会行为,有明确的目的,"'目的决定手段'已将传统'翻译方法'的定义扩展到'改写'、'编写'甚至'重撰'"④。蒙娜·贝克(Mona Baker)也说:"'翻译'自身的定义有了很大的扩延,包括了范围广泛的活动和产品,而这些活动和产品并不一定与一个单独的源文本形成可辨认的同一关系。"⑤因此,在不同的时代和文化背景下,"翻译"和"译本"的标准是可以有所改变的,而"改译"的戏剧也成了二三十年代中国常见的并得到接受的译介作品的一种。我国对戏剧的改译始见于晚清文明戏时期,这个时期的改译剧从量上看,是很庞大的,很多改译剧的原作甚至是小说。20 世纪 20 年代,在戏剧改良运动的基础上,1926 年中国的一批戏剧精英又发起了"国剧运动"。可以说,20 年代是一个中国戏剧复兴的时期,无论是戏剧改良运动还是"国剧运动",对外国戏剧的译介和借鉴都是非常重要的部分。20 年代,中国的戏剧界欣赏西方的象征主义与表现主义艺术,提倡糅合东、西方戏剧元素,这种"糅合"的一个产物就是对外国戏剧的改译

---

① 廖七一. 译耶? 作耶? ——胡适译诗与翻译的历史界定. 外语学刊,2004(6): 106.

② 王建开. 五四以来我国英美文学作品译介史(1919—1949). 上海:上海外语教育出版社,2003:103.

③ 廖七一. 译耶? 作耶? ——胡适译诗与翻译的历史界定. 外语学刊,2004(6): 106.

④ 廖七一. 范式的演进与翻译的界定. 中国翻译,2015(3):17.

⑤ Baker,M. The changing landscape of translation and interpreting studies. In Bermann,S. & Porter,C. (eds.). *A Companion to Translation Studies*. New York:John Wiley & Sons, Ltd., 2014:15.

本。余上沅曾说:"改译本虽无永远存在的价值,但在便于初学用作模型方面,在便于观众容易了解方面,它却有它的相当价值。"①进入三四十年代,"改译主要是作为弥补职业和商业演剧以及政治高压所带来的'剧本荒'而提出的"②。欧阳予倩在 1935 年发表的《创作翻译剧及改译剧》一文中总结了当时改译外国戏剧的原因和目的,"在上演目录中谁也愿意多演本国的创作","使一般的观众(不限于知识阶级)容易认识新的戏剧",用文艺"提供切身的资料以促民众之奋发","不过专就戏剧而论适当的剧本还是不多,有的又因种种关系不能上演。因此有时便不能不借重翻译剧"。③ 欧阳予倩还认为翻译剧如果一定要演得和外国一样,则"把路弄得很窄"且"失了自由创造的精神","其实只要弄得好改译并不是坏事",能体现演出外国剧的宗旨"第一就是介绍世界进步的思想;其次就是介绍新的形式"。④ 洪深也谈道:"译剧乃甚难之事,往往有此国之风俗,习惯,行事,心理,断非他国人所能领悟了解者。勉强译出,观众仍然莫名其妙。倘专备研究考据之用,丝毫不顾失真者,则宜多下注脚,多加说明。然此法不能行之台上。不得已求其次,则欧美有改译之例。改译云者,乃取不宜强译之事实,更改之为观众习知易解之事实也。"⑤可见,总的来说,改译的目的是使得翻译剧能够顺利地被搬上中国的舞台。

20 世纪 70 年代开始,翻译研究逐渐进入了文化研究转型期,翻译被置于宏观的历史、社会、文化语境中考察。在勒菲弗尔看来,文学是整个社会体系的子系统,而翻译又是文学这个大系统的一个子系统,翻译的运作受三种因素的制约:一、文学系统内的专业人士,即批评家和评论家、教师及译者;二、文学系统外的赞助人,即促进或阻碍文学阅读、创作和改写的力量,既可以是个人也可以是团体或机构,通过意识形态、经济利益、社会地位三方面发挥作用;三、主流诗学。意识形态和诗学共同操控着翻译

---

① 余上沅. 论改译//余上沅. 戏剧论集. 上海:北新书局,1927:42.

② 刘欣. 论中国现代改译剧. 上海:上海戏剧学院硕士学位论文,2009:2.

③ 欧阳予倩. 创作翻译剧及改译剧. 戏周刊,1935(27):11.

④ 欧阳予倩. 创作翻译剧及改译剧. 戏周刊,1935(27):11-12.

⑤ 洪深. 洪深文集(一). 北京:中国戏剧出版社,1957:466-467.

选材,其中又以意识形态因素的影响最大。在勒菲弗尔看来,"意识形态"是"一种观念网络,它由某个社会群体在某一历史时期所接受的看法和见解构成,而且这些看法和见解影响着读者和译者对文本的处理"①。而主流诗学则包括两个部分:一是文学手法,即文学类型、象征、母题、原型场景及人物;二是文学的功能观,即文学与社会系统之间的关系。② 改译剧本的选择同样也体现着主流意识形态的巨大影响。文学的功能也往往是由主流意识形态决定的。中国近现代主要存在两大主流意识形态——救亡图存和思想启蒙,这两大主流意识形态有时交替出现,有时共同存在。笼统地说,在救亡图存的主流意识形态指引之下,改译的剧本选材上主要是通过展现民族的苦难以唤醒国人,激发国人的爱国热情,积极拯救处于水深火热中的祖国。在晚清和抗战时期,救亡图存这一主流意识形态对改译剧和其他文学作品在选材上的影响就是如此。在中国近代以来一直占据主流地位的思想启蒙观念的指引之下,改译剧的选材主要围绕宣扬西方的民主、自由、平等、博爱等思想,还有宣扬妇女解放、婚姻自由,以及对社会黑暗现实的批判等。

　　20 世纪 50 年代以前,中国的改译本大致分为两种类型。一种是对原剧改动幅度最大的,除了保留原剧的故事情节和人物关系,其他方面,包括人名、地名、风俗习惯、人情世故等全部"中国化"。这种大幅度的改动会造成人物形象和故事主题的变化。这类改译剧最成功且盛演不衰的是马绛士改译的《不如归》,"该剧不仅仅是换成中国人名,变成中国故事,而且在精神上已完全贴近中国情境,化为中国民族的东西"③。另一种改译本的改动幅度较小,故事情节、人物关系、人物形象和主题思想都全数保留,只对部分与中国国情不符合的或与时代主题不符合的情节做改动。这类改译成功的例子较多,如陆镜若改译的《社会钟》只增加了一个人物,其他的故事情节和人物设定均保持原样;又如洪深根据王尔德的《温德米

---

① Bassnett, S. & Lefevere, A. *Constructing Cultures*: *Essays on Literary Translation*. Shanghai: Shanghai Foreign Language Education Press,2001:48.

② 廖七一. 多元系统. 外国文学,2004(4):52.

③ 黄爱华. 中国早期话剧与日本. 长沙:岳麓书社,2001:296.

尔夫人的扇子》改译的《少奶奶的扇子》成为 20 年代改译剧中的经典。总的来说,第二种改译比第一种改译更多,原因是多样的,除了原剧本身与中国文化接受语境的差距较小,易于中国舞台搬演之外,在欧阳予倩看来"改译剧本也并不是一件容易的事⋯⋯改译和自己写一篇就差不多要费同等的力量"①。

二、主题的重现与重释——三个奥尼尔戏剧改译本研究

奥尼尔戏剧的改译主要出现在 20 世纪三四十年代,目前发现的改译本主要有三个——古有成根据 *Diff'rent* 改译的《不同》、马彦祥根据 *The Long Voyage Home* 改译的《还乡》和顾仲彝根据 *Beyond the Horizon* 改译的《天边外》。这三个译本在发表或出版的时候都特别说明了是改译本。古有成改译的《不同》在 1931 年连载于《当代文艺》第 1 卷第 2 期和第 3 期,译者的署名为"古有成改译"。古有成在"写在不同的前面"中第一部分简略介绍了原著者奥尼尔,第二部分解释了"为何改译本剧",并于第三部分做了"关于改译的一点重要声明"。因此,《不同》作为改译本的身份是毋庸置疑的。马彦祥改译的《还乡》在 1932 年发表于《新月》第 3 卷第 10 期,在标题下面加了一行"改译欧尼尔的'*The Long Voyage Home*'"以说明该剧的性质。古有成改译的《天边外》由长沙商务印书馆初版于 1939 年,其中收录了顾仲彝译的《天边外》和《琼斯皇》两个剧本。在"目次"页里,两个译本的性质得到了区别说明,《天边外》标题后的说明为"奥尼尔的 *Beyond the Horizon* 的改译本";《琼斯皇》标题后的说明为"奥尼尔的 *The Emperor Jones* 的译本"。可见译者区分了两个译本的性质,一个为"改译本",另一个为"译本"。

通过观察这三个被清晰地打上"改译"标签的剧本,可以发现译者对改译和翻译的区别的认识,也可以看到他们的改译本是如何迎合时代主旋律、观众需求,并尽量在译文中重现原著主题的。

---

① 欧阳予倩. 创作翻译剧及改译剧. 戏周刊,1935(27):12.

（一）古有成的改译本《不同》

古有成是中国最早出版奥尼尔戏剧中译本的译者,目前发现的古有成翻译的奥尼尔戏剧共有 4 部——独幕剧集《加力比斯之月》(1930 年商务印书馆出版)、三幕剧《天外》(1931 年商务印书馆出版)、两幕剧《不同》(连载于 1931 年《当代文艺》第 1 卷第 2—3 期)、四幕剧《安娜》(连载于 1933 年《社会建设》第 1 卷第 1—4 期)。这 4 部作品,古有成的署名方式有三种——《加力比斯之月》的署名为"译述者古有成",《天外》在扉页上署名为"古有成译",但在书的封三却将署名写为"译述者古有成";《不同》则署名为"古有成改译";《安娜》的署名为"古有成译"。在笔者看来,虽然古有成采取了不同的署名方式,但并不区分"译"和"译述",换句话说,在古有成看来,"翻译"就是"译述"。原因有二:第一,笔者仔细阅读和比较了署名为"译"和"译述"的译本,发现古有成采取的翻译策略、翻译方法并没有明显的不同,语言风格也基本一致,且都基本忠实于原著;第二,古有成的文章中,也并没有区分"译"和"译述"。在署名为"古有成译"的《天外》的《译后》中,古有成对译本的原文情况进行了说明:"译者先买的是单行本,后来才得到改正本,依改正本译述。"①他自称为"译者",又将自己的行为称为"译述",可见,在他看来"译"就是"译述"。在署名为"译述者古有成"的《加力比斯之月》的《译后》中,古有成更是多次使用了"译"和"翻译"来指自己的行为,甚至还区分了"adapting"和"意译"。如:"我译本书时,最感困难的便是因为著者喜用俗语(slang)……不过译者翻译时是很小心的……有时也采用一点 adapting 的办法,譬如题目就不完全意译……但这样的地方,究竟很少,意译而易于领悟的都尽量意译了。"②1933 年《图书评论》第 1 卷第 8 期发表了《古有成先生来函》一文,文章回应了钱歌川在《图书评论》同年第 1 卷第 5 期发表的《古有成翻译的加力比斯之月》。古有成在文中说:"译者译本书,还不过是学习翻译之第一

---

① 古有成. 译后//奥尼尔. 天外. 古有成,译. 上海:商务印书馆,1931:译后 7.
② 古有成. 译后//奥尼尔. 加力比斯之月. 古有成,译. 上海:商务印书馆,1933:译后 4-5.

遭……我始终是在学译,并且向来就认到译述是件难事。"①可以说,这段话中古有成直接将"译"等同于"译述"。

虽然古有成并不区分"译"和"译述",这两种表达在他看来是"翻译"的另外两种措辞形式,但他却清楚地将它们与"改译"区分开来。对比"改译"的《不同》和"译"或"译述"的《加力比斯之月》以及《天外》,事实上,古有成的"改译"与"译"的区别仅仅体现在"人名,地名,时代及布景"的中国化,改译本中的人物语言也体现着古有成的所有奥尼尔戏剧译本的特色——句式较为欧化,对原文亦步亦趋。总的来说,古有成的《不同》也属于改动较小的改译类型。

古有成在为改译剧《不同》所写的《写在不同的前面》一文中谈到"为何改译本剧":"中国戏剧尚在幼稚时代,外国有名戏剧自有充分介绍的必要。然因为中外姓名及风俗习惯等等之不同,一般直译的剧本,往往看来难懂,不能直接拿去表演更不用说。"②他进而谈到了改译的内容:"人名,地名,时代及布景等等都加窜改,然原剧精神却力求保存。"③可见,在古有成看来,改译将外国故事"中国化",使之更加符合中国读者和观众的审美和接受,但他也强调在改译过程中要"力求"保存原剧的精神或思想。

1. 中国化的"窜改"

改译本《不同》中,人名的"窜改"是指将剧中所有美国人的姓名换成了典型的中国式命名。具体的人物名称改动见表1。

表1 原文人物名与改译本人物名对照

原文	改译本
Captain Caleb Williams	李敬秋船主
Emma Crosby	王若菊女士

① 古有成. 古有成先生来函. 图书评论,1933,1(8):110.
② 古有成. 写在不同的前面//奥尼尔. 不同. 古有成,译. 当代文艺,1931,1(2):299.
③ 古有成. 写在不同的前面//奥尼尔. 不同. 古有成,译. 当代文艺,1931,1(2):299.

续表

原文	改译本
Captain John Crosby, her father	王船山船主,她的父亲
Mrs. Crosby, her mother	张氏,她的母亲
Jack Crosby, her brother	王浪,她的哥哥
Harriet Williams, Caleb's sister (later Mrs. Rogers)	李自芬女士,敬秋的妹妹(后为余热之妻)
Alfred Rogers	丘余热
Benny Rogers, their son	丘怒涛,为余热和自芬的儿子

中西方命名有不同的方式和文化意义,从剧中三个主要人物 Caleb、Emma 和 Benny 在改译本中的姓名来看,改译者对他们中文姓名的选取并不是随意的,改译的中文名体现了三个人物的性格,也与他们英文原名的含义"殊途同归"。原剧中的 Caleb 与改译本中的"李敬秋"都是一个"道德模范"式的人物,虽然剧本中,他一再声称自己不是"saints"(圣人),而只是一个平常的男人;虽然他在一次航途中曾于一个海岛上与一名土著妇女有染,但他认为这是一个"slip"(过失),并且在接下来的 30 年里,他用一个男人最好的时光等待因为这个过失而失去的 Emma。在妹夫溺死之后,他承担起了照顾妹妹和侄子的责任,并信守自己对爱情的承诺,用 30 年的时间向 Emma 证明他是可以托付的男人。"秋"的"纯净""深沉"也代表了他"稳重""忠诚"的品质,"秋"的"苍凉""萧索"暗示也象征着他寂寞的人生和孤独的结局。而英文 Caleb 来源于希伯来语,有"忠诚""勇敢"之意,也体现了主人公的性格。女主人公 Emma 的名字源于德语,有"whole"(全部的)和"universal"(普遍的)之意,这个名字却对女主人公的性格进行了反讽,女主人公一心追求"diff'rent"(与众不同),但却与世人一样容易轻信且愚蠢。改译本中"若菊"这一名字也恰好起到了同样的反讽效果,女主人公本应"心淡如菊",心境澄澈、品质高洁,但却一样落入俗套,受年轻人甜言蜜语的欺骗,为人长辈而不知自重,最终受到了羞辱,也失去了生命中最珍贵的人和爱。原剧中的"不肖子"Benny 的名字是"Benjamin"的另一种形式,在希伯来语中表示"son of the right hand"(右

手之子），即"幸运儿，宠儿"之意。事实上，剧中的 Benny 的确受到了母
亲、舅父、婶婶的宠爱，但却遗传到了父亲的劣性，最终变成了一个为了金
钱不惜使用各种下三烂的手腕，甚至不惜伤害亲人的社会渣滓。改译本
中，Benny 的名字变成了"怒涛"，"怒涛"能打破海面的平静，掀起滔天巨
浪。"丘怒涛"的存在也的确给他的家庭和"若菊"带来了很大的麻烦和困
扰，他与母亲、舅父之间因为金钱产生的不可调和的矛盾，他误导"若菊
姨"并利用她对他的爱情挑拨她与舅父之间的感情，还骗取她的钱财。
"怒涛"的破坏力正好反映在了"丘怒涛"的身上。

　　如果说"人名"的改换是为了让故事在中国语境中"合情"，"地名"的
改换则是为了使之更加"合理"。"译者将美国改为中国，法国却改为日
本"①，整个故事的地点发生了如此大的变动，自然其中提到的地名要随之
进行修改，才能不出现矛盾之处。改译本中地点的改换主要有两种处理
方法。一是将外国地名换成相应的中国地名。如整个剧本的主要场景
"Parlor of the Crosby home on a side street of a seaport village in New
England"②（笔者译：克罗斯比家的客厅，位于新英格兰地区一个海港村的
一条小街上）在改译本中成了"王船山船主家的客厅，家在 S 州的横街"③，
原剧中的人物都是与航海有关的，改译本中也将地点设在了一个"洲"上，
"洲"为濒水之陆地。又如在第二幕中 Benny 提起想和一个相熟的
"buddy"（伙计）一起去新英格兰地区的最大城市"Boston"（波士顿），改译
本中则换成了中国华南地区的繁华名都"广州"。二是将一些无关紧要的
地名省略不译或囫囵带过。如第二幕中，Benny 和 Emma 说起舅父晚上
到家，"he don't get in from New Bedford till the night train"④（笔者译：

① 古有成. 写在不同的前面//奥尼尔. 不同. 古有成，译. 当代文艺，1931，1(2)：
　299.
② O'Neill，E. *Complete Plays of Eugene O'Neill* (Vol. II). New York：Literary
　Classics of the Penguin Putnam Inc.，1988：2.
③ 奥尼尔. 不同. 古有成，译. 当代文艺，1931，1(2)：301.
④ O'Neill，E. *Complete Plays of Eugene O'Neill* (Vol. II). New York：Literary
　Classics of the Penguin Putnam Inc.，1988：29.

他晚上才会搭火车从新贝德福德回来），古有成则忽略了"新贝德福德"，改译为"他不到晚上，不会到家的"①。同样在第二幕中，Benny 说起舅父憎恨自己，当兵期间，"All he was hopin' was that some German'd get me for keeps"②（笔者译：他希望我被德国人永远解决掉），古有成将此句囫囵翻译为"他只愿我会做敌方的俘虏"③。事实上，古有成对原剧有误解，他在《写在不同的前面》里提到："原剧第二幕中有一处讲及美国军队在法国的浪漫状况，译者将美国改为中国，法国却改为日本，凡讥嘲法国女人的地方，都易为讥嘲日本女人。其间有一个很大的假设，就是假设我们中国因为世界第二次大战，不得已而出兵日本，像美国因为前次世界大战，不得已而出兵法国一样。"④原剧第二幕中，Benny 的确提起到过法国，"You forgot I was in France——and after the dames over there these birds here look some punk"⑤（笔者译：你忘了我曾到过法国——见识过法国女士的风韵，这里的丫头让人感到乏味）。但从上下文并不能读出 Benny 是因为驻军而到的法国，事实上，第一次世界大战期间美国并没有出兵法国，而是曾与德国在海上交战。因此，如果古有成误以为是美法之间发生了战事，这里的"German"就无法解释，于是将其囫囵译为"敌方"，既避免了矛盾之处，也误打误撞地与原文的意义吻合。

改译本《不同》在时代方面的改动较为模糊。原剧中，故事发生的时代交代得很清楚，第一幕的时间为"mid-afternoon of a day in late spring in the year 1890"⑥（笔者译：1890 年晚春某日下午三点左右），第二幕的时

---

① 奥尼尔. 不同. 古有成，译. 当代文艺，1931，1(3)：451.

② O'Neill，E. *Complete Plays of Eugene O'Neill*（Vol. II）. New York：Literary Classics of the Penguin Putnam Inc.，1988：30.

③ 奥尼尔. 不同. 古有成，译. 当代文艺，1931，1(3)：453.

④ 古有成. 写在不同的前面 // 奥尼尔. 不同. 古有成，译. 当代文艺，1931，1(2)：299.

⑤ O'Neill，E. *Complete Plays of Eugene O'Neill*（Vol. II）. New York：Literary Classics of the Penguin Putnam Inc.，1988：33.

⑥ O'Neill，E. *Complete Plays of Eugene O'Neill*（Vol. II）. New York：Literary Classics of the Penguin Putnam Inc.，1988：2.

间为"late afternoon of a day in the early spring of the year 1920"①(笔者译:1920 年早春某日傍晚)。古有成将时间分别改换为——第一幕:"某年的暮春的一天下午三四点钟的时候"②;第二幕:"三十年后的早春的一天傍晚的时候"③。从表面上看,古有成对故事发生的时间只做出了一点改动,即将具体的"1890 年"改成了"某年",于是相应的"1920 年"就改成了"三十年后",但这看似微小的一个改动却直接影响到了故事的可信度。原剧的故事中,Benny 应征参加了美国与德国的海上战事,因此具体的时间能使得故事更清楚、合理。但改译本将故事放到了中国,并"假设"中国会在第二次世界大战中出兵日本,建立在这个假设之上,时间是否具体似乎就不再重要。但故事时间模糊,故事情节又基于一个大的假设,故事的可信度受到了直接的影响,也或多或少地影响了主题思想的表达。

布景的中国化处理主要表现在舞台道具和人物穿着上。舞台道具方面,可以看出古有成尽量保持与原剧的布景一致,将一些不符合中国家庭摆设的家具进行了改换。如第一幕中,古有成将"an old mahogany chest of drawers"④(笔者译:一个陈旧的红木五斗柜)换成了"一个有若干抽屉的柚木大橱"⑤,"红木"虽是外国人眼中较为普通的木材,中国文化却偏爱红木,红木在中国象征着价值和地位,自然价格不菲,而"柚木"则是经济地位一般的家庭常选用的普通家具木材。除了这里,第一幕中的"a stiff plush-covered chair"⑥(笔者译:一把硬长毛绒覆盖的椅子)也换成了"一张柚木挺背椅"⑦,可见在改译者看来,柚木家具更能在中国观众眼中反映

---

① O'Neill, E. *Complete Plays of Eugene O'Neill* (Vol. II). New York: Literary Classics of the Penguin Putnam Inc., 1988:2.

② 奥尼尔. 不同. 古有成,译. 当代文艺,1931,1(2):301.

③ 奥尼尔. 不同. 古有成,译. 当代文艺,1931,1(2):301.

④ O'Neill, E. *Complete Plays of Eugene O'Neill* (Vol. II). New York: Literary Classics of the Penguin Putnam Inc., 1988:3.

⑤ 奥尼尔. 不同. 古有成,译. 当代文艺,1931,1(2):301.

⑥ O'Neill, E. *Complete Plays of Eugene O'Neill* (Vol. II). New York: Literary Classics of the Penguin Putnam Inc., 1988:3.

⑦ 奥尼尔. 不同. 古有成,译. 当代文艺,1931,1(2):301.

故事中家庭的经济状况。上述改动是为了使故事更为合理,但改译者对原剧中两个具有深刻象征和文化意义的重要道具的改动,却造成了这些意义的缺失。第一个道具是第一幕中出现的《圣经》:"On the table, a large china lamp, a bulky Bible with a brass clasp, and several books that look suspiciously like cheap novels. "①(笔者译:桌上放着一盏陶瓷灯、一本带着黄铜扣钩的大部头的《圣经》,还有几本非常像劣质小说的书籍。)这里的《圣经》和"劣质小说",暗示着 Emma 平常的阅读内容,也同时解释了她浪漫又爱幻想、固执又自以为是的性格。这本《圣经》在第二幕中同样出现了,"On it (the table) are piles of fashion magazines and an electric reading lamp. Only the old Bible, which still preserves its place of honor on the table"②(笔者译:桌上是成堆的时尚杂志和一盏阅读点灯。只有那本旧《圣经》,仍然在桌子上保持着它尊贵的地位)。"时尚杂志"代替了"劣质小说",暗示 Emma 为了博取 Benny 的欢心,努力想要装扮得年轻,跟上时代的脚步;《圣经》仍然放在"尊贵"的位置,暗示着 Emma 仍然希望保持自己的信仰和对世界的认知。但如此重要的道具却在改译本中消失了,第一幕改译为:"台上,一盏大磁灯,几本看来像是小说的书。"③第二幕改译为:"台上放着许多堆的讲究服装的杂志,和一盏照读用的点灯。"④改译者将《圣经》省去,是为了使故事符合中国语境,30 年代的中国人并不像西方人普遍信仰基督教,因此《圣经》作为道具并不能给中国观众带来原剧中想要传递的文化意义。第二个道具是 Crosby 客厅里的"a black horsehair sofa"⑤(笔者译:一座黑色马鬃衬料沙发),这座沙发是 Caleb 每次到访时的座位,也象征着他在 Emma 心目中的地位。

---

① O'Neill, E. *Complete Plays of Eugene O'Neill* (Vol. II). New York: Literary Classics of the Penguin Putnam Inc., 1988:3.

② O'Neill, E. *Complete Plays of Eugene O'Neill* (Vol. II). New York: Literary Classics of the Penguin Putnam Inc., 1988:27.

③ 奥尼尔. 不同. 古有成, 译. 当代文艺, 1931, 1(2):301.

④ 奥尼尔. 不同. 古有成, 译. 当代文艺, 1931, 1(3):447.

⑤ O'Neill, E. *Complete Plays of Eugene O'Neill* (Vol. II). New York: Literary Classics of the Penguin Putnam Inc., 1988:3.

原剧第一幕中,这座沙发的位置是:"Farther back, in order, a window looking out on a vegetable garden, a black horsehair sofa, and another window."①(笔者译:再往后,按照顺序,一扇朝着蔬菜园子开的窗户,一把黑色马鬃衬料的沙发,另一扇窗户。)第一幕中沙发位于两扇窗户之间,处于一个中心的位置,暗示 Caleb 在 Emma 心中崇高的地位。第二幕中,这座沙发的位置发生了巨大的变化:"The horsehair sofa has been relegated to the attic. A cane bottomed affair with fancy cushions serves in its stead."②(笔者译:马鬃衬料沙发被移到了阁楼上。取而代之的是一个带有华丽垫子的藤底的物什。)黑色马鬃衬料的沙发虽然结实耐用,但外观始终跟不上时代的审美,因此被 Emma 移出了客厅,也暗示着她一心想要讨得年轻、华而不实的 Benny 的欢心,将可靠、诚实的 Caleb 赶出了内心。改译本中,这座沙发的位置在两幕布景中是这样改动的:第一幕中为"后些,依次数去,一窗可望外面的小花园,一张黑漆皮的沙发,又一个窗子"③;第二幕中为"漆皮沙发既搬去储藏室了,代之以一张藤底的有漂亮椅垫的靠椅"④。改译本中,"马鬃衬料沙发"被换成了"漆皮沙发",使得原剧中的象征意义有所流失,"马鬃衬料"朴实、耐用,"漆皮"却光鲜而不耐磨,"马鬃衬料"能够象征 Caleb,"漆皮"却无法起到同样的效果。

人物的衣着能够直接让观众感受到人物的特征与故事的时代背景,改译本《不同》中,可以看到古有成是尽量忠实于原著,只是为了让人物形象符合中国人的身份做出了少量改动。如原剧中,Emma 的服装最为特别,因为她在第一幕和第二幕中形象改变巨大。第一幕中,Emma 的穿着是:"She is dressed soberly and neatly in her black Sunday best, style of

---

① O'Neill, E. *Complete Plays of Eugene O'Neill* (Vol. II). New York: Literary Classics of the Penguin Putnam Inc., 1988:3.

② O'Neill, E. *Complete Plays of Eugene O'Neill* (Vol. II). New York: Literary Classics of the Penguin Putnam Inc., 1988:27.

③ 奥尼尔. 不同. 古有成,译. 当代文艺,1931,1(2):301.

④ 奥尼尔. 不同. 古有成,译. 当代文艺,1931,1(3):447.

the period. "①(笔者译:她穿着最好的衣服,当时的式样,黑色,朴素而整洁。)改译本则将她的衣着改为"身穿时髦的合于大家闺秀的衣裳"②。第二幕中,Emma 努力将自己装扮得年轻:"The white dress she wears is too frilly, too youthful for her; so are the high-heeled pumps and clocked silk stockings. "③(笔者译:她身上的白色连衣裙有太多的荷叶边,高跟浅口鞋和脚踝处绣花的丝质长腿袜,无一不是对她来说过分年轻的样式。)改译本第二幕中"若菊"的穿着为:"她穿着白色衣裳,于她是太多边裥,太过年轻;她又穿高跟皮鞋,绣花丝袜。"④Emma 在第一幕中的形象是为了讨得 Caleb 的欢心,因此"朴素而整洁";而在第二幕中的衣着则是为了迎合 Benny,因此,虽与年龄不符,她仍然刻意打扮得时尚、花哨。在改译本中,改译者将第一幕中若菊的形象改为"大家闺秀",第二幕中则为中国版的时髦女郎,也与原剧中所想传达的意义基本一致。除了特别突出的 Emma 的形象,有明显改动的还有 Benny 的衣着,原剧中对他穿着的描写为:"He is dressed in the khaki uniform of a private in the United States Army. "⑤(笔者译:他穿着美国军队二等兵的卡其布军装。)改译本中被改换为:"他身穿中华民国陆军的士兵制服。"⑥这些改动都是为了让故事更加符合中国语境。

除却改译者自己提到的"人名、地名、时代及布景等都加窜改"⑦,改译本中还体现出一种改变,这种改变是故事发生的文化背景从美国换成了中国后,改译者在思想观念、宗教信仰和风俗习惯方面做出的一些改动。

---

① O'Neill, E. *Complete Plays of Eugene O'Neill* (Vol. II). New York: Literary Classics of the Penguin Putnam Inc., 1988:4.
② 奥尼尔. 不同. 古有成,译. 当代文艺,1931,1(2):302.
③ O'Neill, E. *Complete Plays of Eugene O'Neill* (Vol. II). New York: Literary Classics of the Penguin Putnam Inc., 1988:27.
④ 奥尼尔. 不同. 古有成,译. 当代文艺,1931,1(3):448.
⑤ O'Neill, E. *Complete Plays of Eugene O'Neill* (Vol. II). New York: Literary Classics of the Penguin Putnam Inc., 1988:27.
⑥ 奥尼尔. 不同. 古有成,译. 当代文艺,1931,1(3):448.
⑦ 古有成. 写在不同的前面//奥尼尔. 不同. 古有成,译. 当代文艺,1931,1(2): 299.

在思想观念方面,很突出的例子表现在第一幕中,Jack 对 Emma 说:"See there! Listen to Caleb. You got to take his word——love, honor, and *obey*, ye know, Emmer."①(笔者译:瞧瞧! 听凯莱布的。你得相信他的话——对男人要爱、尊重和服从,你知道的,爱玛。)改译本中,"王浪"对"王若菊"说的却是:"哪! 听敬秋的话罢。你应该相信他的话——恋爱,贞操,和'服从',是三件大事,你可知道,菊妹。"②显然,改译者将"honor"换成了"贞操",在中国传统的封建观念中,"贞操"对女性及其配偶都是非常重要的,因此,改译者将原剧中女性对未婚夫要做到的"honor"改成了中国传统观念中女性对未婚夫的守节。宗教信仰方面,改译者在舞台布景上删除了《圣经》这一在原剧中产生重要意义的道具,并对剧中与基督教有关的内容进行了改动,如第一幕中,Jack 听到妹妹夸赞 Caleb 的不同,讽刺道:"Caleb's a Sunday go-to-meetin' Saint, ain't he? Yes, he is!"③(笔者译:凯莱布是个星期天会参加教堂集会的圣人,不是吗? 他就是个圣人!)改译者则将这句话改为:"敬秋是个目不斜视的圣人啦,可不是? 是的,他是圣人啦!"④除了这类改动,全剧中诸如"God sakes""Good gracious"等感叹语全部都改成了"阿弥陀佛","Christian"都改成了"文明人"。宗教信仰改译方面更突出的一个例子就是在第一幕中,Captain Crosby 试图用玩笑的话化解自己在 Emma 面前说错话的尴尬:"I knows Emmer ain't that crazy. If she ever got religion that bad, I'd ship her off as female missionary to the damned yellow Chinks."⑤(笔者译:我知道爱玛没那么疯狂。如果她真是那么虔诚的教徒,我会用船把她送到那些该死的黄种中国佬那里当个女传教士。)改译本中,这句话被改为:"我知道

① O'Neill, E. *Complete Plays of Eugene O'Neill* (Vol. II). New York: Literary Classics of the Penguin Putnam Inc., 1988:8.
② 奥尼尔. 不同. 古有成,译. 当代文艺,1931,1(2):309.
③ O'Neill, E. *Complete Plays of Eugene O'Neill* (Vol. II). New York: Literary Classics of the Penguin Putnam Inc., 1988:9.
④ 奥尼尔. 不同. 古有成,译. 当代文艺,1931,1(2):310.
⑤ O'Neill, E. *Complete Plays of Eugene O'Neill* (Vol. II). New York: Literary Classics of the Penguin Putnam Inc., 1988:22.

菊妹并不会那么疯癫的。要是她万一是那么拘守正法,我要把她用船载到西方服侍观音娘娘去。"①译文既绕开了"该死的黄种中国佬"这一对中国人的污蔑语言,也将基督教的传教士换成了佛教中观音的服侍者。风俗习惯方面,比如第一幕中,Jack 见到妹妹后"putting his arm about her waist"②(笔者译:用胳膊搂着她的腰),这一行为在改译本中被改为"拍着她的肩部"③,这样的改动体现了中西文化中兄妹之间的亲昵举止表达方式的不同。又如在原剧第一幕中,Emma 的母亲尽力劝说 Emma 不要放弃与 Caleb 结婚,"Here's the weddin' on'y two days off, and everythin' fixed up with the minister"④(笔者译:婚礼就在两天后,一切都和牧师安排好了)。改译本中,这句话被改为"再过两天便是婚期了,一切都布置停当了,请帖都发出去了"⑤。这样的改动也充分体现了中西婚俗的不同,西方人特别是信教的民众都在教堂由牧师主持婚礼,而当时的中国人更多的是在家里举行仪式。

　　2. 原剧精神的"力求保存"

　　总的来说,尽管古有成从多方面对原剧进行了中国化的改动,但改译之后的《不同》仍存在不少不合理和有争议的地方。虽然改译者在《写在不同的前面》中强调"力求保存""原剧精神",但由于这些矛盾和有争议的因素,原剧的精神未能在改译本中得到很好的呈现。

　　改译本中的不合理之处主要有情节方面的不合理和细节方面的不合理。

　　情节方面的不合理主要在于,原剧中 Caleb 的船被一场暴风雨吹到了一个小岛上,岛上住着土著人,这在美国海船的航行中是可能发生的情

---

① 奥尼尔. 不同. 古有成,译. 当代文艺,1931,1(2):332.
② O'Neill, E. *Complete Plays of Eugene O'Neill*(Vol. II). New York: Literary Classics of the Penguin Putnam Inc., 1988:8.
③ 奥尼尔. 不同. 古有成,译. 当代文艺,1931,1(2):309.
④ O'Neill, E. *Complete Plays of Eugene O'Neill*(Vol. II). New York: Literary Classics of the Penguin Putnam Inc., 1988:20.
⑤ 奥尼尔. 不同. 古有成,译. 当代文艺,1931,1(2):328.

况。但改译者将故事搬到中国语境中,仍然保留了"土著"这一说法,如原剧中 Jack 对 Emma 讲起那些"native brown women"①,改译本中为"棕色的土著的女人"②。土著人是指在殖民者从其他地方来到之前,就住在自己土地上的原始人民,"土著"的概念,是相对于外来殖民者而言。因此,在中国的背景下,航船遇到海岛及棕色土著人的故事就显得匪夷所思。除此之外,由于改译者将第一次世界大战中美国与德国之间的战事误认为是发生在美国与法国之间,因此,对于原剧中与德国相关的情节,改译本只能囫囵带过,使得改译本的模糊之处较多。

第一,人物语言的矛盾。如原剧第一幕开头,Caleb 的口头禅"hell"是咒骂或表示惊讶、愤怒时的感叹词,Emma 对此的态度是:"I do wish you wouldn't swear so awful much, Caleb."③(笔者译:我真希望你不要说这么多粗话,凯莱布。)Caleb 回答说自己会注意,但觉得 Emma 应该习惯了:"You'd ought to be used to that part o'men's wickedness—with your Pa and Jack cussin' about the house all the time."④(笔者译:你应该已经习惯了男人这方面的臭毛病——你爸和杰克成天在家说脏话的。)从这段对话可以看出 Caleb 与 Emma 的父亲、哥哥一样都是粗人,因此语言粗鲁并常常带有咒骂的口头禅。改译本保留了以上对话,若菊也对敬秋"他妈"的口头禅表示不满:"我愿你不要说这么多咒骂的话头了,敬秋。"⑤敬秋也说:"你对于男人们的这种不好的地方,你应该是惯熟了啦——令尊和令兄在家时总是咒骂不绝的。"⑥改译本也试图保留敬秋和若菊父兄的粗鲁

① O'Neill, E. *Complete Plays of Eugene O'Neill* (Vol. II). New York: Literary Classics of the Penguin Putnam Inc., 1988:11.
② 奥尼尔. 不同. 古有成,译. 当代文艺,1931,1(2):315.
③ O'Neill, E. *Complete Plays of Eugene O'Neill* (Vol. II). New York: Literary Classics of the Penguin Putnam Inc., 1988:4.
④ O'Neill, E. *Complete Plays of Eugene O'Neill* (Vol. II). New York: Literary Classics of the Penguin Putnam Inc., 1988:4.
⑤ 奥尼尔. 不同. 古有成,译. 当代文艺,1931,1(2):303.
⑥ 奥尼尔. 不同. 古有成,译. 当代文艺,1931,1(2):303.

形象和语言,却在他们的语言中加入了文雅的表达,如"令尊""令兄""令妹"等,使得他们的语言特征较为矛盾,不伦不类。

第二,译文前后不一致。关于原剧中涉及基督教方面的改动最为突出,改译者试图将基督教的痕迹全部抹去,于是在舞台布景中将重要的道具《圣经》省去,在人物的语言中用"阿弥陀佛"代替与"God"有关的感叹语,将"Christian"改换成"文明人",等等。但在第一幕的译文中出现了三次"牧师"。第一次是 Jack 质问 Emma 想要跟什么样的人结婚:"What d'you want to marry, anyhow—a man or a sky-pilot? Caleb's a man, ain't he?"①改译本中的译文为:"究竟你要同谁结婚呢——一个男子,还是一个牧师? 敬秋是一个男子,可不是?"②第二次是 Harriet 讽刺 Emma 说:"Emma'd ought to have fallen in love with a minister, not a sailor."③改译本中的译文为:"若菊应该和一个牧师,不是和一个水手,恋爱。"④第三次是 Emma 的父亲劝说 Emma 不要过分纠结 Caleb 的过失:"Thunderin' Moses, what the hell d'you want Caleb to be—a durned he-virgin, sky-pilot?"⑤改译本中的译文为:"老天爷,你究竟要敬秋做什么人呢——一个槁木死灰的,处男的牧师吗?"⑥这三处的翻译与文中其他多处试图消除基督教痕迹的改动相矛盾,且"牧师"在中国文化中的形象与西方文化中的形象有差异,改译文并不能保证让观众或读者领会到西方文化中牧师形象的意义。

除此之外,改译者为了让故事彻底中国化,对原文中的"town"进行了改译。如 Emma 得知 Caleb 的故事人尽皆知时问道:"So all the town

---

① O'Neill, E. *Complete Plays of Eugene O'Neill* (Vol. II). New York: Literary Classics of the Penguin Putnam Inc., 1988:14.
② 奥尼尔. 不同. 古有成,译. 当代文艺,1931,1(2):318.
③ O'Neill, E. *Complete Plays of Eugene O'Neill* (Vol. II). New York: Literary Classics of the Penguin Putnam Inc., 1988:18.
④ 奥尼尔. 不同. 古有成,译. 当代文艺,1931,1(2):325.
⑤ O'Neill, E. *Complete Plays of Eugene O'Neill* (Vol. II). New York: Literary Classics of the Penguin Putnam Inc., 1988:22.
⑥ 奥尼尔. 不同. 古有成,译. 当代文艺,1931,1(2):331.

knows about it?"①改译本中的译文为："那么全州的人都知道了。"②改译本中故事发生的地点设定为"S 州"，因此，此处将"the town"译为"州"是可以解释得通的。但在第二幕中，"the town"的译文却发生了变化。Emma 对 Benny 说起自己是多么喜欢他，"I like you very, very much, Benny—better than anyone in the town"③。改译本中的译文为"我很是，很是喜欢你，怒涛——比对于这市上的任何人还喜欢"④。"the town"被译作了"这市"，与前面的改动不一致。

第三，对风俗习惯的改动不彻底。改译者对原剧中不符合中国风俗习惯的部分内容进行了改动，但这些改动不彻底，反而使得人物的行为变得怪异。原剧中情人之间、夫妻之间、朋友之间的亲吻行为，在改译本中全数保留，这并不符合 30 年代中国人之间表示问候或亲密的习惯。如 Harriet 因为对 Emma 言辞激烈，感到了不安，于是她"repentantly, coming and putting her arms around Emma and kiss her"⑤，改译本中的译文为"悔恨地，跑过来用两臂去抱若菊而吻她"⑥，Harriet 是 Emma 未婚夫的妹妹，也与 Emma 是好朋友，但亲吻并不是中国旧时女性之间的礼节行为。

3. 改译本中的有争议之处

第一，改译本《不同》以一个很大的假设为前提，这个假设使得剧情多少有些变味。在《写在不同的前面》里，古有成说道："假设我们中国因为第二次大战，不得已而出兵日本，像美国因为前次世界大战，不得已而出

---

① O'Neill, E. *Complete Plays of Eugene O'Neill* (Vol. II). New York: Literary Classics of the Penguin Putnam Inc., 1988:11.
② 奥尼尔. 不同. 古有成, 译. 当代文艺, 1931, 1(2):314.
③ O'Neill, E. *Complete Plays of Eugene O'Neill* (Vol. II). New York: Literary Classics of the Penguin Putnam Inc., 1988:31.
④ 奥尼尔. 不同. 古有成, 译. 当代文艺, 1931, 1(3):454.
⑤ O'Neill, E. *Complete Plays of Eugene O'Neill* (Vol. II). New York: Literary Classics of the Penguin Putnam Inc., 1988:19.
⑥ 奥尼尔. 不同. 古有成, 译. 当代文艺, 1931, 1(2):326.

兵法国一样。"^①关于这个很大的假设,古有成曾说:"因为改译而不得不包含这个大假设,这也许是本剧的大缺点,但读者如先知此意,或表演以前对听众解释一下,也便没有什么隔阂的地方,而且该部分也并不是本剧的精神所在。"^②在改译者看来,这个假设并不影响原剧精神的表达,改译本中第二幕中"凡讥嘲法国女人的地方,都易为讥嘲日本女人"^③,事实上,当时中国民间抗战情绪高涨,改译本中将中日两国设定为战争状态,对日本女人加以嘲讽,表达了一些中国民众当时的民族仇恨情绪,给剧本增加了时代、政治意义。

第二,改译本中的翻译有一些值得商榷的地方,如改译者将"apron"翻译成"胸衣","embarrassed"译为"困惑""不知所措"等。改译本中还有一些误译的地方,如 Emma 的母亲让 Harriet 和 Emma 停止争吵:"Thar, now! Don't you two git to fightin'—to make things worse."^④改译本中的译文为:"哪,现在! 你两个不要打起来,把事情弄得更糟糕啦。"^⑤这里的"now"是语气词,并不表示"现在"的意思,而且这里的"fightin'"也不是"打架",而是"吵架"的意思。

虽然存在不合理和有争议的地方,但可以看出改译者为"力求"保持原剧的精神所做出的努力:一是对于原剧情节的保留,改译本基本上保留了原剧的所有情节;二是对人物性格的保留,改译本中清晰地呈现了主要人物的性格特征;三是人物对话几乎直译,除了为了中国化而必须进行的改动,改译者几乎直译了人物的所有对话。尽管改译者做出了努力,但由于他的一系列改动,作品的主题在新的语境中还是发生了变化。一是原

---

① 古有成. 写在不同的前面//奥尼尔. 不同. 古有成,译. 当代文艺,1931,1(2):299.

② 古有成. 写在不同的前面//奥尼尔. 不同. 古有成,译. 当代文艺,1931,1(2):299.

③ 古有成. 写在不同的前面//奥尼尔. 不同. 古有成,译. 当代文艺,1931,1(2):299.

④ O'Neill, E. *Complete Plays of Eugene O'Neill* (Vol. II). New York: Literary Classics of the Penguin Putnam Inc., 1988:19.

⑤ 奥尼尔. 不同. 古有成,译. 当代文艺,1931,1(2):326.

剧中力图表达的宗教意义完全失落,原剧中的 Emma 容易相信他人、固执、善恶不辨,最终失去了生命中最重要的人,作为虔诚的基督徒却没有得到救赎。改译本中将原剧中的宗教因素几乎全部抹去,放入新的语境中,原剧想要表达的宗教意义全部流失。二是人性意义的部分失落,因为情节与人物性格的保留,改译本的确反映出了原剧中人性善恶的斗争,但因为改译者将故事放在了中国语境中,原剧中美国现代社会人们精神状况的混乱这一主题却无法呈现。在《写在不同的前面》中,古有成曾说:"本剧既有介绍的价值,为适于阅读及便于排演起见,译者乃大胆把它改译过来。"①说明改译者充分领会了原剧的精神,并与之产生了共鸣,但由于改译过程中一些不彻底和不成功的改动,使得原剧的精神难以在中国文化中得以再现。欧阳予倩曾指出:"改译有一层很要注意,有的剧本能改译,有的不能改译,有的的确有改译上演的必要,有的也可不必改译。"② *Diff'rent* 应该属于不能改译的类型,因为原剧主题的呈现与故事的时代、文化背景是不能分离的,这或许也是《不同》的改译费力不讨好的真正原因所在。

(二)马彦祥的改译本《还乡》

马彦祥根据 *The Long Voyage Home* 改译的《还乡》,改动幅度较大,对故事的时代背景、人物的身份和形象都进行了重新设定。这些改动与原剧的精神相吻合,无论是原剧还是改译本,都迎合了当时时代的主旋律——对社会阴暗面的揭露与批评,也共同从深层次探讨了人性中"恶"的一面。

1.故事背景的中国化

独幕剧 *The Long Voyage Home* 创作于 1917 年,是奥尼尔早期创作的水手剧之一。原著以 20 世纪初期英、美等国家长期在海上航行讨生活的水手为原型,讲述了那个时代一艘英国不定期航行的货船"Glencairn"

---

① 古有成. 写在不同的前面//奥尼尔. 不同. 古有成,译. 当代文艺,1931,1(2): 299.

② 欧阳予倩. 创作翻译剧及改译剧. 戏周刊,1935(27):12.

号的几位水手在船只停靠的港口上岸喝酒时,存了三个月薪酬打算回家的水手 Olson 被酒馆的老板"Fat Joe"伙同女招待和几个流氓设计灌下有迷药的酒,并被偷走了所有的路资,被送上了一艘驶向 Cape Horn 的远洋船,最终有家难回的故事。

马彦祥的改译对原作的背景进行了重新设定,他在译本的开头"布景"中增加了一段话:"这件事发生在一个军营附近的小酒店里面。这地方本是商业的小镇,只因两年前发生战事,在这里曾经驻扎过军队,后来战事虽然结束,兵士却没有遣散,便长此留在这镇上。为了供给这些兵士的消费,在军营附近开设着不少的小酒店。起先店少人多,生意还可做得;后来酒店增多了,队伍里的饷银又难得发下来,营业已大非昔比。"①从这段话可以看出改译者对故事背景的重新设定,时间已经被换成了二三十年代时局动荡的中国,发生的地点换成了一个发生过战事的商业小镇,中心人物改成了几个士兵。

2. 人物形象的中国化

马彦祥的改译本中,故事背景的重新设置使得剧中的人物身份、形象都不得不做出相应的改变。

原著 *The Long Voyage Home* 的中心人物是一艘英国不定期航行的货船"Glencairn"号的几位水手——"Olson、Driscoll、Cocky、Ivan",而改译本中,几位中心人物的名字为"张得胜、李长富、孙贵兴、赵麻子",这几个名字都是典型的中国名。除了四个中心人物,还有"反派"的酒馆老板"Fat Joe",改译本中,他的名称换成了"刘掌柜";女招待"Mag"和"Freda"在改译本中也成了"二姑娘"和"三姑娘";Nick 成了"王顺";两个"roughs"在改译本中有了名字"王二"和"周猴儿"。

改译本中,中心人物的身份不是水手,而是"四个拿生命换钱的八太爷"②,"八太爷"又称"丘八",是旧时对"兵"的称呼;"barmaid"改为"酒店

---

① 奥尼尔. 还乡. 马彦祥,译. 新月,1932,3(10):2.
② 奥尼尔. 还乡. 马彦祥,译. 新月,1932,3(10):1.

里作打杂兼伺候顾客的女人"①,而在解释"三姑娘"的身份时,马彦祥用了"和二姑娘是一路货色"②;"王二"和"周猴儿"的身份是"两个无赖"③,与原著中的"roughs"意义相近;原著中身份唯一不变的就是"Fat Joe",原文是"proprietor of a dive"(笔者译:一家低档酒馆的所有者),改译本对他的身份没有直接加以说明,但从对他的称呼"刘掌柜"可以看出,他是酒馆的老板。

在人物的称呼和身份变化的基础上,人物的外貌在改译本中也得到了中国化的重塑。酒馆老板的名字"Fat Joe"是个诨名,原剧在人物列表中只说明了其身份,并未对其形象加以描述,而改译本在人物列表中增加了对"刘掌柜"外貌的描述:"一个粗眉大眼、油光满面的胖子"④,其中的"粗眉大眼"和"油光满面"都是改译者根据中国人对贪婪、无耻的剥削者丑陋形象的理解进行的描述。在原剧开头的布景中有对"Fat Joe"形象的详细描写:"Fat Joe, the proprietor, a gross bulk of a man with an enormous stomach. His face is red and bloated, his little piggish eyes being almost concealed by rolls of fat. The thick fingers of his big hands are loaded with cheap rings and a gold watch chain of cable-like proportions stretches across his checked waistcoat."⑤(笔者译:胖子乔,酒馆老板,身材笨重肥胖,挺着巨大的肚子。他面色潮红、浮肿,一双猪一样贪婪的小眼睛藏在脸上一圈圈的肥肉中。他宽大的手掌上长着肥粗的手指,指头上戴着几个廉价的戒指,穿一件方格图案的马甲,一条绳索样的金表链挂在上面。)改译本中,对"刘掌柜"的详细描写为"和一般酒肉店里的人一样,很胖,挺着大肚子,因为酒喝得多了,脸上长着不少酒刺"⑥。

---

① 奥尼尔. 还乡. 马彦祥,译. 新月,1932,3(10):1.
② 奥尼尔. 还乡. 马彦祥,译. 新月,1932,3(10):1.
③ 奥尼尔. 还乡. 马彦祥,译. 新月,1932,3(10):2.
④ 奥尼尔. 还乡. 马彦祥,译. 新月,1932,3(10):1.
⑤ O'Neill, E. *Complete Plays of Eugene O'Neill* (Vol. I). New York: Literary Classics of the Penguin Putnam Inc., 1988:509.
⑥ 奥尼尔. 还乡. 马彦祥,译. 新月,1932,3(10):2.

原作中的"Fat Joe"是典型的西方小酒馆老板的形象,而改译本中变成的"刘掌柜"则是典型的中国剥削者的形象。原作中的"crimp"(强迫人当兵的人)Nick,在改译本中变成了"王顺",身份为"人贩子",他的外貌在改译本中也得到了非常明显的改变。原作中,Nick 的外貌是:"His face is pasty, his mouth weak, his eyes shifting and cruel. He is dressed in a shabby suit, which must have once been cheaply flashy, and wears a muffler and cap."①(笔者译:他的脸色苍白,说话口齿不清,眼神闪烁不定、冷酷无情。他穿着破旧的西装,这套西装新的时候定是花哨耀眼的,虽然不上档次,他还围着围巾,戴着帽子。)改译本中"王顺"的外貌是"一个满面带着狡猾的中年人,穿着一套旧的黑华丝葛的袴褂,头上戴着小瓜皮帽"②。Nick 和"王顺"分别代表的是西方和中国文化中典型的落魄却又好面子、狡猾冷酷而又精于算计的反面角色。

对故事的主要人物水手 Olson 的外表,原文中是这样描述的:"Olson, a stocky, middle-aged Swede with round, childish blue eyes."③(笔者译:沃尔森,一个健壮的中年瑞典人,一张圆脸上长着一双孩子气的蓝色眼睛。)改译本中对"张得胜"的描述则为:"张得胜是个上了年纪的人,鬓发有些灰白了,微弯着腰,没有像其余几个人的那种雄赳赳的气概。"④原作中所有的水手的穿着是:"All are dressed in their ill-fitting shore clothes and look very uncomfortable."⑤而改译本中士兵的穿着为:"四个人身上穿的都是又旧又脏的灰色军装,大概不是按照尺寸作的,所以大小都不很合身。"⑥可以看出,原文中的 Olson 有与年龄不符的天真的

---

① O'Neill, E. *Complete Plays of Eugene O'Neill* (Vol. I). New York: Literary Classics of the Penguin Putnam Inc., 1988:509.

② 奥尼尔. 还乡. 马彦祥,译. 新月,1932,3(10):3.

③ O'Neill, E. *Complete Plays of Eugene O'Neill* (Vol. I). New York: Literary Classics of the Penguin Putnam Inc., 1988:511.

④ 奥尼尔. 还乡. 马彦祥,译. 新月,1932,3(10):6.

⑤ O'Neill, E. *Complete Plays of Eugene O'Neill* (Vol. I). New York: Literary Classics of the Penguin Putnam Inc., 1988:512.

⑥ 奥尼尔. 还乡. 马彦祥,译. 新月,1932,3(10):6.

一面,因此被 Mag 假冒同乡之名误导,与她互诉衷肠,最终被骗喝下放有迷药的酒。改译本中的"张得胜"与 Olson 的形象差别稍大,上了年纪且气度温暾。无论是原作中的水手还是改译本中的士兵,衣着都是破旧且不合身,展现了他们穷困、落魄、不受关怀的生活状态。

3. 风俗、人情的中国化

改译本中故事背景的重新设定,使得剧中其他因素也要做出相应的改变。除了人物,地名、物品名称和人情世故也发生了改变,被中国化了。

原剧中非常重要的一个情节,是酒馆女招待 Freda 以同乡之名与 Olson 套近乎,进而骗取他的信任,最终使计让他喝酒。Freda 问 Olson 出生在哪里,Olson 让 Freda 猜,在说出 Norway(挪威)和 Denmark(丹麦)之后,Freda 猜到了正确答案 Sweden(瑞典),Olson 说:"Yes. I wus born in Stockholm."①(笔者译:对。我出生在斯德哥尔摩。)Freda 的表现是 "pretending great delight"②(笔者译:装出非常开心的样子),并说:"Ow, ain't that funny! I was born there, too—in Stockholm."③(笔者译:哦,太好玩了! 我也出生在那里呢——斯德哥尔摩。)改译本中,三姑娘也用同样的方式与张得胜套近乎:"你生长在那儿? 奉天么?(张得胜摇摇头)那么是天津?"④当三姑娘猜出答案是北京后,张得胜说自己的家在京西。三姑娘的反应是"佯为欢笑",并说:"这可巧啦! 我也是京西人。"⑤可见,在马彦祥的改译本中,用中国地名替代了原剧中的外国地名。

物品在戏剧中主要以两种形式存在,一种是舞台布景使用的道具,一种是人物在对话中谈到的相关物品。在马彦祥的改译本中,原剧中的物品也换成了中国的东西。舞台道具方面,比如该剧的场景主要设置在一

---

① O'Neill, E. *Complete Plays of Eugene O'Neill*(Vol. I). New York: Literary Classics of the Penguin Putnam Inc. , 1988:517.

② O'Neill, E. *Complete Plays of Eugene O'Neill*(Vol. I). New York: Literary Classics of the Penguin Putnam Inc. , 1988:517.

③ O'Neill, E. *Complete Plays of Eugene O'Neill*(Vol. I). New York: Literary Classics of the Penguin Putnam Inc. , 1988:517.

④ 奥尼尔. 还乡. 马彦祥,译. 新月,1932,3(10):14.

⑤ 奥尼尔. 还乡. 马彦祥,译. 新月,1932,3(10):14.

家小酒馆里,在小酒馆的布局中,"bar"换成了"柜台","table"换成了中国旧时使用的"板桌"。又如 Olson 被灌醉之后,Nick 趁机搜了他身上的口袋,找到了零钱,"lays a handful of change on the table"①(笔者译:把一把零钱放到桌上)。而改译本中,张得胜被王顺搜了身上的口袋,王顺"摸出几块现洋和一对铜子来,放在桌上"②。在这个例子中,改译者把零钱转换成了中国当时使用的零钱。人物对话中谈到的物品最多的就是酒,因为故事的几位中心人物都在领到报酬之后去酒馆消遣。如原剧中几位水手想要给自己和两位酒馆女招待 Kate 和 Freda 点酒,Joe 问他们要喝什么:"Wot'll it be, Kate?"③(笔者译:要喝什么,凯特?)Kate 点了"gin"(杜松子酒),Freda 点了"brandy"(白兰地),Driscoll 和其他水手点了"Irish whiskey"(爱尔兰威士忌)。④ 改译本中,刘掌柜问道:"您喝白干? 喝汾酒? 喝黄酒?"⑤二姑娘点了"汾酒",三姑娘点了"白干",李长富代表士兵们的意见表示"咱也要汾酒"。⑥ 从上述的举例中可以看出,马彦祥在改译剧本时,将原剧中的舞台道具和人物谈话中提到的物品都换成了符合中国情景的物品。

原剧中的人情世故也在改译本中被中国化。如原剧中,四名水手走进酒馆,老板 Joe 和他们打招呼说:"Ship ahoy, mates!'Appy to see yer'ome safe an' sound."⑦"ship ahoy"是船上常用的与旁边船只打招呼的方式,Joe 用这句话来讨好水手们,并用"mates"这样的称呼来与他们套近乎,这句话的意思是:"船来了,伙计们! 很高兴看到你们安然无恙回家。"

---

① O'Neill, E. *Complete Plays of Eugene O'Neill* (Vol. I). New York: Literary Classics of the Penguin Putnam Inc., 1988:522.
② 奥尼尔. 还乡. 马彦祥,译. 新月,1932,3(10):21.
③ O'Neill, E. *Complete Plays of Eugene O'Neill* (Vol. I). New York: Literary Classics of the Penguin Putnam Inc., 1988:515.
④ O'Neill, E. *Complete Plays of Eugene O'Neill* (Vol. I). New York: Literary Classics of the Penguin Putnam Inc., 1988:515.
⑤ 奥尼尔. 还乡. 马彦祥,译. 新月,1932,3(10):12.
⑥ 奥尼尔. 还乡. 马彦祥,译. 新月,1932,3(10):13.
⑦ O'Neill, E. *Complete Plays of Eugene O'Neill* (Vol. I). New York: Literary Classics of the Penguin Putnam Inc., 1988:512.

(笔者译)而马彦祥的改译本中,酒馆老板刘掌柜打招呼的话则成了:"老总! 您各位来啦! 好呀,好久没见请过来? 今儿难得赏光,多照顾几杯吧!"①"老总"这一称呼是对士兵们的尊称,抬高了他们的地位;刘掌柜客气的寒暄"您各位来啦",是典型的讨好士兵们的做法。从这个例子可以看出,改译本中,马彦祥将西方讨好人的语言换成了中国人在当时背景下的表达,中国传统文化中对人的讨好常常都是贬低自己的身份和抬高别人的身份,因此,刘掌柜恭敬谦卑的态度和话语就不难理解了。

在故事背景、人物形象和风俗人情方面,马彦祥的改译本做了较大的改动,将《还乡》改成了一个发生在 30 年代的、地道的中国故事。但改译本基本保留了原作的故事情节,虽然从表面上看,故事的主题也随着背景的变化而发生了改变,但从更深层次上可以看出,奥尼尔对人性"恶"方面的理解,对时代造成的下层人民的无望生活的揭示,在改译本中还是得到了重现。

(1) *The Long Voyage Home* 的情节在《还乡》中得到了大致的保留。从人物上看,改译本并没有增加或减少角色,保留了每个人物在故事中的作用。原剧中主要分为两拨人——四名水手和以 Joe 为首的,包括两名酒馆女招待、两名流氓和一个骗人当兵的人的犯罪团伙。改译本中,这两拨人与原剧基本一致——四名士兵和以刘掌柜为首的,包括两名酒馆侍女、两名流氓和一个人贩子的犯罪团伙。

无论是原剧还是改译本,故事都是酒馆老板引诱水手或士兵来喝酒,在喝酒的过程中让两名女招待去和他们套近乎,最终骗取他们的信任,伺机往他们的酒中下药,等他们被迷倒之后搜走他们身上的钱财。而这样做的直接后果是一心指望存钱回家的 Olson 或张得胜被洗劫一空,最终有家难回。

(2)对原剧情节的大致保留使得改译剧《还乡》得以重现原剧的主题。"在《归途迢迢》②中,奥尼尔表现的仍然是'人与命运'这一主题……无论

① 奥尼尔. 还乡. 马彦祥,译. 新月,1932,3(10):6.
② 《归途迢迢》是 *The Long Voyage Home* 的另一种译名。

奥尔森身处何方,都逃脱不了那种神秘力量的控制……《归途迢迢》增加了对人的命运的关注和对生活在底层的水手的同情"①,因此颇具思想深度。马彦祥的改译本将其移植到 30 年代的中国,虽然对人物、环境、语言都进行了相应的中国化处理,但对情节进行了大致的保留,这与 *The Long Voyage Home* 的主题能够与中国当时的民众产生共鸣是分不开的。《还乡》关注的仍然是社会底层的人物——普通士兵,在当时风雨飘摇的时局中,他们地位卑微、朝不保夕,得不到社会的关注与同情;而以刘掌柜为首的犯罪团伙利用人的同情心,骗取他们的信任,对本已生活艰难的普通士兵下手,掠夺其钱财、伤害其身体,更是"恶中之恶"。可以说《还乡》是时代的悲剧、社会的悲剧,更是人性的悲剧,这也与奥尼尔原作中所要表现的初衷如出一辙。戏剧的主题是其精神、精髓所在,而马彦祥的改译本做到了对原剧主题的重现。

(三)顾仲彝的改译本《天边外》

与《还乡》相比,顾仲彝在根据奥尼尔的 *Beyond the Horizon* 改译的《天边外》中做的改动要小得多,只是把故事发生的时间、地点改成了中国,道具布景做了相应的改动,人物改成了中国人,剧中的情节和台词都是基本忠实于原作的。顾仲彝改译的《天边外》在有些学者看来是不成功的改译,他们认为 *Beyond the Horizon* 是典型的反映美国乡下生活的剧作,而顾仲彝对原剧轻微的改动使之"不够中国化","这样就出现了地处偏远的中国三四十年代的乡下人具有美国人的现代意识,过美国乡村生活的别扭戏剧场面"。② 目前对 *Beyond the Horizon* 主题的解读并没有定论,从它诞生以来,许多学者都从不同的角度做出了不同的阐释,这些都是非常有意义的;而其主题的多样性也恰恰解释了该剧艺术生命力的持久性,它也因此成为美国戏剧史上的一个经典作品。从改译本中可以看出改译者尽力用最小的改动保证该剧在中国语境中最大的合理性,虽然剧中仍有不合理之处,但不影响它从一个侧面重现了原剧的主题与精

---

① 汪义群. 奥尼尔研究. 上海:上海外语教育出版社,2006:127.

② 刘欣. 论顾仲彝的改译剧. 云南艺术学院学报,2010(2):64.

神实质。顾仲彝本人也曾言："改译的方法最活,把原文略加更动,改成中国的事实,不但使观众感到亲切有味,并且原剧的主要精神,反比直译容易发挥明了。"①

1.中国化的改动

《天边外》中,改译者主要做出了如下几个方面的改动:人物的姓名、人物的衣着、场景道具、语言措辞。这些改动较多,主要的目的是使这个故事在移植入中国语境中时不显得突兀与不协调。

人物的姓名能直接反映一个故事的国别。原作中的 Mayo 一家全部换做中国的"马"姓,父亲 James 成了"介民",哥哥 Andrew 和弟弟 Robert 分别改名为"安荣"和"安华",他们的母亲 Kate 也改成了冠以夫姓的"马史氏"。哥哥和弟弟的取名都按照了中国排字辈的方式,成了"安"字辈,也让中国读者或观众可以很直接地了解两个人之间的关系;母亲的名字是按照中国旧时女性出嫁之后不再使用自己的闺名,而要冠以夫姓加上自己原来的姓成为"某某氏"的风俗起的。除了 Mayo 一家,Ruth Atkins 改成了"夏丽金",小工 Ben 改成了"潘三",Ruth 和 Robert 后来的女儿 Mary 成了"英儿"。旧时中国的小工地位较低,因此对他们的称呼都方便、简单,"潘三"是非常地道的小工名字;中国对孩子的亲昵称呼,常常是"小 X"或"X 儿","英儿"这个名字是典型的对幼童的昵称。从上述可以看出,改译本中,改译者对人物的名称进行了中国化的处理,这是将故事中国化的最基本的步骤。

人物姓名的中国化只是人物中国化的一个基本、基础的行为,真正要将一个故事移植到另一个文化中,使故事中的人物形象符合这个文化语境,还要对其衣着和言谈举止进行相应的改变。对戏剧而言,人物的外形是最直观的,在《天边外》这一改译本中,人物外形的改变也是很明显的。如第一幕幕启时,对 Robert 的衣着描写是:"He is dressed in gray corduroy trousers pushed into high laced boots, and a blue flannel shirt

---

① 顾仲彝. 关于翻译欧美戏剧. 文艺月刊,1937,10(4/5):16.

with a bright colored tie."①(笔者译:他穿着灰色的灯芯绒长裤,裤腿塞在一双系鞋带的高帮靴子里,身上一件蓝色法兰绒衬衣配着颜色鲜艳的领带。)改译本中,马安华的衣着成了:"他穿着一条灰色法兰绒的西装裤,黄皮鞋,天青色绸衬衫,鲜明的领带。"②原文和改译本都试图表现一种知识分子的形象,改译本中将与中国文化不和谐的"系鞋带的高帮靴"和"长裤"换成了"黄皮鞋"和"西装裤",西装裤配衬衣和领带是典型的中国旧时知识分子的穿着。如果说三四十年代中国知识分子的形象已经开始西化,那么农夫出身的 Andrew 的外形在改译本中的变化则更加能够感受到改译者为塑造中国农夫形象所做出的努力。原剧对 Andrew 的描写是:"He wears overalls, leather boots, a gray shirt open at the neck, and a soft, mud-stained hat pushed back on his head."③(笔者译:他穿着连身工装,足登一双皮靴,灰色的衬衫在领口处敞开,一顶糊着泥污的软帽被推到了头的后部。)改译本中的马安荣则是:"他穿着农夫的粗服,钉靴,阔边山东草帽。"④"农夫的粗服"虽是较为含糊的表达,但中国的读者自然会构建出穿粗陋衣服的农夫形象,"连身工装"的确与中国农夫的形象不符;"阔边山东草帽"则是中国农夫的一个标志性的物品,因此改译者用它替换了原剧中的小软帽。第二场第二幕中,Andrew 三年远航归家,对其衣着的描写是:"He is dressed in the simple blue uniform and cap of a merchant ship's officer."⑤(笔者译:他穿着简单的蓝色制服,戴着商船官员的帽子。)改译者则将其改为"身穿着朴素的中山装"⑥,"中山装"是当时中国较为体面的男性服装。

---

① O'Neill, E. *Complete Plays of Eugene O'Neill* (Vol. I). New York: Literary Classics of the Penguin Putnam Inc., 1988:573.
② 奥尼尔. 天边外. 顾仲彝,译. 长沙:商务印书馆,1939:4.
③ O'Neill, E. *Complete Plays of Eugene O'Neill* (Vol. I). New York: Literary Classics of the Penguin Putnam Inc., 1988:574.
④ 奥尼尔. 天边外. 顾仲彝,译. 长沙:商务印书馆,1939:4.
⑤ O'Neill, E. *Complete Plays of Eugene O'Neill* (Vol. I). New York: Literary Classics of the Penguin Putnam Inc., 1988:618.
⑥ 奥尼尔. 天边外. 顾仲彝,译. 长沙:商务印书馆,1939:89.

除了衣着，人物的行为举止也中国化了。如原剧中对 Mayo 夫人行为举止的描述为："Mrs. Mayo is a slight, round-faced, rather prim-looking woman of fifty-five who had once been a school teacher. The labors of a farmer's wife have bent but not broken her, and she retains a certain refinement of movement and expression foreign to the Mayo part of the family."[①]（笔者译：梅奥夫人是一位体态轻盈、圆脸、表情非常严肃的五十五岁妇人，她曾当过教师。作为农夫的妻子，从事长年劳作使她的气质发生了改变，但却并没使之彻底消失，她的行为、表情大方得体，与夫家的农民气质有明显的不同。）改译本中的描述为："马太太是个矮小，团圆面庞，看来愿守礼法的五十五岁的妇人，从前一定是个书香人家出来的闺阁。农家的操作使她变成憔悴的老乡妇，但她举动谈风，还保存着书香人家的温文尔雅。"[②]从原文与改译本的比较可以看出，改译者用"愿守礼法""书香人家"的"闺阁"塑造了马太太"温文尔雅"的形象，但这种文雅的形象与原作中的 Mayo 夫人完全不同，"礼法"和"闺阁"使得马太太成了典型的中国封建礼教下屈从男性权威的妇女。马太太的丈夫马介民的行为也得到了中国化的处理，原文在 James 出场时是这样描述的："James Mayo sits in front of the table. He wears spectacles, and a farm journal which he has been reading lies in his lap."[③]（笔者译：詹姆士·梅奥坐在一张桌子前。他戴着眼镜，一直在读一本摊开在大腿上的农业期刊。）改译本中的马介民则"坐在八仙桌前，架着老花眼镜，正打着算盘算账"[④]。30 年代的中国农夫普遍不识字，因此阅读"农业期刊"的行为显然是不适的，"打算盘"更加符合中国农夫的身份。

除了人物姓名、外形和行为的改变，改译本中的道具也换成了典型的

---

① O'Neill，E. *Complete Plays of Eugene O'Neill*（Vol. I）. New York：Literary Classics of the Penguin Putnam Inc. ，1988：585.

② 奥尼尔. 天边外. 顾仲彝，译. 长沙：商务印书馆，1939：26.

③ O'Neill，E. *Complete Plays of Eugene O'Neill*（Vol. I）. New York：Literary Classics of the Penguin Putnam Inc. ，1988：585.

④ 奥尼尔. 天边外. 顾仲彝，译. 长沙：商务印书馆，1939：26.

中国样式。如上文提到的"table"被改成了中华民族传统家具之一的"八仙桌"。再如第二幕第一场的舞台提示里,"a man's coat"①被改成了"长衫"②这样极富中国特色的服装;"A place is set at the end of the table, left, for someone's dinner"③(笔者译:桌子的一端留出来,已经摆好了给什么人留的晚餐)也被改成了"方桌左端放着一只空饭碗,两碟小菜,一只筷子,等着什么人来吃饭似的"④。"两碟小菜"和"筷子"也是中国特有的表达和物品。在同一场里,Mayo 夫人和 Atkins 夫人两人坐在一起,"Both women are dressed in black"⑤(笔者译:两个女人都穿着黑色的衣服),从后面的谈话中可以推测她们是为了去世不久的 James Mayo 服丧。改译本则将其表述为"两女人的服装上都带着孝"⑥,中国的服丧习俗与西方不同,披麻戴孝是着白色,因此改译本中将"黑色的衣服"换成了"带着孝"。

为了使故事彻底地中国化,改译者将原剧中频频提到的"the East"(东方)换成了"西方"。如 Robert 在与哥哥 Andrew 讲起想要离家的理由时说:"Supposing I was to tell you that it's just Beauty that's calling me, the beauty of the far off and unknown, the mystery and spell of the East which lures me in the books I've read, the need of the freedom of great wide spaces, the joy of wandering on and on—in quest of the secret which is hidden over there, beyond the horizon?"⑦(笔者译:如果我告诉你,是美在召唤我,是遥远而未知的美,是我在书中读到的东方的神秘和

① O'Neill, E. *Complete Plays of Eugene O'Neill* (Vol. I). New York: Literary Classics of the Penguin Putnam Inc., 1988:602.
② 奥尼尔. 天边外. 顾仲彝,译. 长沙:商务印书馆,1939:58.
③ O'Neill, E. *Complete Plays of Eugene O'Neill* (Vol. I). New York: Literary Classics of the Penguin Putnam Inc., 1988:602.
④ 奥尼尔. 天边外. 顾仲彝,译. 长沙:商务印书馆,1939:59.
⑤ O'Neill, E. *Complete Plays of Eugene O'Neill* (Vol. I). New York: Literary Classics of the Penguin Putnam Inc., 1988:602.
⑥ 奥尼尔. 天边外. 顾仲彝,译. 长沙:商务印书馆,1939:59.
⑦ O'Neill, E. *Complete Plays of Eugene O'Neill* (Vol. I). New York: Literary Classics of the Penguin Putnam Inc., 1988:577.

魔力诱惑我,对广阔天地自由的需求,不停流浪的快乐——探寻天边外隐藏的秘密?)该段话也是本剧中有名的段落,其文字的流畅、意境的优美和思想的深邃吸引了无数读者。在改译本中,这段话改成了:"假如我告诉你,叫我去的单是美,西方奥妙神秘的美,遥远而未知的美。我在书中看过不少关于西半球的传说深化,我感觉到放浪形骸于伟大广漠的空间的需要,飘零到异国去,追求那天边外面藏躲着的秘密的欢乐。"①这段改译最大的特点是将"东方"换成了"西方""西半球",主人公被换成中国人后,其对"天那边"的向往自然就只能是"西方"。奥尼尔借 Robert 之口表达了他对东方世界的向往,"表达想要到地平线的另一端去探寻宇宙背后的神秘力量以及人生的终极意义"②;改译本中"东方"被改成了"西方",这与当时先进的知识分子对西方思想与文化的崇尚相符,马安华在大学念了一年书,受到了环境和书本的影响,产生了对西方世界的向往。"东方"在西方人眼中和"西方"在东方人眼中是具有不同象征意义的,但从改译本产生的时代、社会背景和改译者一心想将剧本中国化的角度考虑,这样的改动也是具有合理性的。除了非常明显的"东方"和"西方"的互换,改译剧中还将其他地点也做了相应的调整。如 Robert 对 Andrew 讲起 Dick 计划的旅程时说:"You know the Sunda sails around the Horn for Yokohama first, and that's a long voyage on a sailing ship."③(笔者译:"桑达"号会先绕过好望角往横滨去,这是航船上的一段很长的旅行。)而改译剧中,这段话换成了:"舅舅说到南洋群岛重要的码头走走,先要花上一年多。"④因为出发的地点从美国换成了中国,因此绕过好望角往横滨行驶的航线显然不合理,于是改译者将之换成了"南洋群岛",这个地名对中国读者而言也较为熟悉。还有第三场第一幕中,Andrew 发来电报的地点

① 奥尼尔. 天边外. 顾仲彝,译. 长沙:商务印书馆,1939:10.

② 刘文尧. 奥尼尔东方之行及其对中国现代戏剧的影响. 成都大学学报(社会科学版),2015(6):68.

③ O'Neill, E. *Complete Plays of Eugene O'Neill* (Vol. I). New York: Literary Classics of the Penguin Putnam Inc., 1988:575.

④ 奥尼尔. 天边外. 顾仲彝,译. 长沙:商务印书馆,1939:6.

是"New York"（纽约），该地点在改译本中被换成了"中国香港"。

　　除了上述几个方面的中国化，改译本整体语言采用了归化的翻译策略，还出现了一些旧时中国社会特有的词汇。如剧中第二场第二幕，Andrew 和 Ruth 谈到如何帮助 Robert 走出农场管理不善造成的困境时表示，"I'm going to try and hire a good man for him"①（笔者译：我会尽力给他雇个好帮手）。改译本中用了"佃工"一词，"佃"在中文里指的是"向地主或官府租种土地的农民"②，也是中国旧时文化中所特有的一种身份，因此"佃工"是地道的中国表达。第二场第一幕中，Ruth 对 Mary 的淘气非常生气，责骂道，"A good spanking's what you need, my young lady"③（笔者译：你就该被结结实实打屁股，我的小姐）。改译本中这句话成了"你真非打不行，你这小蹄子"④。"小蹄子"是清朝时期满族人常用来骂小孩或年轻女性的词，是旧时中国文化中特有的词汇，《红楼梦》中就多次使用，用作丫环之间的戏谑调笑之词。

　　综上，顾仲彝的改译本《天边外》从几个方面对原作进行了改动，目的是使得剧本能够适合中国语境，便于中国舞台的搬演。有学者认为该改译本的"中国化"程度不够，主要是认为改译本中的情节、人物等对原作亦步亦趋，使得原剧中反映出来的美国乡下人的现代意识出现在了 30 年代中国农民的身上，因此显得矛盾而滑稽。意识流小说家表现的所谓现代意识，是资本主义社会潜在的精神危机，以及当资本主义社会发展到帝国主义时代时带来的动荡的社会中，中小资产阶级的病态意识——认为现实存在荒诞无稽，社会生活不可捉摸，人类卑劣无能，世界前途茫茫。"现代性的本质是心理主义，是根据我们内在生活的反应（甚至当作一个内心

---

① O'Neill, E. *Complete Plays of Eugene O'Neill*（Vol. I）. New York：Literary Classics of the Penguin Putnam Inc., 1988：624.

② 奥尼尔. 天边外. 顾仲彝, 译. 长沙：商务印书馆, 1939：100.

③ O'Neill, E. *Complete Plays of Eugene O'Neill*（Vol. I）. New York：Literary Classics of the Penguin Putnam Inc., 1988：610.

④ 奥尼尔. 天边外. 顾仲彝, 译. 长沙：商务印书馆, 1939：72.

世界)来体验(das Erleben)和解释世界"①。在 *Beyond the Horizon* 中，现代性主要体现在 Robert 身上，Robert 作为现代人，挣扎在内在心灵与外在世界不和谐的生活中；他与 Andrew 命运一念之差的改变，体现出了人与人、人与生活环境的隔阂及无法调和性，也体现出奥尼尔对人的存在及其本质这类终极问题的思考与探索。但在改译剧中，因为时代与社会语境都被重置，原剧中关于现代意识的主题放在新语境中不仅被极大地淡化，还与当时中国的语境非常不协调。

2. 原剧主题的保存与重释

单就现代性而言，改译本中，原作所要表现的现代性的确有失落之嫌。事实上，除此之外，改译本中还存在一些细小的不够中国化的地方，如原剧中人物之间礼节性的多次亲吻，改译本中都保留了下来，这与30年代中国农民的礼节是不符的。又如原剧第二场第二幕中，Andrew 对 Ruth 说起还要离家去 Bruenos Aires（布宜诺斯艾利斯），Ruth 问那里离家的距离，Andrew 的回答是："Six thousand miles more or less."②改译者将这句话直译为："大约有六千英里。"③"英里"这个距离单位是30年代中国农民不常用的，在上下文中也显得突兀。除去这些因素，顾仲彝改译的《天边外》将整个故事搬到中国当时的语境中，实则从一个侧面实现了对作品主题的重现。

一个文学作品或者戏剧作品生命力的持久性，除了依赖作者创作艺术的高超，如优美的语言、精巧的情节、灵动的修辞，更重要的是在于作品深刻的思想内涵，以及作品主题的开放性。奥尼尔的 *Beyond the Horizon* 之所以成为美国戏剧史上的一个经典作品，原因之一就在于其主题可以从不同的角度得到丰富的阐释和解读。学界对该剧作品的探讨，主要分析了其存在主义思想、道家思想、理想与现实的冲突、人与命运的

---

① 弗里斯比. 现代性的碎片：齐美尔、克拉考尔和本雅明作品中的现代性理论. 卢晖临，等译. 北京：商务印书馆，2003：62.

② O'Neill, E. *Complete Plays of Eugene O'Neill* (Vol. I). New York: Literary Classics of the Penguin Putnam Inc., 1988:625.

③ 奥尼尔. 天边外. 顾仲彝，译. 长沙：商务印书馆，1939：101.

抗争、美国现代人思想和生活的困境等。其中,理想与现实的冲突,还可以从婚姻、爱情的理想与现实物质生活之间的矛盾得到深度的阐释,Ruth爱上了有诗人气质的 Robert,Robert 为了爱情放弃去东方远航的想法,留在乡间务农,但不擅长农务的他让整个家庭陷入了经济的窘迫境地。Ruth 在沉重的家务与经济负担的折磨下,对 Robert 逐渐失望,转而发现自己真正爱着的人是擅长农作以及农场运营的 Andrew。对这样戏剧性的变化,合理的解释就是婚恋的理想与现实生活之间的矛盾给人带来的改变。1943 年,徐百益在 1937 年创刊于上海的《家庭(上海 1937)》杂志第 10 卷第 2 期发表了《奥尼尔的〈天边外〉——旡不利斋随笔之一》,从婚姻和家庭的角度对奥尼尔的《天边外》进行了解读。徐百益在文章的开头说:"青年人在结婚之前,往往是具有许多理想的。然而有时候他们在婚后并不能实现他们的理想,甚至还造成了莫大的悲剧,奥尼尔的名剧《天边外》就是反映这种悲剧的一个实例。"①徐百益认为,三个主人公的悲剧"如果在一个宿命论者看来,他一定要说他们三个都是命",而在徐百益看来,他们的悲剧在于"他们不能适应环境,也不能改造环境,而家庭的生计是要维持下去的,于是他们就感到无穷的痛苦"。② 从文章可以看出,在中国语境中《天边外》"理想与现实的冲突"这一主题得到了突显,而"爱情理想与婚姻现实的冲突"在中国语境中也是能得到认同并引起共鸣的。

关于顾仲彝的改译本,1948 年《剧讯丛刊》第 1 期刊载了《天边外——一个知识分子的悲剧》,文章的作者是吴天。从文章的副标题就可以看出,文章聚焦在马安华身上,从而将整部戏剧的主题阐释为"知识分子的悲剧"。文章主要介绍了一个学校剧团将《天边外》搬上舞台的过程,并介绍了所有角色的扮演者。吴天认为该剧是"一个沉闷的戏剧,一部难剧",学校剧团在上演时虽然使用的是顾仲彝的改译本,但由于改译本与原作在"人性"和"性格"方面略有不同的解释,他们在仔细研究过原著之后"对

---

① 徐百益. 奥尼尔的《天边外》——旡不利斋随笔之一. 家庭(上海 1937),1943,10(2):13.

② 徐百益. 奥尼尔的《天边外》——旡不利斋随笔之一. 家庭(上海 1937),1943,10(2):15-16.

改编本有所改动","但为了保持原作的精神,仍然是以保留原著为原则的,也正因此,这个剧本怕多多少少有点外国味儿"。① 文章还说:"如果他②能接触到若干年前中国农村里没落的知识分子的一点缩影,那就是我们莫大的收获了。"③总的来说,文章对改译本《天边外》主题的理解都是结合中国语境进行的,是和"中国农村里没落的知识分子"命运联系在一起的,事实上,对任何文学作品的解读都是从一定的语境出发的。对改译本《天边外》在中国语境下的解读并不与原作的主题相矛盾,原作中的 Robert 作为读了一年大学的学生,爱好阅读,拥有诗人气质,经常沉浸于浪漫的幻想之中,虽然对知识分子悲剧的探讨并不是原剧的一个重点,但 Robert 作为知识分子的身份使得原剧的悲剧性更加发人深思——知识分子的理想与残酷的现实生活之间存在永远无法调和的矛盾,因此往往不得不放弃"远方",而选择留在"原地"。

从上述分析可以看出,改译本《天边外》虽然失去了原剧所表现出来的现代意识,但是,原剧主题本身的丰富性和开放性,使得改译本不仅从一个侧面重现了作品的主题——理想与现实之间的冲突,比如具体到爱情与婚姻之间的矛盾;还使作品的主题在新的语境下得到了丰富和发展,比如与中国封建社会农村没落的知识分子的命运相联系,以及不得不放弃充满希望的"远方"而选择无望的"原地"。从这个意义上来说,顾仲彝的改译本实现了对原剧主题的保留与重现,更使之得到了丰富和发展。"据不完全统计,从 1925 年至 1947 年,顾仲彝根据外国剧本或小说共编译了 22 个剧本。"④顾仲彝是中国改译剧本最多的戏剧家之一,为中国戏剧的现代化发展做出了卓越的贡献。

三、奥尼尔戏剧改译本的特色

影响中国现代改译剧选材的最重要因素是主流意识形态,"五四"至

---

① 吴天. 天边外:一个知识分子的悲剧. 剧讯丛刊,1948(1):1.
② 从上下文来看,这里的"他"指的是根据改译本《天边外》进行的舞台演出。
③ 吴天. 天边外:一个知识分子的悲剧. 剧讯丛刊,1948(1):1.
④ 刘欣. 论中国现代改译剧. 上海:上海戏剧学院硕士学位论文,2009:22.

抗战爆发前,思想启蒙是时代的主旋律,因此,改译者选择的多是批判现实社会和倡导妇女解放的剧目。奥尼尔的戏剧,特别是早、中期的作品经常选择社会热点问题作为戏剧题材,奥尼尔认为"今天的剧作家一定要深挖他所感到的社会的病根","不然的话,他只不过是在事物的表面乱画一通,他们的地位不会比站在客厅里说笑话的人好多少"。① 新文化运动批判封建社会制度和伦理思想,主张介绍西方文化以实现对中国的启蒙,在戏剧的译介上也主张译介现实主义的社会问题剧,以协助对中国社会问题的揭露和批判,奥尼尔的戏剧及其对戏剧的主张正好与当时思想启蒙时代主流吻合。因此,奥尼尔的戏剧成为当时戏剧和文学界译介的热点就不足为奇。

奥尼尔戏剧在 30 年代的三个改译本都是为了上演,古有成的《不同》甚至是为了阅读和上演双重目的。但并不是每个改译本都适合上演,比如《不同》较为欧化的语言和在中国语境下不伦不类的情节让其难以被搬上舞台。总的来说,改译者力图在新的语境中重现原剧的精神,虽然将一个故事放到新的文化语境中,要完全重现原剧的主题几乎是不可能的,但由于奥尼尔戏剧中关于人性问题的探讨在任何文化和时代都是存在的,因此,奥尼尔的三部改译剧的主题有的得到了重现,如马彦祥改译的《还乡》;有的主题从一个侧面得到了体现并得到了新的阐释,如顾仲彝改译的《天边外》;有的主题受情节改动不合理的影响勉强得以呈现,比如古有成的《不同》。

"三四十年代,改译主要是作为弥补职业和商业演剧以及政治高压所带来的'剧本荒'而提出的。"②随着中国本土话剧的逐步成熟,中国观众对外国剧作的逐渐熟悉,改译剧的数量也越来越少。焦菊隐主张翻译文学作品须采用欧化句子以维持原作风味,但在戏剧方面,他也主张改译:"若谈到戏剧,要搬到中国舞台上来演的,我便极端主张改译(adaptation)。

---

① 转引自:王德禄. 曹禺与奥尼尔——悲剧创作主题、冲突与形象之比较. 山西大学学报(哲学社会科学版),1987(3):15.
② 刘欣. 论中国现代改译剧. 上海:上海戏剧学院硕士学位论文,2009:2.

改译于中国戏剧的前途实在是有绝大的帮助的。"①不可否认,改译剧对我国戏剧现代化所起到的启示作用,为当时中国戏剧、文学的翻译增添了丰富性,为时代留下了浓墨重彩的一笔。

第二节　八九十年代奥尼尔戏剧汉译本中陌生化语言的翻译

在俄国形式主义批评家罗曼·雅各布森(Roman Jakobson)看来,"文学科学的对象不是文学,而是'文学性',也就是说使一部作品成为文学作品的东西"②。雅各布森眼中的文学性(literariness)是文学的本质特征,也是文学文本区别于其他文本的独特之处。随着文学性这一概念的诞生,俄国形式主义者提出了"陌生化"的主张。"形式主义者推出了陌生化,认为文学性是通过陌生化表现出来的,是艺术形式的陌生化使文学的文学性获得了实践的价值。"③陌生化强调文学文本与审美主体的心理距离,两者需保持一定的距离,才能产生一种张力——使得审美主体与习惯心理相分离,从而对文学文本产生阅读兴趣,并从中寻找紧张和刺激感。文学文本中,语言的陌生化是陌生化手法的具体表现,语言中的奇异现象是文学性的特征之一,因此,语言的陌生化从语言的角度凸显了语言在文学作品中的美学意义。

文学是语言的艺术,但语言并不等于文学。要实现文学作品中语言的陌生化,传统的语言学认为,可以通过使用语言的技巧,如语音、词汇和修辞手法。现代语言学则认为除了修辞手段的使用,文学语言的陌生化应该实现一种美学追求,即文学语言的词和词序本身就应具有分量和意义,也能唤起人的审美感受。正如特伦斯·霍克斯(Terence Hawkes)所说,"和'普通'语言相比,文学语言不仅'制造'陌生感,而且它本身就是陌

---

① 焦菊隐. 焦菊隐文集 5:翻译. 北京:文化艺术出版社,2005:4-5.

② 转引自:艾亨鲍姆."形式方法"的理论//托多罗夫. 俄苏形式主义文论选. 蔡鸿滨,译. 北京:中国社会科学出版社,1989:24.

③ 杨向荣. 陌生化//赵一凡,等. 西方文论关键词. 北京:外语教学与研究出版社,2006:342.

生的"①。也就是说,在文学文本中,修辞的使用具有审美性,语言本身的形式也应该具有审美性。戏剧作为文学的一种,在语言的陌生化方面同样体现着上述两种特征:一、修辞审美性语言的使用;二、形式审美性语言的凸显。奥尼尔作为戏剧创作大师,其戏剧作品具有很强的诗意,陌生化语言的审美性特征更为突出,在修辞审美性语言和形式审美性语言两个方面体现着其作为文学文本的特征。20 世纪八九十年代奥尼尔戏剧汉译本一个突出的特点,就是译者对原作中修辞手段的翻译格外重视,译者对修辞手段的翻译尽量与原文一致,在无法一致的情况下,使用了一些翻译方法进行补偿,并有意或无意地在译文中增添了一些修辞性语言,使得这一时期的奥尼尔戏剧译本在文本的陌生化和文学性方面具有较高的审美价值。下文将选取这一时期具有代表性的汉译本——《天边外》(荒芜译)、《送冰的人来了》(龙文佩译)、《榆树下的欲望》(汪义群译)、《进入黑夜的漫长旅程》(张廷琛译)、《月照不幸人》(梅绍武、屠珍译)、《诗人的气质》(郭继德译),观察译者是如何试图保存原文中修辞手段,以及如何有意或无意地在译文中强化或添加修辞手段,以实现译本在语言上的陌生化审美性,从而保证译文的文学性特征和价值的。

一、原文修辞手段的保存和重现

具体而言,构建文学语言审美特征,实现文学语言的"陌生化",修辞审美性语言主要是从语音修辞、词汇修辞及句法修辞三个维度进行的;形式审美性语言主要是从选词和词序两个维度得以实现。在这两方面的各个维度上,八九十年代的奥尼尔戏剧译者使用了不同的翻译方法试图再现或补偿原文中陌生化审美特征。

(一)语音修辞

"语言是声音和意义的结合体。音律美对思想情感表达十分重要。"②一般而言,语音层面的陌生化手段主要有三种——谐音双关、语音韵律的

---

① 霍克斯. 结构主义和符号学. 瞿铁鹏,译. 上海:上海译文出版社,1987:62.
② 孙艳. 修辞:文学语言陌生化的审美构建. 当代文坛,2016(1):22.

使用及拟声法。奥尼尔的大多数戏剧充满诗意,虽然不是严格意义上的诗歌,但是在语音修辞方面主要使用了谐音双关和语音韵律的修辞手段,八九十年代奥尼尔戏剧译本中主要使用了仿造的方法,试图制造出与原文在谐音双关和语音韵律的等效,但由于不同语言之间的差异,译者在不能仿造的情况下会采取添加注释等方法,使读者能够间接体会到原文的修辞效果。

当译者在译文中不能仿造出语音和意义的双关效果时,通常采取的方式是选择实现其中一种效果,并用注释的方式对另一种效果加以说明。

如 The Iceman Cometh 第一幕中,Larry 讲述了一通自认为很有哲理的话,却受到了 Rocky 的嘲笑:"(grins kiddingly) De old Foolosopher, like Hickey calls yuh, ain't yuh? I s'pose you don't fall for no pipe dream?"①龙文佩译《送冰的人来了》中的译文为:"(逗弄地笑着)你这个贼学家,希基正是这样叫你的,是不是? 我看你是不相信白日梦的吧?"②

原文中的"Foolosopher"是作者创造的词汇,从构词法的角度看,属于混合构词,是"fool"和"philosopher"后半部分的混合。"Foolosopher"与"philosopher"谐音,因此听上去是"哲学家",但却是"蠢学家"之意。译者将之译为"贼学家","贼"与"哲"在汉语的发音上有一定的相似,"贼"做形容词是贬义,有"狡猾、邪恶"之意,原文中的"fool"也是贬义词,但"愚蠢"与"狡猾、邪恶"的意思之间有一定的距离。译者似乎意识到"贼学家"在意义和发音上并不能实现"Foolosopher"的修辞功能,还为"贼学家"这一表达添加了注释:"原文 Foolosopher 是 philosopher 的讹音,希基以此称呼拉里,是取笑他自以为看透了人生,是加上只是自欺欺人。"③从这个例子可以看出,译者在发音和意义方面都努力地想要再现原文的双关修辞,以实现译文中的语音修辞审美性,并且试图用注释让读者间接体会到原文的修辞效果。

---

① O'Neill, E. *Complete Plays of Eugene O'Neill* (Vol. III). New York: Literary Classics of the Penguin Putnam Inc., 1988:570.
② 奥尼尔. 外国当代剧作选 1. 北京:中国戏剧出版社,1988:14.
③ 奥尼尔. 外国当代剧作选 1. 北京:中国戏剧出版社,1988:14.

在语音韵律方面,由于语言之间的差距,译者在翻译的时候一般在保证意义完整传达的情况下,尽量使译文的文字押韵,以实现原文的修辞效果。

如 *Desire Under the Elms* 第一幕第二场中,Eban 谈起母亲被父亲用农活奴役致死,指责 Peter 和 Simeon 两个哥哥不肯为母亲分担家务,两个哥哥找借口说他们的活计也很多:

Simeon— Waal—the stock'd got t' be watered.

Peter— 'R they was woodin' t' do.

Simeon— 'R plowin'.

Peter— 'R hayin'.

Simeon— 'R spreadin' manure.

Peter— 'R weedin'.

Simeon— 'R prunin'.

Peter—'R milkin'. ①

汪义群译《榆树下的欲望》中的译文为:

西蒙　嗯——可咱们得给牲口喝水呀。

彼得　还得种树。

西蒙　还得耕地。

彼得　还得晒干草。

西蒙　还得往田里撒肥。

彼得　还得锄草。

西蒙　还得修树枝。

彼得　还得挤牛奶。②

原文在语音韵律和句法方面都使用了修辞,在句法上使用了"'R-din'"这样省略了主语的短句,在口头表现时形成了较强的节奏感,表现出

---

①　O'Neill, E. *Complete Plays of Eugene O'Neill* (Vol. II). New York: Literary Classics of the Penguin Putnam Inc., 1988:323-324.

②　奥尼尔. 天边外. 荒芜,汪义群,等译. 桂林:漓江出版社,1984:201-202.

兄弟俩心情迫切、行为默契的舞台效果。除了节奏感,"'R-din'"这个结构还形成了押韵,朗朗上口。译文在句法上面同样省略了主语,使用了副词"还得"搭配一个动词的结构,句式同样短小精悍,形成了节奏感;但在押韵方面,汉语的动词无法形成相同的词尾,因此失去了押韵的效果。总的来说,可以看出译者在保证意义完整的基础上,尽量与原作修辞保持一致,但在翻译的过程中总不免会有修辞审美性的流失。

(二)词汇修辞

文学语言词汇方面的修辞主要是使词语"语义异化以突出词语的诗性本质"[1],或是将不同系列、不同范畴的词语进行组合以突出词语的创造性特点。八九十年代奥尼尔戏剧译本中,译者对词汇修辞的翻译一般与原文保持一致,如果无法与原文采取同样的修辞,译者则会意译,再根据不同的情况用改译或者添加注释的方法加以补偿。

暗喻在奥尼尔戏剧中较为常见,译者在翻译时,大多数情况下都能在译文中保持与原作同样的本体和喻体,再现原文的修辞效果。但如果原文的本体和喻体在译入语文化中的文化意义有所差异,译者会根据文化意义差别的程度对喻体进行替换或对其在原文中的文化含义进行解释,既传达了原文的意思,也保存了暗喻的修辞。

如 *A Moon for the Misbegotten* 第二幕中,Hogan 对女儿 Josie 谈起被 Jamie 欺骗之后非常伤心,于是"called him a dirty lying skink of a treacherous bastard"[2]。梅绍武、屠珍译《月照不幸人》中的译文为"骂了他是个背信弃义的杂种,一条奸坏的臭黄鼠狼"[3]。该例用了暗喻的修辞,把 Jamie 比作 skink(一种蜥蜴),在中国文化中蜥蜴并没有特定的文化含义,并不与"奸坏"之人联系在一起。因此,译者更换了原文中的喻体,变成了中国文化中"不安好心"的"黄鼠狼"。在同一幕中,Hogan 还再次咒

① 孙艳. 修辞:文学语言陌生化的审美构建. 当代文坛,2016(1):22.
② O'Neill, E. *Complete Plays of Eugene O'Neill* (Vol. III). New York: Literary Classics of the Penguin Putnam Inc., 1988:900.
③ 奥尼尔. 外国当代剧作选 1. 北京:中国戏剧出版社,1988:654.

骂 Jamie 为"a dirty snake",译者将之译为"一条无情无义的蛇"。原文用
了暗喻的修辞,将 Jamie 比作"蛇",中国文化里用"蛇"喻人时,一般形容人
无情、狠毒。译者保留了原文中的喻体,将"dirty"这一修饰词的意思改成
符合中国文化中人们对蛇的认知的形容词,使得译文保留了原作的修辞,
也保证了其在译入语文化中的合理性。

(三)句法修辞

从句法层面创造语言陌生化的效果,就要在遵循现成的语法的基础
上进行突破,具体的做法主要有三种:省略或错位句中的语法成分、对惯
常使用的句型的创造性使用和借用异质的句法结构。与语音修辞和词汇
修辞相比,句法修辞对译者的挑战更大,因为不同的语言之间句法的差异
对意义表达的影响最大。奥尼尔戏剧作品中,句法修辞的做法主要是前
两种,针对这两种句法修辞,译者采取的翻译方法是在保证意义的情况下
尽量地保持原文的句法修辞特征。

对惯常使用的句型的创造性使用是奥尼尔戏剧中最常见的句法修辞
策略,奥尼尔戏剧作品之所以充满诗意,一部分也归因于此。原文中句型
的创造性使用,在译文中几乎是无法重现的,因为不同语言的句法规则不
同,创造性的使用更是给翻译带来了难度。译者的处理方法几乎都是在
保证意义的基础上尽量使译文的句型靠近原文的句法修辞,以尽可能地
体现原文作为文学作品的陌生化特征。

Beyond the Horizon 中,Robert 对哥哥 Andrew 讲起自己想要出海
远航的原因:"Supposing I was to tell you that it's just Beauty that's
calling me, the beauty of the far off and unknown, the mystery and spell
of the freedom of great wide spaces, the joy of wandering on and on—in
quest of the secret which is hidden over there, beyond the horizon?
Suppose I told you that was the one and only reason for my going?"①这
段话由两个句子组成,两个句子结构相同——"Supposing I was to tell

---

① O'Neill, E. *Complete Plays of Eugene O'Neill* (Vol. I). New York: Literary
Classics of the Penguin Putnam Inc., 1988:577.

you that … "和"Suppose I told you that … ", 形成了英语中"平行结构"(parallel)的句型修辞。除此之外, 原文中第一句话的内部也使用了"平行结构"的句法修辞, 三个并列的名词短语"the beauty of … ""the mystery and spell of … "和"the joy of … "共同作"Beauty"的同位语。荒芜译《天边外》中, 这段话被翻译为:"假如我告诉你, 叫我去的就是美, 遥远而陌生的美, 我在书本里读过的引人入胜的东方神秘和魅力, 就是要到广大空间自由飞翔、欢欢喜喜地漫游下去, 追求那隐藏在天边以外的秘密呢? 假使我告诉你那就是我出门的唯一原因呢?"①译者在保证意义传达的基础上, 也使译文的两个句子保持了"假如我告诉你……""假使我告诉你……"的相同的结构; 译文第一句话中, 译者为了意思的传递将原文中三个平行同位语的后置定语换成了前置定语——"……的美""……的东方神秘和魅力""……的秘密", 在一定程度上保持了原文中的平行结构。

Long Day's Journey into Night 第四幕中, Edmund 和父亲 James 讨论起母亲的情况, 感慨道:"Yes, she moves above and beyond us, a ghost haunting the past, and here we sit pretending to forget, but straining our ears listening for the slightest sound, hearing the fog drip from the eaves like the uneven tick of a rundown, crazy clock—or like the dreary tears of a trollop spattering in a puddle of stale beer on a honky-tonk table top!"②原文句子较长, 由两个简单句构成, 前一个句子的主干是"she moves", 后一个句子的主干是"we sit"。前一个句子较短, 只有一个"-ing"结构作状语; 后一个句子较长, 有"pretending"和"straining"两个"-ing"结构的状语, 在"straining"引导的状语中又有"listening for"和"hearing"两个"-ing"结构的状语, 在"hearing"引导的状语里又有两个介词"like"引导的介宾短语"like the uneven tick of a rundown crazy clock"和"like the dreary tears of a trollop spattering in a

---

① 奥尼尔. 天边外. 荒芜, 汪义群, 等译. 桂林:漓江出版社, 1984:8.

② O'Neill, E. *Complete Plays of Eugene O'Neill* (Vol. III). New York: Literary Classics of the Penguin Putnam Inc., 1988:811.

puddle of stale beer on a honky-tonk table top",形成了三套平行结构。除了句型的复杂,奥尼尔还用了暗喻和明喻的词汇修辞手段,将"she"暗喻为"ghost",将"sound"和"the fog drip"明喻为"clock"和"tears"。作者使用如此复杂、精巧的句子结构和丰富、生动的修辞,意在表现说话人Edmund 在用词和句法方面的水平极高,和说话时纠结、矛盾的感情。张廷琛译《进入黑夜的漫长旅程》中的译文为:"是啊,她在我们头顶上走来走去,我们没法碰着她什么,她这迷恋过去的鬼魂,而我们却坐在这里,装着忘记了,可却竖起耳朵捕捉哪怕再细微的声响,只听见雾聚成水滴从屋檐口滴下来,就像是一只破得不可收拾的旧钟忽快忽慢滴答滴答地响——或者说就像是低级酒吧卖身女人的伤心泪噼里啪啦掉在台面上一滩不知什么时候撒下的啤酒里!"①译文再现了原文的长度,但是由于与原文语言的差异,在句法结构上译者只保留了最后一套平行结构,用"就像……就像……"引导,保留了原文中的句法和词汇修辞。可见,译者的主要目的在于达意,然后尽可能地保留原文的词法修辞,最后再最大限度地试图再现原文的句法修辞。

省略或错位句中的语法成分一般来说常见于诗歌之中。语序是词语线性化时的排列顺序,因此相对稳定,省略或错位句中的语法成分则会打破人们对语法的期待心理,获得惊奇的体验,从而产生陌生化的效果。在奥尼尔戏剧作品中,这类现象较少,且主要出现在剧中人物朗诵的诗歌中。

Long Day's Journey into Night 第四幕中,Edmund 嘲讽 Jamie 放荡的生活方式,引诵了几句诗:

> Harlots and
>
> Hunted have pleasures of their own to give,
>
> The vulgar herd can never understand. ②

---

① 奥尼尔. 外国当代剧作选 1. 北京:中国戏剧出版社,1988:372.

② O'Neill, E. *Complete Plays of Eugene O'Neill* (Vol. III). New York: Literary Classics of the Penguin Putnam Inc., 1988:817.

张廷琛译《进入黑夜的漫长旅程》中的译文为：

> 卖笑的与
>
> 被追逐的无不以欢乐娱人，
>
> 卑俗低下者永远无法体认。①

原文的语言本身就具有形式审美特征，第一行仅两个单词，使得第二行和第三行读起来有节奏感，除了这个功能，第一行的两个单词在内容上也得到了特别的凸显。第二行的"hunted"是过去分词作形容词，本不能直接用作与名词"harlot"并列的主语，按照一般的语法规则，应该在"hunted"前面加个"the"使之具有名词的功能，但是诗作者故意省略了"the"，使得第一行的第一个单词"harlots"和第二行第一个单词"hunted"形成了押头韵的修辞。译者改变了原文的三行诗的形式，将第一行译为四字，与后面两行开头对齐，并且省略了"卖笑的"和"被追逐的"后面的"人"，保存了意义，也从另一角度实现了省略的效果。该例中，诗句的长短和省略给读者在视觉和对句法长期形成的期待心理方面都造成了惊异效果。

二、语言陌生化翻译特征的强化与添加

在翻译的过程中，译者会在保证意思的情况下，对原文的修辞手段进行最大限度的重现，如果实在不能重现，就会用一系列的手段加以补偿。除此之外，文学作品的译者还会有意或无意地在译文中对修辞手段的效果进行强化，甚至还会添加一些原文没有的修辞手段。

（一）修辞效果的强化

译文中修辞效果的强化，是指译者利用译入语的语言特征，使用一些语言的手段，使得译文的修辞特征比原文的修辞特征更为明显。在八九十年代奥尼尔戏剧译本的语言、词汇等修辞方面，译者普遍使用了一些方法对译文中修辞的效果进行了强化。

---

① 奥尼尔. 外国当代剧作选 1. 北京：中国戏剧出版社，1988：381.

1. 语音修辞的强化

如 *Desire Under the Elms* 第一幕第二场中,Simeon 回忆起父亲临走时对他说的话:"I been hearin' the hens cluckin' an' the roosters crowin' all the durn day. I been listenin' t' the cows lowin' and' everythin' else kickin' up till I can't stand it no more."①汪义群译《榆树下的欲望》中的译文为:"我一整天耳朵里就听到母鸡咯咯地叫,公鸡喔喔地啼,还有那些母牛也在哪儿哞哞地唤个不停。什么东西都闲不住,我再也受不了了。"②该例中,原文中的"cluck""crow"和"low"的拟声效果在原文中得到了强化,译者使用了"咯咯""喔喔"和"哞哞"使拟声效果更为突出。除此之外,译者还将原文两句话的内容做了调整,将第二句话前半句的内容与第一句话的内容放在一起,使译文形成"母鸡咯咯地叫""公鸡喔喔地啼""母牛哞哞地唤"这样相同结构的排比修辞,也增强了拟声的效果。

2. 词汇修辞的强化

如 *A Moon for the Misbegotten* 第一幕中,Josie 催促想要逃离农场的弟弟 Mike 赶紧上路,转身却发现他已经离开了,于是轻蔑地说:"I might have known. I'll bet you're a mile away by now, you rabbit!"③梅绍武、屠珍译《月照不幸人》中的译文为:"真没料到,我敢说你眼下已经跑出一里路了,你这个兔崽子!"④原文中的"rabbit"从修辞角度来讲是暗喻,是 Josie 将 Mike 比喻成了"兔子",因为 Mike 跑得很快,也因为 Mike 胆小怕事。译者并没有将"you rabbit"翻译成同样使用暗喻修辞的"你这只兔子",而是翻译成了"你这个兔崽子"。虽然"兔子"在这里也有嘲弄的意味,但"兔崽子"有贬义的感情色彩,一般指的是态度傲慢而令人讨厌或自私的人。译者仍使用了暗喻的修辞,将"rabbit"译为"兔崽子",突出了剧

---

① O'Neill, E. *Complete Plays of Eugene O'Neill* (Vol. II). New York: Literary Classics of the Penguin Putnam Inc., 1988:325.

② 奥尼尔. 天边外. 荒芜,汪义群,等译. 桂林:漓江出版社,1984:203.

③ O'Neill, E. *Complete Plays of Eugene O'Neill* (Vol. III). New York: Literary Classics of the Penguin Putnam Inc., 1988:861.

④ 奥尼尔. 外国当代剧作选 1. 北京:中国戏剧出版社,1988:597.

中 Josie 的豪放的性格,也增强了说话时对 Mike 贬损的态度。

又如 *Beyond the Horizon* 第一幕中,Andrew 朗诵了几句 Robert 书中的诗:"I have loved wind and light and the bright sea. But holy and most sacred night, not as I love and have loved thee."①荒芜译《天边外》中的译文为:"我爱上了风和光和明亮的大海。可是神圣而最不可侵犯的夜呀,不象我爱您爱得那么厉害。"②原文第二句结尾,作者使用了古英语中的"thee"来代替"you",就是为了与第一句诗最后的"sea"押韵。原文第二句中译者将"holy and most sacred night"放在前面,表明抒情的对象,是一种拟人的修辞方法。译者将原文中的"thee"翻译成了中文中对人表示尊称的"您",虽然失去了韵脚,但是却使得诗句的拟人特征更加明显,强化了诗句的拟人修辞的效果。

(二)修辞手段的添加

在八九十年代的奥尼尔戏剧译本中,译者还会添加一些修辞手段,这些修辞手段在原文中并不存在。

1. 词汇修辞的添加

如 *A Moon for the Misbegotten* 第二幕中,Hogan 对 Josie 诉说自己对 Jamie 的感情:"I'd come to love him like a son—a real son of my heart!—to take the place of that jackass, Mike and my two other jackasses."③梅绍武、屠珍译《月照不幸人》中的译文为:"我曾经把他当成自己的儿子那样宠爱——一个真正心爱的儿子——代替我那个笨蛋儿子迈克和另两个白眼狼儿子。"④原文中 Hogan 把 Mike 和另外两个儿子都称为"jackass"(笨蛋、蠢货),而译者只将第一个"jackass"译出,将 Hogan 骂另外两个儿子的"jackass"换成了"白眼狼",于是译文变成了将另外两

① O'Neill, E. *Complete Plays of Eugene O'Neill* (Vol. I). New York: Literary Classics of the Penguin Putnam Inc., 1988:574.
② 奥尼尔. 天边外. 荒芜,汪义群,等译. 桂林:漓江出版社,1984:5.
③ O'Neill, E. *Complete Plays of Eugene O'Neill* (Vol. III). New York: Literary Classics of the Penguin Putnam Inc., 1988:900.
④ 奥尼尔. 外国当代剧作选 1. 北京:中国戏剧出版社,1988:653.

个儿子比作不知感恩回报的"白眼狼",增加了原文中本来没有的暗喻修辞。

又如 *A Touch of the Poet* 第一幕中,Meloy 对 Sara 提起曾来店里的一个女人,可能是 Sara 心上人的母亲,但那女人却并没有表明自己的身份,Sara 并不放在心上地说:"Well, there's no use thinking of it now——or bothering my head about her, anyway, whoever she was."①郭继德译《诗人的气质》中的译文为:"咳,现在考虑也是瞎子点灯白费蜡了——我还不知道她是谁,就替她担忧,岂不是杞人忧天嘛。"②译文中增加了一个歇后语"瞎子点灯白费蜡",这个歇后语用了比喻的修辞,以"瞎子点灯"这一虚构的想象为喻,增强"白费蜡"这一解释的诙谐效果。这是译者添加的修辞,原文平实,没有使用任何修辞手段。又如原剧第一幕中 Sara 对 Nora 抱怨父亲在养马上花了过多的钱,Nora 为丈夫辩护,Sara 嘲讽地说:"Where's the harm? She's his greatest pride. He'd be heartbroken if he had to sell her."③译文为:"那有什么不好? 马是他的掌上明珠。倘若要他把马卖掉,他就会感到像揪心似的难受。"④原文中的"She's his greatest pride",意思是"马是他最大的骄傲",并没有使用任何修辞,译者将其译为"马是他的掌上明珠",增添了暗喻的修辞手段,将马比作"掌上明珠"。

再如 *Long Day's Journey into Night* 第四幕中,Jamie 背诵了阿尔加侬·查尔斯·斯温伯恩(Algernon Charles Swinburne)的《别情》("A Leave-Taking"),诗的第一句是:"Let us rise up and part; she will not know."⑤张廷琛译《进入黑夜的漫长旅程》中的译文为:"分手从兹去,嗟

① O'Neill, E. *Complete Plays of Eugene O'Neill* (Vol. III). New York: Literary Classics of the Penguin Putnam Inc., 1988:190.

② 奥尼尔. 外国当代剧作选 1. 北京:中国戏剧出版社,1988:449.

③ O'Neill, E. *Complete Plays of Eugene O'Neill* (Vol. III). New York: Literary Classics of the Penguin Putnam Inc., 1988:191.

④ 奥尼尔. 外国当代剧作选 1. 北京:中国戏剧出版社,1988:451.

⑤ O'Neill, E. *Complete Plays of Eugene O'Neill* (Vol. III). New York: Literary Classics of the Penguin Putnam Inc., 1988:825.

彼不知由。"①原文较为平实,没有使用任何修辞手段,但译文的"分手从兹去"使用了模仿的修辞手段,模仿的是唐代著名诗人李白的诗《送友人》中的第四句"挥手自兹去,萧萧班马鸣"。1923年毛泽东作《贺新郎·别友》的第一句"挥手从兹去,更那堪凄然相向,苦情重诉",使"挥手从兹去"为更多中国读者所熟悉。译者增加了原文中没有使用的模仿修辞,也因此增加了译文的文学性。

2. 句法修辞手段的添加

如 The Iceman Cometh 第二幕中,Larry 对 Hicky 劝他回到过去的生活中去的忠告表示不屑,他对 Chuck 说:"Let him mind his own business and I'll mind mine."②原文是较为平实的表达,而龙文佩在《送冰的人来了》中将其翻译为:"让他去自扫门前雪,我也不管人家瓦上霜。"③译者模仿的是宋朝陈元靓《事林广记·警世格言》中的"自家扫取门前雪,莫管他人屋上霜"。译者添加了原文中没有的句法修辞,使得译文句式上形成了对仗,句子更加工整、更具韵味,增强了词语和句子的表现力。

三、译者的修辞辨识与文学译本的审美价值

戏剧文本的文学性主要从两个层次得以体现:一是深邃的主题思想,二是精巧的文体结构和艺术性的语言文字。奥尼尔的剧作大多沉吟人性悲剧、人生哲理,语言带有浓重的陌生化审美特征。20世纪八九十年代的奥尼尔戏剧汉译本反映出译者充分意识到了这种审美特征,并试图在译文中再现或者保存这种特征。这种特征在语言上的具体体现就是语言、词汇、句法的修辞,对这些修辞的翻译,译者首先考虑的是意思的传达,在达意的前提下尽可能重现原文的修辞,如在比喻中保留相同的本体和喻体。但如果原文在语言或文化意象上与译入语的语言和文化意象产生较大的差异,无法重现原文的修辞,译者会采取一系列方法对原文的修辞翻

---

① 奥尼尔. 外国当代剧作选 1. 北京:中国戏剧出版社,1988:395.
② O'Neill, E. *Complete Plays of Eugene O'Neill* (Vol. III). New York: Literary Classics of the Penguin Putnam Inc., 1988:624.
③ 奥尼尔. 外国当代剧作选 1. 北京:中国戏剧出版社,1988:98.

译进行补偿,如增加注释对原文的双关意义加以说明,或使用模仿的方法重构修辞,使得读者能间接体会到原文的修辞效果。

在八九十年代奥尼尔戏剧的汉译本中,修辞的翻译还有一个值得注意的现象,就是译者在译文中对修辞手段效果的强化,甚至添加。译者的行为或许是有意的,对修辞手段效果的强化,为的是让原文中并不突出的修辞手段在译文中更加引人注目,修辞效果的凸显带来的直接结果就是文本审美性的凸显;修辞手段的添加,其目的性就更为明显,为了增强文本的文学性特征。总之,这两种做法的目的都是增加文本的文学审美价值。译者的行为或许是无意的,只是在翻译过程中的偶然之举,并没有意识到自己是在强化修辞效果或增添修辞手段,译者的主观目的是增加译本的可读性和美感,而客观的效果是文本文学性的增加。译者的"有意"和"无意"取决于修辞辨识能力的高低,译者的语感和在语言艺术方面的素养是修辞辨识能力得以形成的基础,译者的语言运用能力和对言语作品的鉴赏能力是修辞辨识能力得以发展的前提。在翻译的过程中,译者需有意识地培养和运用修辞辨识能力,才能保证译作的艺术性,也才能将艺术性作品的审美特征传达出来。

文学并不只是一种语言技巧,文学语言也并不只是修辞手段,而应该是具有美学追求的。这种审美追求需要通过陌生化手法来得以实现,即俄国形式主义者所说的在文学创作中使日常语言扭曲、变形,使之能够自我参照、自我谈论,并以此展示出语言符号自身的独立审美价值。通过文学作品的阅读,读者在很大程度上需要获得的就是对这种审美价值的体验。而这种审美价值不应该在文学作品被翻译到另一语言的过程中遗失,这也是文学翻译工作者的共同目标。茅盾于 1954 年 8 月 19 日在全国文学翻译工作会议上作了题为《为发展文学翻译事业和提高翻译质量而奋斗》的报告。报告中说:"文学的翻译是用另一种语言,把原作的艺术意境传达出来,使读者在读译文的时候能够像读原作时一样得到启发、感动和美的感受。"①但在翻译的过程中,由于语言之间、文化之间的鸿沟,修辞手段无法重现,语言本身的形式审美特征也无法得以表现,因此,文学作品中的审美价值在翻译的过程中的确会不可避免地流失,译者的审美能力和文学再创造能力则决定了这种审美价值的流失程度。译者对原作文学审美价值的体验与感知,要在翻译过程中进行再现,使译文的读者也能获得相同或尽量相似的审美体验,为此,译者就要在翻译过程中进行艺术的再创造。因此,原文中文学审美价值的流失,在译文中也会得到弥补,译者在译文中对修辞效果的强化甚至添加,都是译者艺术性再创造的结果。一个文学作品在翻译过程中,文学语言陌生化手法必然会在形式和修辞上有失落,也会在译者的努力下有所获得,译者的审美能力和文学再创造能力决定了失落与获得之间的比例,也决定了一个文学译本的陌生化审美价值。

戏剧是传统的四类文学样式之一,是典型的文学文本。奥尼尔戏剧也从各个角度体现着文学性的特征,为了在汉译本中重现这些文学特征,或者构建新的文学特征,20世纪八九十年代的译者做出了努力和尝试,不仅创造出一批优秀的译本,还为戏剧翻译文学性特征的再现提供了宝贵的经验。语言的陌生化是文学文本的特征之一,这不仅是各种语言技巧的总和,其本身也体现着一种审美的价值。奥尼尔戏剧在修辞和形式两方面均体现了审美性语言的特点。通过分析20世纪八九十年代的汉译本,可以看出这个时期的译者"译"与"研"结合,具有充分的修辞辨识,能发挥自身的审美能力和文学再创造能力,对奥尼尔戏剧原作在翻译过程中流失的文学特征予以补偿和再创造。戏剧的文学性体现在作为文本存在的形式——剧本之中,但剧本从来就是为演出而创作的,因此,其本质内涵并不限于一个文学类别。如果说20世纪三四十年代奥尼尔剧本的改译本是为演出而译,更加靠近剧本的舞台性,八九十年代的译本则均以

① 茅盾. 为发展文学翻译事业和提高翻译质量而奋斗——一九五四年八月十九日在全国文学翻译工作会议上的报告//茅盾. 茅盾全集(第二十四卷·中国文论七集). 北京:人民文学出版社,1996:311.

阅读为目的,更加靠近剧本的文学性。"其实,谁都知道,戏剧距离文学有多远,距离戏剧艺术就有多远,距离观众也就有多远。"①如何在剧本的翻译中保存文学性,从而真正实现剧本的艺术价值,而又不远离作为其本质特征的舞台性,是值得继续探讨和研究的话题。

① 赵先正. 戏剧,别游离文学性与舞台性太远. 戏剧文学,2006(12):71.

第四章　奥尼尔戏剧的汉译本

——作为戏剧文本的翻译

　　奥尼尔戏剧的汉译本,可以被视为文化文本、文学文本,但是最重要的,是其作为戏剧文本存在的特征及表现。本章主要观察戏剧文本中人物语言在 20 世纪不同时期的不同翻译特点,讨论这些特点与译者以演出或以阅读为目的之间的关系,考察这些特点对戏剧翻译实践活动中一些难题的启示,如方言、口音的翻译,以及人物语言个性化在翻译中的体现。

　　戏剧是人类最古老的艺术形式之一,自古希腊悲剧诞生起,戏剧艺术的发展已有逾 2500 年的历史。戏剧从一种表演发展成为一种文学形式,更加丰富了其自身的内涵。英国戏剧理论家马丁·埃斯林(Martin Esslin)曾说:"论述戏剧的书籍何止成千上万册,但是戏剧一词的定义究竟是什么,几乎还没有人人满意的说法。"①(笔者译)关于戏剧的定义很多,《中国大百科全书》将《戏剧》和《戏曲·曲艺》单独分卷,《戏剧》卷前《戏剧》一文中说:"在现代中国,'戏剧'一词有两种含义:狭义专指以古希腊悲剧和喜剧为开端,在欧洲各国发展起来继而在世界广泛流行的舞台演出形式,英文为 drama,中国又称之为'话剧';广义还包括东方一些国家、民族的传统舞台演出形式,诸如中国的戏曲、日本的歌舞伎、印度的古典戏剧、朝鲜的唱剧等。"②在英语中,表述"戏剧"的单词有两个——

---

① 　Esslin, M. *An Anatomy of Drama*. New York: Hill and Wang, 1977:9.

② 　谭霈生. 戏剧//中国大百科全书总编辑委员会. 中国大百科全书·戏剧. 北京: 中国大百科全书出版社,2002:1.

"drama"和"theatre"。"在西方,称 Theatre 的戏剧史包括场上演出,称 Drama 的戏剧史则侧重于剧本文学。"①theatre 的内涵包含了 drama,指的是作为剧场艺术的戏剧,包括从文本创作到剧场演出的不同阶段和全部环节。而 drama 则是指作为文本的戏剧,带有浓厚的文学色彩。《美国百科全书》(*The Encyclopedia Americana*)中将 drama 解释为:"适合在观众面前表演或行为的文学形式。戏剧通过演员在模仿角色与表演的过程中进行的演说和对话来叙事。"②(笔者译)也就是说,无论是 theatre 还是 drama,都具有戏剧的两个本质特征——文学性与剧场性。

对于剧本而言,剧场性"表现为作者预设在作品中的刺激受众审美感应与情感共鸣的期待域和规定性"③。戏剧是通过表演来实现这种"感应"和"共鸣",因此,"戏剧文本"与"演出"毋庸置疑且无可非议地紧密联系在一起。"表演"是戏剧的重要标志,文本、演出和观众共同构建了戏剧这一艺术形态。"戏剧"与"戏剧文本"(Dramatic text)并不相等,简言之,戏剧文本只是戏剧的一部分,是戏剧的蓝本、基础。戏剧文本最主要的特征是文学性与剧场性,这两个不可或缺的要素中,剧场性比文学性更加重要,因为剧场性体现了戏剧的本质,也将戏剧与小说、诗歌、散文等文学作品区分开来。戏剧理论家周贻白曾说:"戏剧本为上演而设,非奏之场上不为功。不比其他文体,仅供案头欣赏而已足。"④也就是说,戏剧文本首先而且应当为演出而创作,这是戏剧文本创作的前提,也是戏剧文本创作的基本目的和基本要求。著名戏剧家顾仲彝曾说:"翻译剧本应以能上演为至少限度的目标……翻了剧本不能上演等于没有翻。翻译得好不好,以能上演与否为标准是最准确的。"⑤可见,无论是原创剧本还是翻译剧本,都应该为了演出而存在。本研究将奥尼尔汉译本视为戏剧文本的翻译,

---

① 刘家思. 剧场性:戏剧文学的本质特征. 四川戏剧,2011(1):45.
② *The Encyclopedia Americana*(Vol.9). Chicago,New York:The Encyclopedia Americana Corporation,1918:303.
③ 刘家思. 剧场性:戏剧文学的本质特征. 四川戏剧,2011(1):46.
④ 周贻白. 自序//周贻白. 中国戏剧史长编. 北京:人民文学出版社,1960:自序 1.
⑤ 顾仲彝. 关于翻译欧美戏剧. 文艺月刊,1937,10(4/5):16.

研究的对象是奥尼尔戏剧汉译本中剧场性的重要方面——人物语言的翻译。

第一节　三四十年代独幕剧中人物语言的翻译

戏剧的语言主要包括两个方面:人物语言(独白、对白、旁白)和舞台提示语言。舞台提示语言一般简洁、明确,让读者一目了然。而人物语言的翻译受制于舞台表演形式和特征,是戏剧翻译中的难点,译者在翻译时必须要了解戏剧人物语言的特点,才能把握其翻译原则。

一、戏剧人物语言的特点及翻译原则

大卫·克里斯特尔(David Crystal)曾说:"戏剧既不是诗歌也不是小说,它首先是行动中的对话。"①由此可见戏剧中人物语言的重要性。戏剧主要通过剧中人物的说辞来塑造人物形象,推动情节发展,展现主题思想。人物的语言一般来说应兼具可读和可演两个功能,这也决定了人物语言的以下几个特点。

(1)口语化。戏剧中人物语言必须口语化,符合其身份,尽可能贴近生活给人以真实感。为了方便说或者唱,人物语言还应该流畅、朗朗上口,符合观众的语言表达习惯。同时,由于舞台表演具有瞬时性的特点,为了让观众在一闪即逝的台词中捕捉到足够的信息,人物语言要尽可能让人容易理解。但舞台语言和日常口语也并不是一回事,凯尔·伊拉姆(Keir Elam)曾指出:"日常交流是极难以其支离破碎和不合逻辑的原貌重新再现的,而戏剧话语在表演的次数和变化上,则具有潜在的无限性,可以整个地将戏剧话语置于上下文中加以研究。"②

(2)动作性。戏剧的舞台性决定了戏剧的人物语言必须具有动作性,戏剧的动作性体现了人物语言的本质——人物语言应该配合动作,语言

---

① 转引自:孟伟根. 戏剧翻译研究. 杭州:浙江大学出版社,2012:84.
② 伊拉姆. 符号学与戏剧理论. 王坤,译. 台北:骆驼出版社,1998:192.

通过动作得到进一步的阐释,而动作也配合语言加深其含义。人物语言的动作性也是其区别于其他文学作品语言的最大特征。

(3)修辞性。戏剧中的人物语言源于生活,但又高于生活。也就是说,舞台的语言并不完全与生活中的语言相同。舞台语言的"高雅"性,来源于"诗性",舞台语言应该是具有审美价值的、优美的、抒情的。修辞性使得戏剧语言和"日常用语"区别开来。老舍曾说:"剧本的语言应是语言的精华,不是日常生活中你一言我一语的录音。"①语言的艺术性离不开修辞,因此,人物语言中常出现排比、夸张、重复等修辞手段,这些修辞手段使得语言更加具有审美价值。

(4)含蓄性。人物语言含蓄性的一个重要表现方面是人物语言的"潜台词"。人物通过语言表达出内心的思想和意图,但常常并不是全部说出,弦外之音和言外之意都是通过"潜台词"加以表现。"潜台词"体现出了人物语言的魅力,是人物语言的特征之一。

(5)个性化。个性化指的是剧中人物由于年龄、职业、教育背景、生活经历,以及思想感情和性格特征的不同,说出来的台词也是不一样的。高尔基曾说:"要使剧中人物在舞台上,在演员的表演中,具有艺术价值和社会性的说服力,就必须使每个人物的台词具有严格的独特性和充分的表现力——只有在这种条件下,观众才懂得,每个剧中人物的一言一行。"②

(6)精练性。戏剧在舞台上呈现的时间是有限的,因此,人物语言应该在尽可能简练的情况下包含更多的信息,句子应该完整、干练。

人物语言的上述特点,给戏剧翻译带来了挑战,且戏剧文本读者群体较为复杂,因此,戏剧翻译的焦点常常是围绕戏剧译本"可演性"的讨论。无论如何,戏剧文本本身,首先是面对读者的。苏珊·巴斯奈特(Susan Bassnett)在《依旧身陷迷宫:对戏剧与翻译的进一步思考》("Still Trapped in the Labyrinth:Further Reflections on Translation and Theatre")一文

---

① 老舍. 老舍全集(第十六卷·文论一集). 北京:人民文学出版社,1999:335.
② 高尔基. 论剧本//高尔基. 高尔基选集:文学论文选. 孟昌,等译. 北京:人民文学出版社,1958:244.

中将剧本的阅读方式分为七类：(1)将剧本纯粹作为文学作品来阅读，此种方式多用于教学；(2)观众对剧本的阅读，此举完全出于个人的爱好与兴趣；(3)导演对剧本的阅读，其目的在于决定剧本是否适合上演；(4)演员对剧本的阅读，主要为了加深对特定角色的理解；(5)舞美对剧本的阅读，旨在从剧本的指示中设计出舞台的可视空间和布景；(6)其他任何参与演出的人员对剧本的阅读；(7)用于排练的剧本阅读，其中采用了很多辅助语言学的符号，例如语气(tone)、曲折(inflexion)、音调(pitch)、音域(register)等，旨在对演出进行准备。① 剧本的读者分为普通读者和演出团体，针对不同的群体，译者的翻译会有所不同——对普通读者而言原剧信息量的保存最重要，对演出团体而言原剧中可演因素的保存最重要。但对大多数译者而言，翻译是同时针对这两个阅读群体的，然而既完整呈现原剧信息、又适合演出的剧本几乎是不存在的。也就是说，以阅读为目的(将剧本视为文学作品)和以演出为目的(将剧本视为演出蓝本)的戏剧翻译策略是不同的，这也决定了戏剧翻译中译者翻译途径的多样性。

戏剧翻译中与"可演性"(performability)直接相关的是戏剧语言的"可念性"(speakability)，也就是对剧本中人物语言的翻译。美国密歇根大学教授伊诺克·布拉特(Enoch Brater)在《文本中的戏剧》(*The Drama in the Text：Beckett's Late Fiction*)一书中指出："戏剧中的大多数材料用口头表达或用耳聆听时，常常要比简单的阅读和无声的理解更具有意义。因此，剧本写成时本身就包含了可演性和可念性的特征。"②戏剧翻译者应该努力在译文中再现和保留这些特征，但在不同的语言和文化中，"可演性"和"可念性"的表现方式是不同的，因而对译者而言，最大的挑战就是在目的语文化中尽可能地再现和保留原文中的表现方式，同时为译入语

---

① Bassnett，S. Still trapped in the labyrinth：Further reflections on translation and theatre. In Bassnett，S. & Lefevere，A.（eds.）. *Constructing Cultures：Essays on Literary Translation*. Shanghai：Shanghai Foreign Language Education Press，2001：101.

② Brater，E. *The Drama in the Text：Beckett's Late Fiction*. Oxford：Oxford University Press，1994：83.

的观众或读者所接受。

二、奥尼尔独幕剧中人物语言的特点

20 世纪三四十年代,奥尼尔独幕剧中人物语言的翻译充分地体现了戏剧翻译中的挑战和矛盾之处,当时的译者在传统戏剧观念的影响下,本着不同的翻译目的,在戏剧语言翻译方面采取了不同的策略,充分体现了翻译方式的多样性。

1926 年,梁实秋在《晨报副刊》发表的《现代中国文学之浪漫的趋势》一文中谈到戏剧的发展,认为"散文剧"正在国内兴起,这正是受外来戏剧影响的结果。梁实秋认为,"新文学运动以来,许多外国剧本都被绍介到中国来。这些剧本在中国文学上发生影响的,不是莎士比亚,不是毛里哀,更不是莎孚克里斯,而是肖伯纳,是易卜生,是阿尼尔(即奥尼尔)";"所以新文学运动给我们中国文学陡然添了一个型类,叫做'散文剧',举凡一切艺术技术完全模仿外国"。① 奥尼尔等外国戏剧家给中国带来的"散文剧",从本质上说,是区别于西方古典戏剧"诗本位"的语言,而采用散文的风格写作剧中人物的语言。奥尼尔曾说:"我并不认为生活在我们这个支离破碎、毫无信仰的时代会有人能够使用雄伟的语言。我们只能以生动活泼而又不清不楚的语言竭力求其动听就算了!"②因此,奥尼尔戏剧创作中使用的是"普通人的普通语言"。奥尼尔还指出,在平庸和粗俗的深处发掘诗情画意,才是对一个人(戏剧家)洞察能力的真正考验。③ 奥尼尔"充分地挖掘[日常]语言的潜力,采用暗示、引而不发、借题发挥、一语双关、弦外之音、直言不讳等不同层次的表达手段,还是照样把人物的复杂内心活动和人与人之间的微妙关系极其自然地展示了出来"④。通过

---

① 梁实秋. 现代中国文学之浪漫的趋势. 晨报副刊,1926-03-25.
② 转引自:从丛,许诗焱. 莎士比亚与奥尼尔戏剧语言比较研究. 江苏社会科学,2004(3):147-148.
③ 转引自:刘海平,徐锡祥. 奥尼尔论戏剧. 北京:大众文艺出版社,1999:38.
④ 龙文佩. 后记——尤金·奥尼尔的后期剧作//奥尼尔. 外国当代剧作选 1. 北京:中国戏剧出版社,1988:739.

"普通人的普通语言"和其他戏剧手段的使用营造出"诗情画意",正是奥尼尔戏剧语言的最大特点。

"普通人的普通语言"在奥尼尔早期独幕剧中人物的表现总结起来,有以下几个特征。

(1)这些短剧大多以海洋、水手生活和美国乡下生活为题材,因此人物的语言中有大量的方言和俚语。奥尼尔独幕剧中最重要的作品,也是他后来汇集成组剧 *Glencairn* 的四个短剧:*The Moon of the Caribbees*、*Bound East for Cardiff*、*The Long Voyage Home*、*In the Zone*,成功塑造了一系列水手的形象,这些水手有爱尔兰人,有美国人;有的受过教育,有的一直做着粗活;有的曾周游世界,有的则一直困于现状。水手的语言中体现出自己家乡的方言,其中也有大量的美国俚语。

(2)奥尼尔早期独幕剧中多以水手和乡下农夫为主人公,人物语言有很多语法不规范之处,这些不规范之处一方面体现了方言的发音方式,如以"-ing"结尾的单词通常都写成"-in'",另一方面则体现了人物受教育的程度有限。

(3)人物的语言鲜明地体现了人物的身份。如 *The Moon of the Caribbees* 中的水手 Smitty 的语言语法就是正确规范的,到船上来做生意的黑人姑娘 Pearl 称他为"genelman"(gentleman),Pearl 的语言则充分体现出其作为西印度群岛一个小岛的当地人对英语发音的不熟悉。又如在 *Ile* 中,Keeney 夫人在婚前是一位教师,因此她的语言语法规范与她的丈夫和其他水手不规范的用语形成鲜明的对比,同时也恰当地反映出他们的身份和受教育程度。

三、奥尼尔独幕剧中人物语言的翻译特征

总的来说,这个时期奥尼尔独幕剧人物语言的翻译有以下几个特征。

(一)方言的翻译——"忽视"

奥尼尔的独幕剧多数是以美国社会为背景,但在剧中也会出现不同国籍和地方的人物,他们使用不同的方言和口音。如 *The Moon of the Caribbees* 中的水手 Driscoll 是爱尔兰人,而水手 Smitty 则是英国人。

Driscoll 说话带着浓重的爱尔兰口音,如通常把"you"说成"ye",把以"-ing"结尾的音说成"-in",把"like"说成"loike"等。Smitty 的语言则明确地反映了他的英国国籍,如他规范的语法,又如在用词方面使用英国人常用的"chap"等,而其他人也称呼他为"Duke"。但是在钱歌川、古有成和马彦祥的译本中,方言的区别都是没有翻译出来的。这也是因为方言的翻译本身就是英译汉的一大挑战,更何况爱尔兰人和英国人在口音方面的差别是无法用中文来加以体现的。中文的确也有地区之分,但在翻译的时候是否能用中国的某些方言来代替戏剧翻译中的方言口音也是值得探讨的问题。显然,三四十年代奥尼尔独幕剧的译者对这个问题的态度,与其说是"忽视",更确切地说应该是"回避",方言和口音的不同在翻译中被"抹去",这不得不说是一大遗憾。

(二)俚语与咒骂的翻译——"高雅化"

俚语,是指生活化、较口语化的语句,地域性强,通常用在非正式的场合。奥尼尔的独幕剧是"生活化"的语言,因此,其中充满了美国俚语。剧中人物多是受教育程度较低的水手和农夫,因此在人物的语言中也常常出现咒骂的语言和词汇。在奥尼尔独幕剧的翻译中,这些俚语和咒骂普遍被"高雅化",俚语的口语化程度和咒骂的语言低俗程度得到了降低,翻译得较为"文雅"。这个现象在三四十年代的奥尼尔独幕剧翻译中非常普遍,最为突出的是钱歌川翻译的《卡利浦之月》。如 *The Moon of the Caribbees* 中水手 Max 与 Cocky 之间有这样的对话:

Max—[A Swedish fireman—from the rear of hatch.] Spin dat yarn, Cocky. ①

钱歌川译《卡利浦之月》中译文为:

马克司 (一个瑞典的火夫——从舱口的后面。)请把那故事说

---

① O'Neill, E. *Complete Plays of Eugene O'Neill* (Vol. I). New York: Literary Classics of the Penguin Putnam Inc., 1988:528.

出来听听罢,可基。①

钱译本的注释第 41 条注明"spin dat yarn（俗语）= tell that story"②。钱译本的翻译较原文明显更加高雅。

咒骂语言的翻译就更为明显地变得文雅。如水手 Cocky 在抱怨黑女人带来的酒售价太高时说:"Three bob! The bloody cow!"③钱歌川译为:"三先令! 那坏牛婆!"④"cow"在这个语境下是对女性的蔑称,并且是具有侮辱性质的语言,但"牛婆"在中文里并没有特定的含义,虽根据上下文可以推断其仍然为一种咒骂,但程度降低为一种抱怨。类似的例子还有水手们齐声抱怨黑女人的酒售价过高时,骂她们为"dirty thief","dirty"一词用于骂人,则程度较重,可理解为"下流、卑鄙",而钱歌川译为"臭强盗",明显将译文"高雅化"了。除了钱歌川译《卡利浦之月》,赵如琳译《捕鲸》也是典型的例子,赵如琳对"damn"一类的词和类似骂人的话进行了省译。

（三）人物语言的个性化翻译——"被统一"

三四十年代翻译到中国的奥尼尔独幕剧中,最能体现人物语言个性化的主要是海洋剧,如 *The Moon of the Caribbees*、*Ile*、*The Rope* 等。*The Moon of the Caribbees* 和与之相关的几部水手剧塑造了一艘英国的不定期货船"Glencairn"号上的一群水手的形象,这些水手有不同的国籍、经历、性格,这些都从他们不同的语言特征中体现出来。比如,英籍水手 Smitty 的语言就是语法规范的英式英语,而其他水手都带有各地方言和口音。*Ile* 中船长夫人的语言明显区别于船上水手的语言,船长夫人曾是学校教师,因此语言规范,用词更加文雅。*The Rope* 虽讲述的是美国乡下一户农夫的家庭故事,家庭成员的语言语法都不甚规范,俚语、俗语较多,

---

① 奥尼尔. 卡利浦之月. 钱歌川,译. 上海:中华书局,1935:45.
② 奥尼尔. 卡利浦之月. 钱歌川,译. 上海:中华书局,1935:45.
③ O'Neill，E. *Complete Plays of Eugene O'Neill*（Vol. I）. New York：Literary Classics of the Penguin Putnam Inc.，1988:533.
④ 奥尼尔. 卡利浦之月. 钱歌川,译. 上海:中华书局,1935:73.

但父亲 Bentley 多次引用了《圣经》中的句段,这些带有古英语词汇的句段明显比家庭成员之间的普通交谈更为高雅。不同的语言体现着人物不同的身份,但这些不同的语言特征在三四十年代奥尼尔独幕剧的翻译中却"被统一"成为一种风格,如钱歌川译《卡利浦之月》中,无论是受教育程度较高的 Smitty,还是其他水手,说话时都常带有"请"字,这明显不能体现奥尼尔对人物身份的设定。在赵如琳译《捕鲸》中也是如此,船长、水手和夫人相互使用的语言都"彬彬有礼",不能体现水手和夫人各自"个性化"的语言。袁昌英译《绳子》中,虽然《圣经》句段的翻译比其他语言更加书面化,但是却没有体现出原文"古色古香"的韵味。

(四)人物语言的修辞——"被归化"

人物语言是否生动与修辞有极大的关系。奥尼尔独幕剧中人物的语言使用了较多的修辞,故生动且极富表现力。在三四十年代的翻译中,译者大多对这些修辞进行了保留,并做了归化的处理,这也是因为戏剧的语言应更加贴近目标读者或观众,才能在保存戏剧语言生动性的同时,也让读者尤其是观众在转瞬即逝的台词中及时接收到重要的信息。奥尼尔独幕剧中常见的修辞方法主要有夸张、比喻、用典等。

(五)语言普遍较生硬,直译较多,欧化句型较多

30 年代的戏剧翻译,正如田禽后来在《中国戏剧运动》中指出的:"翻译剧本的人未必是真正研究戏剧者,所以他们只抱着介绍文艺作品的心理,[是]坚持着'直译'的理论工作者。"①奥尼尔的独幕剧汉译本可以分为三类:明显为演出而译、明显为阅读而译、兼顾阅读和演出的翻译。后两类文本中都普遍采用直译的翻译策略,因此语言较为生硬,欧化句式较多。三四十年代奥尼尔独幕剧译本中,语言生硬、句式欧化最明显的是古有成早期翻译的奥尼尔独幕剧集《加力比斯之月》,钱歌川在 1933 年《图书评论》第 1 卷第 5 期发表的《古有成翻译的加力比斯之月》一文中指出古译本中的多处误译,也指出了其翻译中直译以至于生硬的地方。如古

---

① 田禽. 中国戏剧运动. 重庆:商务印书馆,1944:106.

译本中的"你们愿听他们黑人吗？"①，英文原文为"Will ye listen to them naygurs?"②钱歌川认为古的这句译文"实在不是一句中国话"③。又如古译本中的"可以称为能够辨别轮船甲板和帆船后帆的水手"④，英文原文为"Wud be sailors enough to know the main from the mizzen on a windjammer."⑤这句译文在钱歌川看来"不知道读者有几人能懂得"⑥。

四、以演出为目的的人物语言翻译特征研究

上文谈到奥尼尔的独幕剧汉译本可以分为三类：明显为演出而译、明显为阅读而译、兼顾阅读和演出的翻译。以演出为目的翻译中，译者在人物语言的翻译上明显更突出其"可演性"和"可念性"。这里选取两组译本进行对比研究，以更好地观察三四十年代的译者在翻译中如何通过一系列手段尽量地保存人物语言的"戏剧性"。第一组是以阅读为目的和以演出为目的两个译本，即马彦祥翻译的《卡利比之月》(以演出为目的)与钱歌川翻译的《卡利浦之月》(以阅读为目的)，重点是寻找两种译本人物语言翻译方面的不同之处；第二组是三个均以演出为目的译本，即 *Before Breakfast* 的三个译本，重点是寻找这些译本中人物语言翻译的共同特点。通过两组译本的对比，能更为清楚地发现戏剧翻译为保存"可演性"和普通文学翻译的不同，也能更清楚地发现以演出为目的的人物语言翻译特点。

(一)《卡利比之月》与《卡利浦之月》的比较研究

奥尼尔的独幕剧 *The Moon of the Caribbees* 是三四十年代奥尼尔独

---

① 奥尼尔. 加力比斯之月. 古有成，译. 上海：商务印书馆，1933：6.
② O'Neill，E. *Complete Plays of Eugene O'Neill*（Vol. I）. New York：Literary Classics of the Penguin Putnam Inc.，1988：528.
③ 钱歌川. 古有成翻译的加力比斯之月. 图书评论，1933，1(5)：39.
④ 奥尼尔. 加力比斯之月. 古有成，译. 上海：商务印书馆，1933：12.
⑤ O'Neill，E. *Complete Plays of Eugene O'Neill*（Vol. I）. New York：Literary Classics of the Penguin Putnam Inc.，1988：531.
⑥ 钱歌川. 古有成翻译的加力比斯之月. 图书评论，1933，1(5)：41.

幕剧翻译中复译最多的剧目之一,据笔者的统计,共有三个译本——古有成的译本《加力比斯之月》、钱歌川的译本《卡利浦之月》和马彦祥的译本《卡利比之月》。这三个译本中,钱歌川的译本是明确地以阅读为目的,马彦祥的译本是明确地以演出为目的。马彦祥是三四十年代奥尼尔独幕剧翻译中较为突出的译者,他曾翻译了三个独幕剧,分别是《卡利比之月》(1934 年发表于《文艺月刊》第 6 卷第 1 期)、《战线内》(1934 年发表于《文艺月刊》第 6 卷第 2 期)、《早餐之前》(1936 年发表于《文艺月刊》第 8 卷第 2 期),他还改编了一个独幕剧《还乡》(1932 年发表于《新月》第 3 卷第 10 期)。根据朱雪峰、黄云整理的"中国上演奥尼尔戏剧资料小辑",除了《卡利比之月》没有演出的记录,另外三个都曾被搬上舞台:《战线内》于 1931 年公演;《早餐之前》和《还乡》(舞台上演名为《回家》)都公演于 1936 年,并由马彦祥担任舞台导演。① 这四个独幕剧可以说都是很明确地为了演出而译,剧中人物语言都更加符合舞台的演出要求。将钱译本和马译本进行对比,可以明确地看出人物语言的不同翻译方式,更深刻地揭示普通文学作品翻译与戏剧翻译的不同之处。总的来讲,可以从以下几个方面分析两个译本人物语言翻译的不同。

1. 口语化

钱歌川和马彦祥的译本中人物语言翻译的最大不同之处,就在于以阅读为目的的钱歌川译本中,人物的语言更加书面化;而以演出为目的的马彦祥译本中,人物的语言更加口语化,更适合于舞台的表演。钱译《卡利浦之月》中,原文中本来粗俗的水手却在交谈中多次使用"请"字,使得译文整体文雅了许多。如"请把那故事说出来听听罢,可基。"②,而这句话的原文是一句俗语"Spin dat yarn, Cocky."③又如"喂,请你唱'亚孟司脱

① 汪义群. 奥尼尔研究. 上海:上海外语教育出版社,2006:367-368.
② 奥尼尔. 卡利浦之月. 钱歌川,译. 上海:中华书局,1935:45.
③ O'Neill, E. *Complete Plays of Eugene O'Neill*(Vol. I). New York: Literary Classics of the Penguin Putnam Inc., 1988:528.

旦的姑娘'好了。"[1] 这句的原文为"Now! Guv us 'Maid o' Amsterdam'."[2],并没有客气的语气,但译文却显得文雅而礼貌。除此之外,钱译本中人物的措辞更加书面化。如:

> Yank—(Getting up.) Yuh know what we said yuh'd get if yuh sprung any of that lyin'New Guinea dope on us again, don't yuh? Close that trap if yuh don't want a duckin' over the side. [3]

钱歌川译为:

> 杨克 (站起身来。)若是你还要对我们再瞎吹那种纽奇尼亚的牛皮,我们便要对你不住。你晓得不晓得?要不闭住你那张嘴,就要把你撵进水里去。[4]

马彦祥译为:

> 杨客 (立起来)假如你还要瞎吹那新几尼亚的大话,我们可要对不起你了,你信不信?你要是不愿意洗海水浴,那么趁早闭嘴。[5]

比较这两句译文,钱歌川用了"对你不住""晓得不晓得"等较书面的表达,而马彦祥则用了"你信不信""趁早闭嘴"等更加口语化的表达,使得语言更加贴近观众,更容易让观众明白。

又如:

> Yank—(With a gin.) What's the matter, Drisc? Yuh're as sore as a boil about rovoking'. [6]

---

① 奥尼尔. 卡利浦之月. 钱歌川,译. 上海:中华书局,1935:57.

② O'Neill, E. *Complete Plays of Eugene O' Neill* (Vol. I). New York: Literary Classics of the Penguin Putnam Inc., 1988:530.

③ O'Neill, E. *Complete Plays of Eugene O' Neill* (Vol. I). New York: Literary Classics of the Penguin Putnam Inc., 1988:529.

④ 奥尼尔. 卡利浦之月. 钱歌川,译. 上海:中华书局,1935:49.

⑤ 奥尼尔. 卡利比之月. 马彦祥,译. 文艺月刊,1934,6(1):81.

⑥ O'Neill, E. *Complete Plays of Eugene O' Neill* (Vol. I). New York: Literary Classics of the Penguin Putnam Inc., 1988:529.

钱歌川译为：

> 杨克 （露齿而笑。）为什么,德利斯克？你说起话来怪愤慨的。①

马彦祥译为：

> 杨客 （冷笑一声）是这么一回事,吉利斯可儿？你一开口总是生这么大气。②

这两句译文中,"as sore as a boil"分别被译为"怪愤慨的"和"生这么大气",后一种表达明显更加符合日常的表达。

再如：

> The Donkeyman—She'll be bringin' some black women with her this time—or times has changed since I put in here last.

> Driscoll—She said she wud—two or three—more, maybe, I dunno. ③

钱歌川译为：

> 补助机关士 她这次一定会带几个黑美人来的吧——要不然,就是我上次离开此地以后时代变了。

> 德利斯可尔 她说了她要带来的——两三个,或许更多也未可知。④

马彦祥译为：

> 助手 这一次她总会带几个黑女人同来的——或许从我上次离开这里以后,情形又不同了。

> 吉利斯可儿 她说过会带来的——两个或者三个——也许还要

---

① 奥尼尔. 卡利浦之月. 钱歌川,译. 上海：中华书局,1935：49.
② 奥尼尔. 卡利比之月. 马彦祥,译. 文艺月刊,1934,6(1)：81.
③ O'Neill, E. *Complete Plays of Eugene O'Neill*（Vol. I）. New York：Literary Classics of the Penguin Putnam Inc.，1988：529.
④ 奥尼尔. 卡利浦之月. 钱歌川,译. 上海：中华书局,1935：53.

多几个,我可说不定。①

比较这两段译文,钱译的"时代变了"的确更忠实于原文,但却不如"情形又不同了"直接明了;"或许更多也未可知"是较为正式的表达,不如"我可说不定"口语化。

又如:

Yank——Here they come. Listen to 'em giglin'. Oh, you kiddo!②

钱歌川译为:

杨克　她们来了。听她们孜孜地笑。喂,小宝贝!③

马彦祥译为:

杨客　她们来了,她们在格格地笑呢。喂,小宝贝!④

比较两句译文,钱将原文中的"giglin"译为"孜孜地笑","孜孜"取"不停歇貌"之意,如蒲松龄《聊斋志异·婴宁》:"入告吴言,女略无骇意,又吊其无家,亦殊无悲意,孜孜憨笑而已。"⑤"孜孜地笑"明显是古言中较为书面的表达,针对戏剧观众的大众性特点,马译的"格格地笑"更加口语化,也更能让听众一听即明。

2. 简明易懂

以舞台演出为目的的戏剧翻译不得不考虑舞台上人物语言的瞬时性和观众的大众性的特点,舞台上人物的说辞转瞬即逝,观众不能像阅读普通文学作品一样,可以反复阅读和反复品味。因此,以演出为目的的戏剧翻译必须让人物语言的含义更加直白,让不同的观众能在短时间内领会

---

① 奥尼尔. 卡利比之月. 马彦祥,译. 文艺月刊,1934,6(1):82.

② O'Neill, E. *Complete Plays of Eugene O'Neill* (Vol. I). New York:Literary Classics of the Penguin Putnam Inc., 1988:532.

③ 奥尼尔. 卡利浦之月. 钱歌川,译. 上海:中华书局,1935:65.

④ 奥尼尔. 卡利比之月. 马彦祥,译. 文艺月刊,1934,6(1):84.

⑤ 蒲松龄. 聊斋志异. 长沙:岳麓书社,2019:52.

到每句话的含义,从而能够紧跟剧情的发展,更能把握戏剧的主题思想。以阅读为目的的戏剧翻译显然不用考虑到语言的瞬时性,因此人物的语言可以更多地保存原文的含蓄性。这一点不同在钱歌川和马彦祥的译本中得到了充分体现:钱歌川的译本中人物语言更加含蓄,需要读者认真琢磨或根据上下文仔细推测;而马彦祥的译本中人物的语言更加直白、清楚,能让一般的观众入耳即领会其中的含义。如:

> Driscoll— [Warningly.] Remimber ye must be quiet about ut, ye scuts—wid the dhrink, I mane—ivin if the bo'sun is ashore. The Old Man ordered her to bring no booze on board or he wudn't buy a thing off av her for the ship. ①

钱歌川译为:

> 德利斯可尔 (警告似的。)你们要牢记着,切不可声张,你们大家——我们关于酒的事体——即算水手长上岸去了。那船长吩咐过要她不要运酒到船上来,她要不听,我们船上就什么也不向她买了。②

马彦祥译为:

> 吉利斯可儿 (警告地)记着,你们可别声张,你们大家——我是说的关于酒的事——即使水手头上岸去了也别说。那老家伙曾经嘱咐过她,不让她把酒带上船来,要不然,我们船上就不跟她做买卖了。③

钱译跟随原文亦步亦趋,对阅读而言,是可以接受的译文。但舞台语言力求简洁明快,易于听众明白其含义。因此,钱译的"我们关于酒的事体"就没有马译的"我是说的关于酒的事"地道明了。马译中使用了增译法,表意更为明确地说明意思,如"即使水手头上岸去了也别说"比钱译的

---

① O'Neill, E. *Complete Plays of Eugene O'Neill* (Vol. I). New York: Literary Classics of the Penguin Putnam Inc., 1988:530.
② 奥尼尔. 卡利浦之月. 钱歌川,译. 上海:中华书局,1935:53.
③ 奥尼尔. 卡利比之月. 马彦祥,译. 文艺月刊,1934,6(1):82.

"即算水手长上岸去了"更易听懂;马译"那老家伙曾经嘱咐过她"中用了"曾经"二字,使得句意的时间顺序更加清晰、合理。

又如,在谈到 rum 这种酒的时候,Driscoll 说:

> Rum, foine West Indy rum wid a kick in ut loike a mule's hoind leg.①

钱歌川译为:

> 兰酒呀,顶好的西印度兰酒。像骡子的后脚似的很有反应的。②

马彦祥译为:

> 甜酒,顶好的西印度甜酒,像骡子的后蹄一样有点后劲的。③

将两句译文进行比较,可以看出马译明显比钱译更易懂。首先,对原文中的"rum",钱译为"兰酒",明显为音译,但对中文读者而言,"兰酒"并不能突出这种酒的特征;而马译的"甜酒"显然能弥补这一点,用"甜"来表明这种酒的特征。其次,原文中的"a kick in ut loike a mule's hoind leg",是说话人对这种酒对人产生影响的形象表达,马译的"像骡子的后蹄一样有点后劲的"更符合中国人对酒的评价,从上下文看来也更容易让观众听懂,而钱译为"像骡子的后脚似的很有反应的"在此并不贴切。

再如,水手 Paddy 从 Pearl 那里拿了酒,却并不签字记账,Yank 出声询问,Paddy 说写不来自己的名字。于是 Yank 说道:

> Then I'll write it for yuh. [He takes the paper from Pearl and writes.] There ain't goin' to be no welchin' on little Bright Eyes here—not when I'm around, see? Ain't I right, kiddo?④

---

① O'Neill, E. *Complete Plays of Eugene O'Neill* (Vol. I). New York: Literary Classics of the Penguin Putnam Inc., 1988:532.

② 奥尼尔. 卡利浦之月. 钱歌川,译. 上海:中华书局,1935:65.

③ 奥尼尔. 卡利比之月. 马彦祥,译. 文艺月刊,1934,6(1):83.

④ O'Neill, E. *Complete Plays of Eugene O'Neill* (Vol. I). New York: Literary Classics of the Penguin Putnam Inc., 1988:536.

钱歌川译为:

> 那末,我替你写罢。(他从珠儿那里接过纸条来写。)可爱的秋波儿是不许有人欺骗的——我在旁边的时候是不行的,是吗? 我说的对吗,宝宝?①

马彦祥译为:

> 那么我替你代写好了。(她从珠儿那里把纸条拿来,写上)谁也不能调戏你的——只有要我在身边就不行。对不对?②

原文中的"little Bright Eyes"是 Yank 为了讨好 Pearl,恭维她的眼睛很明亮。钱译为"秋波儿","秋波"本指湖波涟漪,清澈、漾动,后演变成了女人的眼神,所谓"眉如青山黛,眼似秋波横"。钱译的"秋波儿"与原文的意思更近,也更有审美价值,但如果将其搬上舞台,听众则不一定能明白"可爱的秋波儿"指的是谁,从而引起误解。马译虽然没有译出"little Bright Eyes",但从舞台效果来看,马译既符合语境,也清楚地表达了意思。

3.语言与动作相配合

戏剧的语言与动作总是紧密结合、相辅相成的,"一方面,这意味着演员在某一时刻的动作决定他们能够说什么样的话;另一方面,这也意味着演员的台词被所伴随的动作强化"③。因此,戏剧翻译中人物语言的翻译要时时考虑到与舞台行动的配合。这一点体现出了以阅读为目的和以演出为目的的戏剧翻译有很大的不同,以阅读为目的的译本在人物语言的翻译上可能只求达意甚至优美,但是鲜少考虑到与行动的配合;而以演出为目的的译本则可能牺牲人物语言本身的意义和形式,选择与动作搭配的语言,推动戏剧情节的发展。在钱歌川和马彦祥的译本中,也可以发现译者由于翻译目的不同对人物语言与动作配合方面不同的处理方式。

---

① 奥尼尔. 卡利浦之月. 钱歌川,译. 上海:中华书局,1935:91.

② 奥尼尔. 卡利比之月. 马彦祥,译. 文艺月刊,1934,6(1):87.

③ Marco,J. Teaching drama translation//王宁. 视角:翻译学研究(第 1 卷). 北京:清华大学出版社,2003:54.

如水手们进舱喝酒，Yank 与 The Donkeyman 在甲板聊天，谈到了爱情。这时 Pearl 从船舱中出来，坐到 Smitty 身边，将胳膊搭在 Smitty 的肩上。这时，The Donkeyman 说：

[Chuckling.] There's love for you, Duke. ①

钱歌川译为：

（格格地笑。）她爱了你呢，公爵。②

马彦祥译为：

（吱吱地笑）你也有了爱了。③

从舞台动作来看，在 The Donkeyman 对 Pearl 与 Smitty 亲密的行为打趣之时，马译更加符合情景与动作。

另外，马译的舞台指示语言更加清楚，配合语言更具有舞台效果。如：

Yank—(nodding toward the shore) Don't yuh know this is the West Indies, yuh crazy mut? There ain't no cannibals here. They're only common niggers. ④

钱歌川译为：

杨克　（将头向海岸那边。）这儿是西印度你不晓得吗，你这傻子？这里没有吃人肉的人。她们不过是些普通的黑奴。⑤

马彦祥译为：

① O'Neill，E. *Complete Plays of Eugene O'Neill*（Vol. I）. New York：Literary Classics of the Penguin Putnam Inc.，1988：539.
② 奥尼尔. 卡利浦之月. 钱歌川，译. 上海：中华书局，1935：105.
③ 奥尼尔. 卡利比之月. 马彦祥，译. 文艺月刊，1934,6(1)：89.
④ O'Neill，E. *Complete Plays of Eugene O'Neill*（Vol. I）. New York：Literary Classics of the Penguin Putnam Inc.，1988：539.
⑤ 奥尼尔. 卡利浦之月. 钱歌川，译. 上海：中华书局，1935：105.

杨客 （向着岸那边点点头）你不知道这里是西印度么，你这傻瓜？这里不会有吃人肉的人的，他们不过是些寻常的黑人吧了。①

Yank 的话是配合动作的，他想提醒 Cocky 他们所处的地理位置，因此，钱译的"将头向海岸那边"不如马译的"向着岸那边点点头"更能配合语言。

通过上述对钱歌川和马彦祥译本的比较，可以看出，以阅读为目的的戏剧翻译和以演出为目的的戏剧翻译在人物语言方面的一些主要差异。首先，在人物语言口语化程度方面，以演出为目的的译本尽量做到了口语化，便于演员的念诵。曹禺在《柔蜜欧与幽丽叶》的《前言》中曾提到："我[翻译该剧本]的用意是为演出的，力求读起来上口。"②著名戏剧家顾仲彝也曾说："能上演的翻译剧本一定对话流利，翻译准确，句句念得出口，语气自然而有变化。因此译者非有舞台经验不可。"③可见，以演出为目的的译本，译者在语言的口语化方面下了特别的功夫；而以阅读为目的的译本更多的是追求人物语言的文学性和审美性，译者并没有考虑到译本搬上舞台时，人物语言是否朗朗上口。其次，在人物语言的达意方面，以演出为目的的译本更多考虑到读者作为听众，听到的台词具有"瞬时性"，而听众本身的理解能力和文化程度又具有"多样性"，因此，以演出为目的的人物语言翻译的原则是"明确易懂"。再次，由于戏剧翻译与普通文学翻译的主要不同之处在于戏剧翻译中人物的语言要考虑到与舞台动作的配合。以阅读为目的的戏剧翻译译本更多追求译文的达意和优美，较少考虑与舞台表演的配合；而以演出为目的的译本则更加明确地体现了戏剧语言是"行动中的语言"这一特点。余光中在谈到戏剧翻译时曾说："戏剧的灵魂全在对话，对话的灵魂全在简明紧凑，入耳动心……小说的对话是给人看的，看不懂可以再看一遍。戏剧的对话却是给人听的，听不懂就过

① 奥尼尔. 卡利比之月. 马彦祥，译. 文艺月刊，1934，6(1)：81.
② 曹禺. 前言//莎士比亚. 柔蜜欧与幽丽叶. 曹禺，译. 北京：人民文学出版社，1979：前言 1.
③ 顾仲彝. 关于翻译欧美戏剧. 文艺月刊，1937，10(4/5)：16.

去了,没有第二次的机会。我译此书,不但是为中国的读者,也为中国的观众和演员。所以这一次我的翻译原则是:读者顺眼,观众入耳,演员上口。希望我的译本是活生生的舞台剧……我的译文必须调整到适度的口语化,听起来才像话。"①这段话充分体现了考虑到演出的因素,译者对人物语言翻译的原则为:"简明易懂""口语通俗""适合演出"。除了人物语言翻译的不同,以演出为目的和以阅读为目的的舞台指示的翻译也不同,前者更为清楚,后者较为含糊。

(二)*Before Breakfast* 三个译本的比较研究

1949 年以前,奥尼尔的独幕剧复译得最多的是 *Before Breakfast*,这部剧共有四个译本,按时间的先后,分别是:1936 年袁牧之翻译的《早饭前》,发表于《中学生》第 66 期;1936 年马彦祥翻译的《早餐之前》,发表于《文艺月刊》第 8 卷第 2 期;1938 年范方翻译的《早点前》,由上海剧艺社公演,并于次年收录于光明书局发行、舒湮编的《世界名剧精选》;1943 年纪云龙翻译的《没有点心吃的时候》,发表于《中国文艺(北京)》第 8 卷第 6 期。这四个译本中,除了纪云龙的译本无直接证据说明其是为演出或为阅读而译,其他三个都是明确地以演出为目的的译本,因此,观察这三个译本中人物语言的翻译能进一步明确戏剧翻译的一些特征。

袁牧之是中国话剧史上的一位重要人物,他集演员、导演、编剧于一身,深刻地影响了中国现代话剧的发展。袁牧之在《早饭前》的《译者附志》里面说到该译本是为了克服"中学校的学校剧团"的许多诸如"经济、人才以及其他种种客观环境的限制"而"专替中学校剧团"翻译的剧本,"以供采用",因此,该译本是明确以演出为目的的。② 马彦祥是中国戏剧界公认的少见的全才,他创作戏剧,担任演员和导演,从事戏剧批评和研究,也翻译和改译了不少外国的戏剧作品,"目前可知的有俄国屠格涅夫《一天又过去了》、比利时梅特林克《订婚》(又名《续青鸟》)、英国高尔斯华

---

① 余光中. 与王尔德拔河记——《不可儿戏》译后//余光中. 余光中谈翻译. 北京:中国对外翻译出版公司,2002:127.

② 袁牧之. 译者附志//奥尼尔. 早饭前. 袁牧之,译. 中学生,1936(66):223.

绥《战败》、美国奥尼尔《卡利比之月》《战线内》《早餐之前》,以及《斯克里比亚的乐土》《亚杰门与无名战士》《热情的女人》《岛》《我们到哪里去?》《各有所长》等"①。马彦祥几乎都是为了演出而翻译戏剧,比如《早餐之前》曾于 1936 年由联合剧社和国立剧校在南京举行了三场公演,马彦祥不仅是译者还担任了导演②。从这个角度看,《早餐之前》是典型的为了搬上舞台而翻译的译本,具有很强的"可演性"。范方的译本《早点前》于1938 年由上海剧艺社初版,该译本分别于同年的 10 月和 11 月在上海举行了两场演出,范方不仅是剧本的译者,还是 11 月那场话剧演出的演员③,他身份特殊,也直接决定了该剧本翻译是以演出为目的。

Before Breakfast 之所以在三四十年代有四个复译本,且上演率高,与剧本自身的特点不无关系。首先,从剧本的形式来看,"这不但是独幕剧,而且是独角戏"④,对当时的中国戏剧或文艺界来说是比较新奇的形式。其次,该剧对布景、道具及演员人数的要求都不高,便于当时在各方面演出条件都受限制的情况下的上演,正如袁牧之所说,"独幕剧已属剧本中艺术手法之经济者,独幕剧而仅用一个角色,则更为经济中之经济"⑤。再次,从剧本的语言来看,该剧的语言口语化,但却不像其他水手剧中满篇俚语、俗语;语言简单,语法规范,且只有一个角色有台词,大大降低了翻译的难度。

对 *Before Breakfast* 三个译本进行比较,可以明显发现以演出为目的的戏剧译本在翻译方面的两大突出特点。

1. 人物语言极具口语性与动作性

以演出目的三个译本都力求人物语言的口语化,这不仅是为了与原文风格相似,更多的还是为了能让翻译出来的人物语言朗朗上口,使听众容易听懂和接受。

---

① 沈达人. 中国戏剧史论批评家马彦祥. 艺术百家,2012(4):147.
② 汪义群. 奥尼尔研究. 上海:上海外语教育出版社,2006:366.
③ 汪义群. 奥尼尔研究. 上海:上海外语教育出版社,2006:368.
④ 林率. 序//奥尼尔. 早点前. 范方,译. 上海:上海剧艺社,1938:序 2.
⑤ 袁牧之. 译者附志//奥尼尔. 早饭前. 袁牧之,译. 中学生,1936(66):223.

如 Rowland 夫人抱怨丈夫的游手好闲时说:

Heave knows I do my part—and more—going out to sew every day while you play the gentleman and loaf around bar rooms with that good-for-nothing lot of artists from the Square. ①

范方译为:

天知道我多卖力气——再说——每天还得到外边去给人家缝补,你哪,摆起大少爷的派头,跟街头那帮游手好闲的艺术家在酒店里鬼混。②

马彦祥译为:

老天知道,我应该做的事,我都已经做了——并且——当你在酒馆旁边,和一般流浪的艺术家鬼混的时候,我还天天去做缝工呢。③

袁牧之译为:

天晓得我是尽了我的责任了——而且超过了我的责任范围——我每天出去缝针线,而你扮着绅士和那群屁都没用的艺术家们在酒排间里鬼混。④

该例中,三个译本的用词都很地道、通俗,对原文里的"heaven",三个译本无一例外都翻译成了"天"或"老天","loaf around"译为了"鬼混","good for nothing"译为了"游手好闲"或"屁都没用"。除了用词,从句式上看,原文是一句长句,而三个译本都将之分成几个短句,符合中文的说话习惯,便于舞台上演员的念诵。另外,三个译本对原文中较为隐晦的含义,也就是突出说话人自身的功劳,结合上下文进行了明晰化的处理,演员用明白的语言说出来,使听众容易听懂。

---

① O'Neill, E. *Complete Plays of Eugene O'Neill*(Vol. I). New York: Literary Classics of the Penguin Putnam Inc., 1988:393.
② 奥尼尔. 早点前. 范方,译. 上海:上海剧艺社,1938:9.
③ 奥尼尔. 早餐之前. 马彦祥,译. 文艺月刊,1936,8(2):67.
④ 奥尼尔. 早饭前. 袁牧之,译. 中学生,1936(66):216.

又如 Roland 夫人催促丈夫出去挣钱,她这样说道:

You'll have to get money to-day some place. I can't do it all,
and I won't do it all. You've got to come to your senses. You've got
to beg, borrow, or steal it rovoking. (with a contemptuous laugh)
But where, I'd like to know? You're too proud to beg, and you've
borrowed the limit, and you haven't the nerve to steal. ①

范方译为:

你今天可也得上那儿去找点儿钱来用啦。不能尽让我去,我也
不高兴去。你得好好放明白。那怕是求,借,偷,随便那儿,你也得
去。(轻蔑地笑了一下)可是究竟那儿,我倒想打听打听? 求吗,你太
骄傲了,借吗,你也借够了,偷吗,你还没有那份儿胆子。②

马彦祥译为:

你今天一定得出去想个法子,弄点钱来。整个的花消,不能全是
我管,我也管不了。你也得用一点心呀! 你想办法吧,去讨饭,去借,
去偷都成。(蔑视地笑了一笑)我倒想知道知道,你上那里去弄呢?
要饭,你太骄傲,要不了;借钱,但能借得一个子儿的地方你都去过
了。偷,你的聪明还不够呢!③

袁牧之译为:

今天你得到什么地方弄钱去。我不能再干了,我也不愿再干了,
你得觉悟一下。你得从什么地方去求,去借,或者去偷些钱来。(带
些傲慢的笑)但是什么地方,我倒想知道知道? 求吧,你太自傲了,借
吧,你也借够了,偷吧,没有你的种。④

---

① O'Neill, E. *Complete Plays of Eugene O'Neill* (Vol. I). New York: Literary
Classics of the Penguin Putnam Inc., 1988:393.
② 奥尼尔. 早点前. 范方,译. 上海:上海剧艺社,1938:10.
③ 奥尼尔. 早餐之前. 马彦祥,译. 文艺月刊,1936,8(2):67.
④ 奥尼尔. 早饭前. 袁牧之,译. 中学生,1936(66):216.

　　这段话的翻译可以说非常明显地体现了三个译本的人物语言是以演员在舞台上可以朗朗上口为目的的。范方的译本用词地道,最后一句的翻译采用了三个对称的句子,读来有节奏,且表意清晰。马彦祥的译本稍显啰嗦,几乎全部使用短句,用词地道,最后一句也是对称的句式。袁牧之的译本相对简洁,最后一句也是对称的句式,符合中文的表达习惯。

　　三个译本的人物语言特色从上述两个例子中得到了充分的反映:范方的译本用词地道、通俗,语言朗朗上口,非常适合舞台表演;马彦祥的译本常使用短句,节奏感强,表意清晰,便于观众在极短的时间内领略台词的含义;袁牧之的译本语言相对简洁,用词地道,但偶尔夹杂有欧化句式。三个译本的共同特征都是突出人物语言的口语性,便于舞台的呈现。

　　在人物语言的口语性之外,三个译本还突出地表现了人物语言的动作性。

　　例如在戏剧幕启时,Rowland 夫人正忙于准备早餐,舞台说明中有这样一句话:

> She ties it（an apron）about her waist，giving vent to an exasperated "damn" when the knot fails to obey her clumsy fingers. ①

范方译为:

> 她把围裙系在腰上,那个结不听从她肮脏的肥胖的手指的时候,她便迸出一句"死东西"来发泄。②

马彦祥译为:

> 她将饭单缚在胸前,当她的粗笨的手指总打不好那个结时,脱口而出地骂了一声"倒霉"。③

---

① O'Neill，E. *Complete Plays of Eugene O'Neill*（Vol. I）. New York：Literary Classics of the Penguin Putnam Inc.，1988：391.
② 奥尼尔. 早点前. 范方,译. 上海：上海剧艺社,1938：5-6.
③ 奥尼尔. 早餐之前. 马彦祥,译. 文艺月刊,1936,8(2)：65-66.

袁牧之译为：

> 她拿来围在她的腰间，当她那笨拙粗肥的手指打结打不好的时候，她骂了一句"该死"以出气。①

从人物的动作来看，Rowland 夫人是因为围裙总系不好，所以生气地抱怨。范方将"damn"这句骂人的话翻译为"死东西"，就是为配合人物手中的动作，表达对围裙的不满。而马彦祥和袁牧之的译本中，无论是较为地道的"倒霉"还是更接近原文的"该死"，都是因为人物不能顺畅完成手里的动作以达到目的，而表达一种不满的情绪，人物的动作也因为语言的配合得到了更好的诠释。

比如 Rowland 夫人对丈夫抱怨早餐简陋时说：

> （Irritably）Hmm! I suppose I might as well get breakfast ready—not that there's anything much to get. （questioningly）Unless you have some money?（She pauses for an answer from the next room which does not come.）Foolish question! ②

范方译为：

> （愤愤然）哼！我想我该备好早点了——其实，没有多少东西预备的。（疑问地）除非你有钱给我？（她收住了话，等待室内回答。室内却并不回答）问也白问!③

马彦祥译为：

> （有点生气。）唉！我想早饭我总得预备好——可是还短着许多东西呢。（疑问的口气）那除非等你有了钱的时候吧！（她停了一停，等着室内的回答，但是没有。）傻话!④

---

① 奥尼尔. 早饭前. 袁牧之，译. 中学生，1936(66)：214.
② O'Neill, E. *Complete Plays of Eugene O'Neill*（Vol. I）. New York：Literary Classics of the Penguin Putnam Inc., 1988：394.
③ 奥尼尔. 早点前. 范方，译. 上海：上海剧艺社，1938：11.
④ 奥尼尔. 早餐之前. 马彦祥，译. 文艺月刊，1936,8(2)：67.

袁牧之译为：

> （发怒地）哼！我想我该把早饭预备好——实在没有什么多的东西要预备的。（质问地）除非你有点钱？（她静了一下以待邻室的答覆，然而没有）问得多蠢！①

原文中 Rowland 夫人带着疑问语气说了"Unless you have some money?"之后，就沉默下来静候隔壁房间里丈夫的回答，在没有听到回答之后生气地说自己刚才的问题是"foolish question"。为了配合舞台动作，范方和袁牧之将之翻译为"问也白问"和"问得多蠢"，而没有直译为"愚蠢的问题"，这使得演员的动作更流畅，语言也更符合逻辑。马彦祥的译本中，"Unless you have some money?"被处理成了感叹句，但也能配合 Rowland 夫人的停顿，并且也用"傻话"将问句彻底变成了一句感叹，虽然与疑问的口气有些不符，但配合上舞台动作也是自然的翻译。

无论是人物语言的口语性还是动作性，译者对戏剧译本的这些处理归根结底是为了使剧本更适合上演，更容易让观众接受，甚至可以说译者是站在观众的角度来选取翻译策略的。曹禺曾说："剧本与小说不一样，除了供给阅读之外，它还要供给演出，而演出是它的生命。因此，观众意见特别重要。"②这句话解释了为什么以演出为目的的译本应该特别考虑观众的意见，应该更多地站在观众的角度去考虑译本的可接受性。通过对 *Before Breakfast* 三个以演出为目的的译本的比较，可以看出当时的译者主要从语言的口语性和动作性两个角度，来突出剧本的可表演性和可接受性。

2. 舞台指示语言明确性与可操作性

戏剧语言主要分为两大部分：人物的说辞和舞台提示。舞台提示主要用于说明剧情发生的时间、地点、服装、道具、布景以及人物的表情、动作、上下场等，对戏剧中人物的塑造和情节的发展起到重要的辅助作用。综观三四十年代奥尼尔独幕剧的翻译，可以发现，总的来说译者对人物语

---

① 奥尼尔. 早饭前. 袁牧之，译. 中学生，1936(66)：217.
② 转引自：徐开垒. 在《文汇报》写稿 70 年. 上海：文汇出版社，2009：202.

言的翻译较为用心,而舞台提示语言则是翻译中较受疏忽的部分。但熟悉戏剧创作和戏剧表演的译者则充分意识到了舞台提示的重要性,特别是以演出为目的剧本翻译中,译者对舞台提示语言的翻译也充分地体现了可演性、可操作性和可塑造性。具体而言,以演出为目的的戏剧译本,在舞台提示语言的翻译方面主要把握的原则是人物表情的明确化和人物动作的可行性,一方面便于演员明白如何表现表情和行为,另一方面也使得观众能通过演员的表演更加了解剧情和人物。*Before Breakfast* 是独幕剧和独角戏,因此,舞台上出现的唯一角色 Rowland 夫人必然有着丰富的表情和得体的动作,才能吸引观众的注意力,通过对 *Before Breakfast* 三个译本的比较,可以清楚地发现以演出为目的的剧本翻译中人物表情的明确化和动作的可行性原则。

马彦祥的译本在舞台提示语言人物表情的明确化和动作的可行性方面是三个译本中最突出的,他的译本对人物表情的翻译直接、明确,译文中大量使用短句,特别强调人物动作的先后顺序。

例如:

> Mrs. Rowland—(in a low voice) Alfred! Alfred! (There is no answer from the next room and she continues suspiciously in a louder tone) You needn't pretend you're asleep. (There is no reply to this from the bedroom, and, reassured, she gets up from her chair and tiptoes cautiously to the dish closet. She slowly opens one door, taking great care to make no noise, and slides out, from their hiding place behind the dishes, a bottle of Gordon gin and a glass. In doing so she disturbs the top dish, which rattles a little. At this sound she starts guiltily and looks with sulky defiance at the doorway to the next room.) ①

马彦祥译为:

---

① O'Neill, E. *Complete Plays of Eugene O'Neill* (Vol. I). New York: Literary Classics of the Penguin Putnam Inc., 1988:392.

罗兰夫人 （低声地）阿尔佛莱！阿尔佛莱！（室内并无回答的声音，她惊疑地继续用低声说）你不用装睡。（寝室里没有回答，于是她很自信，从椅子上站起来，睃着脚小心地走到碗橱边。她慢慢地开了一扇柜门，极谨慎地不使有声响，在盆子后面暗藏的地方拿出一瓶松子酒和一只玻璃杯来。拿时将盆子碰着一下，响了一声。响声的时候，她吃了一惊，用怨怒的侮慢的神气看着隔壁的房门。）①

　　该段舞台提示的翻译最大的特点是使用短句，译者甚至将状语译为句子(如将"reassured"翻译为"于是她很自信")，从而将人物的行动步骤交代得非常清楚，读起来仿佛可以看到罗兰夫人的一系列行为。译文中有表述不准确之处，如译者将"reassured"翻译为"于是她很自信"，这里应理解为"于是她放下心来"；有漏译之处，如"she starts guiltily"只译为"她吃了一惊"，漏译了"歉疚感"或"负罪感"。但这些不足并没有影响到人物表情或情绪的明确传递——"怨怒的侮慢"，也清楚地交代了罗兰夫人从确认丈夫没有动静到偷偷取酒喝的一系列行动和情绪的变化。

　　范方的译本在舞台提示方面的翻译也秉承着清楚、可行的原则，虽然从语言的角度来看译文有多处翻译得不准确，但是从上下文来看，这些误译可以得到解释。另外，范方的译本在舞台提示方面的翻译用词较为书面，与人物语言的口语化形成鲜明的对比。

　　如当 Rowland 夫人发现 Helen 给 Rowland 先生写的信，并偷看了信的内容，Rowland 夫人的表情和动作是复杂的：

(Looking at the handwriting—slowly to herself) Hmm! I knew it.

(She opens the letter and reads it. At first her expression is one of hatred and rage，but as she goes on to the end it changes to one of triumphant malignity. She remains in deep thought for a moment，staring before her，the letter in her hands，a cruel smile on her lips.

---

① 奥尼尔. 早餐之前. 马彦祥，译. 文艺月刊，1936,8(2):66.

Then she puts the letter back in the pocket of the vest，and still careful not to awaken the sleeper，hangs the clothes up again on the same hook，and goes to the bedroom door and looks in.）①

范方译为：

> （看着笔迹——慢慢对自己说道：）哼，我早就知道了。
>
> （她展开信纸往下读。首先，她是怀恨的，激怒的表情；但当她读到临了的时候，却变成一种恶意的洋洋自得了。她沉思焦虑了一会儿，目不转睛地凝视着前方，手里捏着那封信，唇边浮起阴恶的笑意。然后她把那封信放回背心的口袋，依然小心翼翼不去惊醒那熟睡的人，把衣服挂在原来的衣钩上，接着走到卧室门边，向里面张望着。）②

这段译文中，人物的动作是清楚的，从读信到将信放回丈夫的口袋，再到走到卧室门口张望，人物的情绪变化也随着动作的变化而变化，从最开始读信时的"怀恨"和"激怒"，到读到最后时的"恶意的洋洋自得"、读完之后"阴恶的笑意"，都表明了读信人心态的变化。舞台说明译文的用词较为书面，并多次使用四字成语，如"洋洋自得""目不转睛""小心翼翼"，与人物语言翻译的高度口语化形成了对比。

又如，Rowland 夫人在回忆与丈夫婚姻的种种不幸时情绪几经变化："with bitterness"③，她抱怨丈夫并不是人们想象中的富家子，她的婚姻不值得别人的羡慕，范方对"with bitterness"的翻译是"辛酸地"④；"somberly"⑤，她庆幸自己当年的孩子夭折，因为丈夫不会成为一位好父

---

① O'Neill，E. *Complete Plays of Eugene O'Neill*（Vol. I）. New York：Literary Classics of the Penguin Putnam Inc.，1988：392.
② 奥尼尔. 早点前. 范方，译. 上海：上海剧艺社，1938：11.
③ O'Neill，E. *Complete Plays of Eugene O'Neill*（Vol. I）. New York：Literary Classics of the Penguin Putnam Inc.，1988：395.
④ 奥尼尔. 早点前. 范方，译. 上海：上海剧艺社，1938：13.
⑤ O'Neill，E. *Complete Plays of Eugene O'Neill*（Vol. I）. New York：Literary Classics of the Penguin Putnam Inc.，1988：396.

亲,范方对"somberly"的翻译是"黯然"①;之后 Rowland 夫人"is silent, brooding moodily for a moment—then she continues with a sort of savage joy"②,范方的译文是"静静地,郁郁了半晌——然后她带着一种野蛮的欣忭继续下去"③。从上述三个例子来看,范方的译文并不忠实,而是根据角色语言的内容,对人物的情绪进行推测和重新解读,这也是适合舞台表现的;另外,从"黯然""郁郁""欣忭"等词可以看出,范方的舞台指示翻译用词较为书面,这也与其人物翻译的极其口语化形成鲜明对比。

相对而言,袁牧之对舞台指示的翻译没有马彦祥译本那样有条理,也没有范方译本那样有特色,但仍然可以明确地看出其尽量使译本舞台语言清楚明确,便于演员的领会和舞台上的呈现。

例如,对于上文举例中提到的 Rowland 夫人发现 Helen 给 Rowland 先生写的信,并偷看了信的内容之后的动作和表情,袁牧之的译本是:

> (望着那笔迹——慢慢地自言自语地说)哼!我早知道。
>
> (她打开那封信来念。开始她带点儿嫌恶与愤怒的表情,但当她看到完结的时候她的表情变为阴毒的得意,她握着那信沉思了一忽儿以后,她的嘴唇上呈现出一种残酷的笑。于是她把那信放回了背心的袋中,还依旧很留神不惊醒睡者,把衣服挂回原来的钩子,然后走到卧室的门边望里张。)④

该段译文中,人物动作的翻译是很明白的,"自言自语地说""打开那封信来念""把衣服挂回原来的钩子""走到卧室的门边望里张"等,都能轻易让演员和读者明白意思并付诸表演。但人物情绪的翻译相对较难捕捉,如"嫌恶与愤怒"同时存在的表情,"阴毒的得意"和"残酷的笑",这些表达需要演员和读者通过上下文领会。会产生这些难以捉摸的情绪翻译

① 奥尼尔. 早点前. 范方,译. 上海:上海剧艺社,1938:14.
② O'Neill, E. *Complete Plays of Eugene O'Neill*(Vol. I). New York:Literary Classics of the Penguin Putnam Inc., 1988:396.
③ 奥尼尔. 早点前. 范方,译. 上海:上海剧艺社,1938:14.
④ 奥尼尔. 早饭前. 袁牧之,译. 中学生,1936(66):215.

的原因在于译者尝试在对原文的忠实和易于舞台表现之间寻求一种平衡,但这种平衡似乎更倾向于对原文的忠实,这也是袁牧之译本舞台提示翻译的特点。

三个译本在舞台提示的翻译方面各有特点——马彦祥的译本多使用短句,强调动作的先后顺序,舞台提示语言与人物语言的翻译风格一致,都强调易懂、平实;范方的译本中,人物表情的翻译经过译者对上下文的再次解读,虽存在多处不准确或者误译的地方,但在具体情境中却没有任何不和谐,舞台提示的翻译较为文雅和书面,与人物语言的高度口语化形成强烈的对比;袁牧之的译本无论在人物语言还是舞台提示方面的翻译都更受原文的束缚,因此人物情绪的翻译显得较为含糊和飘忽。总的来说,三个译本的舞台提示翻译都体现了人物感情方面的清楚和人物行动方面的明确,充分地体现了三个译本的目的是为了舞台的演出和呈现。

第二节　八九十年代译本中人物语言的翻译

观察八九十年代奥尼尔戏剧的汉译本,可以发现,由于译者的翻译绝大多数以阅读为目的,因此译本中突显的是文学性特征。著名戏剧家曹禺在翻译《柔蜜欧与幽丽叶》时,将其设定为一个演出本,因此更多地从戏剧着眼,在译本中创造性地加上一些通行版本所没有的舞台指示。曹禺在《柔蜜欧与幽丽叶》的《前言》中说"加了我个人的解释",是"怕观众看不明白",这些解释在"莎士比亚的原本[里]是没有的"。① 由此可见,对戏剧作品而言,演出本和阅读本的翻译可以有巨大的不同。从八九十年代奥尼尔戏剧汉译本的代表作——《天边外》(荒芜译)、《送冰的人来了》(龙文佩译)、《榆树下的欲望》(汪义群译)、《进入黑夜的漫长旅程》(张廷琛译)、《月照不幸人》(梅绍武、屠珍译)、《诗人的气质》(郭继德译)——可以看出,无论对人物语言还是舞台说明的翻译,译者都选择的是以达意为主,

---

① 曹禺. 前言//莎士比亚. 柔蜜欧与幽丽叶. 曹禺,译. 北京:人民文学出版社,1979:前言 1.

对语言进行了文学性的润色,但对于译文是否能够搬上舞台或者舞台说明对演员而言是否清晰可操作,并没有特别强调。这批译本在人物语言的翻译方面,和前两个时期的译本相比,有一些不同的特点,具体而言,即:人物语言的口语化程度较高、个性化特征凸显,方言的翻译得到重视,人物语言整体被"高雅化",口音和方言普遍被统一,粗俗的用词被文雅的语言替代。

一、人物语言的"口语化"与"个性化"

八九十年代奥尼尔戏剧汉译本在人物语言翻译方面两个最大的特色:一是口语化程度较高,且流畅、自然;二是个性化特点突出,原剧中不同身份和背景的人使用不同的语言,这些不同的语言在译文中也得到了一定的体现。

(一)口语化程度较高

八九十年代奥尼尔戏剧汉译本口语化程度高,主要表现在三个方面:短句的使用、灵活的句序和地道的用词。短句的使用是口语的一大特点,短句达意直接、明了,并且朗朗上口。句序的调整是译者常常使用的策略,是为了使译文句序通顺、自然。除了短句的使用和句序的调整,译者还使用了地道的表达,使译文在意思上尽量贴近原文,而形式上更便于译文读者的阅读或演员口头的表现。

例如在 *Beyond the Horizon* 第一幕第一场中,Robert 对哥哥 Andrew 诉说他们各自天性的不同:

> Robert—Yes, I suppose it is. For you it's different. You're a Mayo through and through. You're wedded to the soil. You're as much a product of it as an ear of corn is, or a tree. Father is the same. This farm is his life-work, and he's happy in knowing that another Mayo, inspired by the same love, will take up the work where he leaves off. I can understand your attitude, and Pa's; and I think it's wonderful and sincere. But I—well, I'm not made that

way. ①

荒芜译《天边外》中的译文为：

> 罗伯特 是的,我想是那样。对你来说,那就不一样了。你是个彻头彻尾的梅家后代。你跟土地结了缘。你也是土地的产品,正象一株麦穗,一棵树一样。爸也是那样。这个农场就是他一生的工作。当他知道,梅家的另一个子孙,怀着同样的热爱,将要继承他遗留下来的工作,他是幸福的。我能够理解你的态度,爸的态度;而且我认为那是了不起的,真诚的。不过我——哼,我可不是那样的人。②

该例中,从句型上看,原文使用的多为短句,译文也相应地使用了短句,言简意赅。在翻译原文的"and he's happy in knowing that another Mayo, inspired by the same love, will take up the work where he leaves off"时,译者根据中文的逻辑顺序对其进行了句序的调整,把"he's happy in knowing that…"改成了"当他知道……他是幸福的",使得意思明确易懂。从用词和表达上来看,译者采用了归化的策略,用词地道、表达到位,将"through and through"译为"彻头彻尾",将"wedded to the soil"译为"跟土地结了缘"。

在 Desire Under the Elms 第三幕第一场中,Cabot 对自己老年得子感到非常激动,他在人群中跳舞,并不断夸耀自己的健康:

> Whoop! Here's rovoki' fur ye! Whoop! See that! Seventy-six, if I'm a day! Hard as iron yet! Beatin' the young 'uns like I allus done! Look at me! I'd invite ye t' dance on my hundredth birthday on'y ye'll all be dead by then. Ye're a sickly generation! Yer hearts air pink, not red! Yer veins is full o' mud an' water! I be the on'y man in the county! Whoop! See that! I'm a Injun! I've killed Injuns

---

① O'Neill, E. *Complete Plays of Eugene O'Neill* (Vol. I). New York: Literary Classics of the Penguin Putnam Inc., 1988:576.

② 奥尼尔. 天边外. 荒芜,汪义群,等译. 桂林:漓江出版社,1984:7.

in the West afore ye was born—an' skulped'em too! They's a arrer wound on my backside I c'd show ye! The hull tribe chased me. I outrun 'em all—with the arrer stuck in me! An' I tuk vengeance on 'em. Ten eyes fur an eye, that was my motter! Whoop! Look at me! I kin kick the ceilin' off the room! Whoop! ①

汪义群译《榆树下的欲望》中的译文为：

> 嗬！我来跳给你们看看！嗬！看吧！七十六岁！象铁一般结实！我把你们都打败了，就象我平常一直做的那样！看看我！到我一百岁生日我还会邀你们来跳舞的，只是那时你们都死光了！你们是多病多灾的一代！你们的心是粉红的，不是鲜红的！你们血管里流的是水和泥浆！这个县里只有我是真正的男子汉！嗬！看吧！我就是印第安人。你们生出来以前我就在西部杀死过印第安人——还剥过他们的皮呐！我背脊上还有个箭伤，我可以给你们看！整个部落跟在后面追我，我把他们全甩在后头了——那时箭还留在我身上呢！我报了仇，十倍地报了仇，这就是我的心跳！嗬！看着我！我能把天花板踢下来！嗬！②

该例中，Cabot 的语言特征较为明显，原文中多使用带感叹号的短句，表达了说话人激动、兴奋的情绪，也间接表现出说话人干脆、强势的性格。译文同样使用了带感叹号的短句，在传达意义的同时也再现了原文的句式特征，便于口头表达。同时，译者还使用了地道的用词和表达，如将人感到兴奋的感叹词"Whoop"译为"嗬"，将"a sickly generation"译为"多病多灾的一代"，将"man"译为"男子汉"，将"Ten eyes fur an eye"译为"十倍地报了仇"。译者还省译了"Ten eyes fur an eye, that was my motter"中"that was my motter"这个部分，使得口语通俗易懂的特征更加突出。

如果说上述两个例子中译文使用短句，除了为使口语特征更加突出

---

① O'Neill, E. *Complete Plays of Eugene O'Neill*（Vol. II）. New York：Literary Classics of the Penguin Putnam Inc., 1988：361-362.

② 奥尼尔. 天边外. 荒芜，汪义群，等译. 桂林：漓江出版社，1984：252-253.

之外,也是因为原文中就使用了较为短促的表达,那么在下面几个剧本中,可以看到原文抒情味很浓,因此句子较长,但在翻译的时候,译者仍然使用短句,尽量使得译文适合口头表达。

如在 The Iceman Cometh 第一幕中,Larry 对 Parritt 解释自己离开世界产业工人组织的原因时说:

> For myself, I was forced to admit, at the end of thirty years' devotion to the Cause, that I was never made for it. I was born condemned to be one of those who has to see all sides of a question. When you're damned like that, the questions multiply for you until in the end it's all question and no answer. As history proves, to be a worldly success at anything, especially revolution, you have to wear blinders like a horse and see only straight in front of you. You have to see, too, that this is all black, and that is all white. As for my comrades in the Great Cause, I felt as Horace Walpole did about England, that he could love it if it weren't for the people in it. The material the ideal free society must be constructed from is men themselves and you can't build a marble temple out of a mixture of mud and manure. When man's soul isn't a sow's ear, it will be time enough to dream of silk purses. ①

龙文佩译《送冰的人来了》中的译文为:

> 我致力于这个事业达三十年之久,到头来不得不承认我不是干这一行的料子。我生来就这么一种人,老要从各方面看问题。既然生来如此,问题就越来越多,结果到处都是问题,答案却一个也找不到。历史证明,要想在任何事业上,特别是革命事业上功成名就,你就得像匹戴上眼罩的马,只看到正前方。而且还得看到这里都是黑

---

① O'Neill, E. *Complete Plays of Eugene O'Neill* (Vol. III). New York: Literary Classics of the Penguin Putnam Inc., 1988:580-581.

的,那里都是白的。至于那些献身伟大事业的同志,我对他们的感觉就同贺拉斯·瓦尔波尔对英国的感觉一样:在英国如果没有那些人的话,他是会爱那个国家的。建设理想社会的砖瓦是人本身,用烂泥、粪便是建造不出大理石的庙堂的。俗话说,猪耳朵做不成绣花荷包。何况人的灵魂还不是猪耳朵,梦想把它做成绣花荷包,更不知要到何年何月了。①

该例中,原文的句子较长,为了表达深刻的思想,奥尼尔使用了比喻、类比的修辞,深入浅出地表现了 Parritt 放弃为之奋斗 30 年的事业时失望却又无可奈何的心态。译者为了使译文符合口头的表达习惯使用了较短的句子,如将"When you're damned like that, the questions multiply for you until in the end it's all question and no answer"一句话分成四个短句来表达——"既然生来如此,问题就越来越多,结果到处都是问题,答案却一个也找不到";将"When man's soul isn't a sow's ear, it will be time enough to dream of silk purses"分成三个短句来表达——"何况人的灵魂还不是猪耳朵,梦想把它做成绣花荷包,更不知要到何年何月了",译者增加了短句的数量,既能达意,也有利于口头表达。译文中的地道表达也较为出彩,如译者将"the material the ideal free society must be constructed from"译为"建设理想社会的砖瓦",这是在中文中常常使用的提喻修辞,用"砖瓦"来代指所有的建筑材料;将"a mixture of mud and manure"译为"烂泥、粪便",省略了其中的"mixture",原文中并没有特别强调"混合物",因此省译"混合物"更符合中文的表达习惯;为了让读者能够读懂最后一句话,译者增译了"俗话说,猪耳朵做不成绣花荷包",使一句外国的谚语成功地"伪装"成了一句地道的中国谚语,达意的同时,还能给读者带来新奇的审美体验。

在 Long Day's Journey into Night 第四幕中,原文大多使用了长句抒情,但张廷琛在翻译时为了突出口语性的特点,仍然使用了短句。如第四幕中 Edmund 对父亲讲起航海的经历时,感慨万千:

① 奥尼尔. 外国当代剧作选 1. 北京:中国戏剧出版社,1988:30-31.

It was a great mistake, my being born a man, I would have been much more successful as a sea gull or a fish. As it is, I will always be a stranger who never feels at home, who does not really want and is not really wanted, who can never belong, who must always be a little in love with death! ①

张廷琛译《进入黑夜的漫长旅程》中的译文为：

> 我生而为人，这真是大错特错，我要是一只海鸥或是一条鱼的话，那大概要好得多。而现在这样，我怕是永远只能这么格格不入，永远不怎么想要人家，人家也不怎么要我，怕是永远就只能这么没有个着落，永远有些想死！②

该例中，原文是两个长句，第二句中还用了四个"who"引导的定语从句，形成了排比的修辞。为了形成类似于诗歌的节奏感，原文使用长句，具有较强的抒情意味，同时使用了排比的修辞。译者将第一句话分成了四个简短的句子，将第二句话分成了五个简短的句子，便于口头表达。同时，译者用"永远"这个副词构成了排比结构，也形成了节奏感，朗朗上口。

（二）个性化特点突出

八九十年代奥尼尔戏剧汉译本另一大特点是人物语言的个性化。原文中，剧中人物因为不同的教育背景和生活环境，在口音和表达上都有不同的特点，甚至还有不同国家和地区的方言，三四十年代奥尼尔戏剧译本人物语言的翻译对这些特点较为忽视，而在新时期的译本中可以明显地发现人物语言的个性化特点。

如在 *A Moon for the Misbegotten* 第一幕中，律师 Harder 代表 Hogan 的邻居来跟他商谈两家相邻的篱笆问题，Hogan 和 Josie 却一副耍赖的态度，于是三人有了如下一段对话：

---

① O'Neill, E. *Complete Plays of Eugene O'Neill* (Vol. III). New York: Literary Classics of the Penguin Putnam Inc., 1988:812.

② 奥尼尔. 外国当代剧作选 1. 北京:中国戏剧出版社,1988:374.

Harder—Good morning. I want to see the man who runs this farm.

Hogan—You do, do you? Well, You've seen him. So run along now and play with your horse, and don't bother me. (He turns to Josie.) D'you see what I see, Josie? Be God, you'll have to give that damned cat of yours a spanking for bringing it to our doorstep.

Harder—Are you Hogan?

Hogan—(insultingly) I am Mister Philip Hogan—to a gentleman.

Josie—Where's your manners, you spindle-shanked jockey? Were you brought up in a stable?

Harder—My name is Harder.

Hogan—(contemptuously) Who asked you your name, me little man?

Josie—Sure, who in the world cares who the hell you are?

Hogan—But if you want to play politeness, we'll play with you. Let me introduce you to my daughter, Harder—Miss Josephine Hogan.

Josie—I don't want to meet him, Father. I don't like his silly sheep's face, and I've no use for jockeys. ①

梅绍武、屠珍译《月照不幸人》中的译文为：

哈德　早安。我要见一下管理这个农场的人。

霍根　要见一见吗？那你已经见着了。滚吧，跟你那匹马玩儿去，别在这儿搅我。（转向乔茜。）瞧见我看见什么吗，乔茜？老天爷，你该狠狠揍一顿你那只该死的猫，都是它把这种玩艺儿引上门来。

哈德　你是霍根吗？

① O'Neill, E. *Complete Plays of Eugene O'Neill* (Vol. III). New York: Literary Classics of the Penguin Putnam Inc., 1988:884-885.

霍根　（侮辱性地）对一位绅士来说——我是菲利普·霍根老爷。

乔茜　你懂不懂礼貌,你这个棒槌腿的骑师？你是在马厩里长大的吗？

哈德　我叫哈德。

霍根　谁问你叫什么了,俺的小人儿？

乔茜　可不,谁在乎你到底是谁？

霍根　话说回来,你要是打算讲礼貌,俺们就奉陪。让俺给你介绍一下。这是俺的闺女,哈德——约瑟芬·霍根小姐。

乔茜　我不想认识他,爹。我不喜欢他那张傻样儿的羊脸,反正,当骑师跟我无缘。我敢打赌,他对女人也没用。①

该例中,原文充分体现了三个人物的语言特征:Harder 用语规范而正式,体现了他作为律师的严谨;Hogan 说话态度傲慢,夹杂了一些不规范的用词,如"D'you""me little man",体现了 Hogan 粗俗、无礼的性格;Josie 的语言也是傲慢无礼,如她直接质问 Harder "Where's your manners",还当面称 Harder 为"spindle-shanked jockey",其性格的豪爽、粗俗可见一斑。译文充分把握了原文中三人的语言特点:译者将"Good morning"翻译成"早安",这样严肃的问候方式反映了哈德严谨的性格;译者将"run along"译为"滚吧","Mister Philip Hogan"译为"菲利普·霍根老爷","me little man"译为"俺的小人","I"和"we"译为"俺"和"俺们","daughter"译为"闺女",都体现了霍根作为乡下人,见识短却傲慢无礼的形象;译者将"Sure"译为"可不","Father"译为"爹","care"译为"在乎",体现了乡下姑娘乔茜的野蛮和无知。值得一提的是,译文中使用的"俺""闺女""爹""可不"等字眼是中国北方常使用的方言词汇,这也给中国读者带来了"乡土气息",使读者对剧中霍根和乔茜父女俩的性格和生活环境有了更深刻的理解。

又如 *Long Day's Journey into Night* 第二幕中,女佣 Cathleen 和女

① 奥尼尔. 外国当代剧作选 1. 北京:中国戏剧出版社,1988:631-632.

主人 Mary 闲谈时，Mary 感谢 Cathleen 下午陪她坐车出门散心，Cathleen 的回答是：

> Sure，wouldn't I rather ride in a fine automobile than stay here and listen to Bridget's lies about her relations？It was like a vacation，Ma'am．There was only one thing I didn't like．①

Mary 问是什么事情让她不喜欢，她回答道：

> The way the man in the drugstore acted when I took in the prescription for you．The impidence of him！②

张廷琛将这两段话分别译为：

> 敢情是，我就不想坐个小轿车出去兜兜，省得待在这里去听布里基特显宝似的这个亲戚嚼到那个亲戚的？真像是得了半天假，太太。
>
> 就是我帮您把方子拿进药房去配的时候，药房那人的那副模样。他连个规矩都不懂！③

该例中，原文中的 Cathleen 是个乡下姑娘，没有受过很多教育，从她的语言和谈话内容可以看出她见识的短浅，例如将"impudence"误说为"impidence"，并且嚼舌说 Bridget "lies about her relations"。译者在译文中凸显了 Cathleen 的个性特点，将"sure"译为"敢情是"，"敢情"是京津唐方言，对求之不得的情况表示"当然"之意，"敢情是"也表明了 Cathleen 是带方言口音的乡下姑娘。译者将"Bridget's lies about her relations"译为"布里基特显宝似的这个亲戚嚼到那个亲戚的"，其中的"显宝似的"和"嚼"都表现出 Cathleen 语言的粗俗和爱嚼舌根的个性。译者将"you"翻译成"您"，在汉语中表示对谈话人的尊敬，这也体现了 Cathleen 作为女佣

① O'Neill，E．*Complete Plays of Eugene O'Neill*（Vol．III）．New York：Literary Classics of the Penguin Putnam Inc．，1988：776.

② O'Neill，E．*Complete Plays of Eugene O'Neill*（Vol．III）．New York：Literary Classics of the Penguin Putnam Inc．，1988：776.

③ 奥尼尔．外国当代剧作选 1．北京：中国戏剧出版社，1988：320.

的身份特征。

再如汪义群翻译的《榆树下的欲望》中,译者将 Simeon 和 Peter 口中的"we"都翻译成"咱们",而将他们口中的"father"都译为"爹"。原文中的 Simeon 和 Peter 都是两个乡下汉子,译者通过使用"咱们"和"爹"等北方乡村方言中常见的词汇,体现了人物的个性和身份。

通过上述分析可以看出,八九十年代奥尼尔戏剧译本的两大特征——口语化程度较高和人物语言翻译个性化——都充分体现了戏剧翻译的原则,这与该时期译者对戏剧翻译认识的深入有着深刻的关系。人物语言的口语化和个性化可以说是戏剧语言最突出的两个特征,在翻译时由于语言之间的差异和译者翻译目的的不同,这两个特征又是最容易被忽视的。八九十年代奥尼尔戏剧汉译本虽然普遍以阅读为目的,但译者对戏剧语言特征的认识和把握,使得剧本口语化特征突出,便于口头的展现和读者的理解,也使得人物语言个性化特征突出,重现了原剧中人物的身份、性格和背景,让人物的形象更加丰满和立体。

二、人物语言的高雅化

八九十年代奥尼尔戏剧汉译本口语化程度较高,且人物语言的翻译突出了个性化的特征。译者在这方面有很强的意识,梅绍武曾说:"译完剧本,译者似应至少把全剧朗诵一两遍,力求作到台词流畅而通顺易懂,注意协调各个角色的语调、语气和语势,使之生活气息浓,也就是说能让演员琅琅上口。"[①]除此之外,该时期的译本普遍以阅读为目的,因此人物语言普遍被高雅化。戏剧是一种艺术,和所有艺术形式一样,源于生活且高于生活。剧本的高雅和通俗与作者有很大的关系,作者的经济状况与社会地位直接影响了他对社会和人生的理解,当其作品的品味与所谓上层社会的欣赏角度一致时则为高雅,与所谓平民阶层相一致时则为通俗,可见,艺术作品的高雅和通俗是具有历史性和相对性的。奥尼尔的戏剧创作最初是以通俗作品为主,早期戏剧的作品题材主要源自其航海经历,

---

① 梅绍武. 漫谈文学和戏剧翻译. 世界文学,1990(5):294.

主要描写了社会底层小人物的生活和命运;中期作品则雅俗并存,通过尝试丰富的创作手法,以人物的生活和经历体现深刻的社会和人性主题;晚期的作品更为高雅,奥尼尔的戏剧作品受到文学界和戏剧界的承认和推崇,改变了他的社会地位和生活状况,其作品不再是为了创作而创作,因此作品的主题更加深邃,内容和语言也更加具有艺术性。

八九十年代奥尼尔戏剧汉译本主要翻译的是奥尼尔创作后期的作品,译者也充分意识到了这些作品的高雅特征,加之奥尼尔作为普利策奖、诺贝尔文学奖等奖项获得者的名声,更为奥尼尔作品在中国读者心目中设定了崇高的地位,因此,该时期奥尼尔戏剧的汉译本语言普遍高雅。高雅与人物语言的口语化和个性化有一定程度的冲突,虽然口语化只是为了易于舞台的表现,个性化则能通过丰富的人物形象反映深刻的作品主题,但高雅化则会使得口头语言带上书面色彩,抹杀个性化语言的方言、口音等特点。在人物口语化和个性化程度较高的译本中保持译本的高雅性,是八九十年代译者面临的挑战,也是这批译本的特点,下文将详细分析这些译本的具体做法,观察译者如何采取翻译策略和方法,使译本最终产生"雅俗共赏"的效果。

荒芜翻译的《天边外》中有两个人物的语言个性化特征被抹杀,语言得到了高雅化。其中一个人物是 Dick Scott 船长,他是剧中主要人物 Andrew 和 Robert 兄弟的舅舅,原文中 Dick Scott 的语言粗俗,语法不规范,表现了其粗犷的性格和受教育程度较低的背景,他的语言在荒芜的译本中却变得文雅。

例如在 *Beyond the Horizon* 第一幕第二场开头,Dick Scott 给 Mayo 一家讲了船上发生的一件趣事,以缓解 Mayo 一家因为 Robert 即将要远行的不舍和伤感:

（chuckling）And that mission woman, she hails me on the dock as I was acomin' ashore, and she says—with her silly face all screwed up serious as judgment—"Captain," she says, "would you be so kind as to tell me where the sea-gulls sleeps at nights?" Blow me if them warn't her exact words! (He slaps the table with the palm of his hands and laughs loudly. The others force smiles.) Ain't that just like a fool woman's question? And I looks at her serious as I could, "Ma'm," says I, "couldn't rightly answer that question. I ain't never seed a sea-gull in his bunk yet. The next time I hears one rovoki'," I says, "I'll make a note of where he's turned in, and write you a letter 'bout it." And then she calls me a fool real spiteful and tacks away from me quick. (He laughs again uproariously.) So I got rid of her that way. ①

荒芜译为：

> （格格地笑）那个女教士，当我靠岸时，在码头上跟我招呼，她说，——她那张像里傻气的脸绷得紧紧的，严肃得象裁判官一样——"船长，"她说，"劳驾请告诉我海鸥夜里在什么地方睡觉?"这要不是她的原话，我情愿天诛地灭！（他用双掌拍桌子，放声大笑。其他的人也强作微笑）真是个傻瓜女人的问题，是不是? 我也就非常严肃地望着她。"太太，"我说，"我可没法正确地答复那个问题。我还没见过一个睡在铺位上的海鸥哩。等下一次我听见海鸥打鼾时，我一定记下它睡在什么地方，再写信告诉你吧。"随后她骂我是个真正不怀好意的笨蛋，赶快离开了我。（他又哄然大笑起来）我就是那么打发她走的。②

原文中船长的用语带着当时美国乡下人的口音，如说话时习惯省略一些发音，省略以"-ing"结尾的词尾，说成"acomin'""rovoki'"，省略介词"about"的第一个音节，成了"'bout"；错误使用系动词，如"I"后面用"ain't"和"warn't"；错误变位谓语动词，如"I"后面用了"looks"和"hears"，"see"的过去分词误用成"seed"。除了语法的习惯性错误，还有"blow me""turn in"等用词，"fool woman""screwed up serious as judgment"等表达，

① O'Neill, E. *Complete Plays of Eugene O'Neill* (Vol. I). New York: Literary Classics of the Penguin Putnam Inc., 1988:585.
② 奥尼尔. 天边外. 荒芜，汪义群，等译. 桂林:漓江出版社,1984:18.

都表明了船长的身份、背景和个性。译文却没有表现出上述特征,除了发音和语法的错误由于中英两种语言的差异无从表现,在用词和表达上,译者将船长的语言变得较为文雅。例如,译者将"blow me"翻译为"我情愿天诛地灭","blow me"是英语口语中的俚语,意为"谴责我,责罚我",用于赌咒发誓或表达强烈的情绪,较为粗俗,而"天诛地灭"是成语,比喻"罪恶深重","我情愿天诛地灭"是较文雅的赌咒语言。译者将粗俗的俚语"screwed up"译为"绷得紧紧的",将"rovoki'"译为书面语的"打鼾",将俚语"turn in"译为较为正式的语言"睡",将水手常用的俚语"tack away"译为书面语"离开",提高了语言的文雅程度。

《天边外》里另一个语言被高雅化的人物是 Ruth 的母亲 Atkins 夫人。Atkins 夫人是一个典型的美国乡下的老妇人,她的语言也和 Dick 船长的一样带着口音,如发以"-ing"结尾的单词总是吞音,发成"-in'",语法方面也存在乱用谓语动词和系动词的情况,还有用词不规范的现象。原文第二幕第二场中,Atkins 夫人对 Mayo 夫人抱怨 Robert 对农场的不善经营时,面对 Mayo 夫人为 Robert 的多般辩护,Atkins 夫人说:

> Say what you've a mind to,Kate,the proof of the puddin's in the eatin'; and you can't deny that things have been goin' from bad to worse ever since your husband died two years back.[①]

译文为:

> 你想说什么就说什么吧,凯特。空谈不如实验。你不能否认,自从你丈夫两年前去世以后,事情越来越糟了。[②]

该例中,原文里的 Atkins 夫人的口音表现在"puddin'""eatin'""goin'",语法的不规范表现在将"back"用作副词。从内容上看,引用了谚语"the proof of the puddin's in the eatin'",用通俗、浅显的话说明深刻的

---

① O'Neill,E. *Complete Plays of Eugene O'Neill*(Vol. I). New York:Literary Classics of the Penguin Putnam Inc.,1988:604.

② 奥尼尔. 天边外. 荒芜,汪义群,等译. 桂林:漓江出版社,1984:41.

道理,符合其乡下老太太的身份。译文中,原文的口音问题和语法不规范问题都没能得以体现,译文的语言规范,且译者将"the proof of the puddin's in the eatin'"译为"空谈不如实验","deny"译为"否认",译文都超越了 Atkins 夫人的见识和文化程度,提高了其语言的文雅程度,与其乡下老太太的身份不符。

龙文佩翻译的《送冰的人来了》中人物众多,不同身份的人物的语言在原文中有口音、语法和用词的区别,这些区别很大部分在译文中都没能得以体现,口音较重、语法不规范和用词粗俗的人物,其语言特征在译文中也得以极大的高雅化。如 The Iceman Cometh 中的酒店夜间侍者 Rocky,其语言带着浓重的当地口音,并且语法不规范,用词粗俗。第一幕第一场中,他偷喝了一杯酒店的酒,说道:

> Don't want de Boss to get wise when he's got one of his tightwad buns on. (He chuckles with an amused glance at Hope.) Jees, ain't de old bastard a riot when he starts dat bull about turnin' over a new leaf? "Not a damned drink on de house," he tells me, "and all dese bums got to pay up deir room rent. Beginnin' tomorrow," he says. Jees, yuh'd tink he meant it! ①

龙文佩译为:

> 我不想让老板知道,眼下正是他小气病发作的时候。(他得意地朝霍普望了一眼,抿着嘴笑)天呀,这个老家伙居然胡说什么要换新规矩,这不是很滑稽吗?他吩咐我"店里不再白给人喝酒了"。他说:"所有酒鬼都得把房钱付清。从明天开始。"天呀,你会以为他是当真的呢!②

该例中,原文体现了酒保 Rocky 受教育程度低且较为粗俗的特点。

---

① O'Neill, E. *Complete Plays of Eugene O'Neill* (Vol. III). New York: Literary Classics of the Penguin Putnam Inc., 1988:569.

② 奥尼尔. 外国当代剧作选 1. 北京:中国戏剧出版社,1988:12-13.

Rocky 的口音较重,发以"-ing"结尾的单词总是吞音,发成"-in'",以"th-"开头的单词发音发成"d-",将"you"发成了"yuh"。语法方面可以看到系动词的错误使用,该用"isn't"的地方用了"ain't"。用词方面,原文两次使用南美俚语"Jees","Jees"从"jesus"演变而来,表达难以置信的情绪;使用了"bastard""damned"等咒骂词汇,充分表现出说话人的不满态度和粗俗身份。译者忽略了口音的问题,将"ain't de old bastard a riot…"翻译为"这个老家伙……这不是很滑稽吗",其中"old bastard"被译为"老家伙",译者将骂人的语言换成了汉语里的中性词,"riot"被翻译为"滑稽",译者将贬损的场面换成了轻松的氛围。译者还直接省略了"damned"的翻译,将"Not a damned drink on de house"译为"店里不再白给人喝酒了",咒骂性语言的省略使译文变得更加文雅。

原文中的 Hugo 是个嗜酒如命的醉鬼,酒醉之后说话发音不清楚,语法也不规范。但译文中,Hugo 说话不仅口齿伶俐,且内容清晰,语言较为文雅。如:

> Hugo—(ignores this—recognizing him now, bursts into his childish teasing giggle) Hello, Leedle Don! Leedle monkey-face. I did not recognize you. You have gown big boy. How is your mother? Where you come from? (He breaks into his wheedling, bullying tone.) Don't be a fool! Loan me a dollar! Buy me a trink![①]

龙文佩译为:

> 雨果 (不予理睬——现在认出他来了,发出孩子气的顽皮的傻笑)喂,小唐! 小猴脸。我没看出是你,你已经长大成人了。你妈妈好吗? 你打哪儿来?(突然用连哄带吓的口气)别装傻! 借给我一块钱! 给我买杯酒![②]

---

① O'Neill, E. *Complete Plays of Eugene O'Neill* (Vol. III). New York: Literary Classics of the Penguin Putnam Inc., 1988:570.

② 奥尼尔. 外国当代剧作选 1. 北京:中国戏剧出版社,1988:15.

该例中,原文充分表现了 Hugo 醉酒后的口齿不清,Hugo 将"little"发成了"leedle","drink"发成了"trink"。除了发音,语法也较为混乱,"You have gown big boy"应为"You have gown a big boy","Where you come from"应为"Where do you come from"。译文没能表现说话人醉酒后口齿不清的发音和混乱的语法,译者将"leedle"译为"小",在中文里没有达到变音的效果;译者将"You have gown big boy"译为"你已经长大成人了","长大成人"是汉语中较为书面的词语,而原句是口语表达,且语法不正确,因此,这一句"你已经长大成人了"把一个昏头的酒鬼变成了稳重的长辈。

A Touch of the Poet 里,Cornelius Melody 对自己的家乡爱尔兰虽充满了眷恋,但却常常担心自己或家人偶然露出的爱尔兰口音会让美国上流社会的人瞧不起。因此,Melody 一家三口的内心是矛盾的,他们会在真情流露的时刻讲出乡音,也会用乡音来激怒彼此。如第一幕第一场中,Nora Melody 对女儿 Sara Melody 说她的父亲是非常爱她的,Sara 却觉得父亲最爱的是他的马,于是母女间进行了如下的对话:

Nora—Don't be saying that. He has great love for you, even if you do be rovoking' him all the time.

Sara—Great love for me! Arrah, God pity you, Mother!

Nora—(Sharply) Don't put on the brogue, now. You know he hates to hear you①

郭继德译《诗人的气质》中的译文为:

诺拉　甭这么说。尽管你老在讥讽他,然而他对你还是如胶似漆。

萨拉　对我如胶似漆!哼,愿上帝能可怜可怜你,妈!

诺拉　(尖刻地)喂,说话别带出爱尔兰口音来。你知道他是多

---

① O'Neill, E. *Complete Plays of Eugene O'Neill* (Vol. III). New York: Literary Classics of the Penguin Putnam Inc., 1988:191.

么讨厌你讲土话。①

　　该例中,Sara 与母亲起了争执,情急之下露出了乡音,"arrah"是源自19 世纪晚期爱尔兰语的一个感叹词,用于表达说话人激动的情绪或强烈的感情。英语读者或观众能够从"arrah"这个词听出萨拉的爱尔兰口音,但译者将"arrah"翻译为"哼","哼"在汉语中常用来表达不赞成或不相信等情绪,不是某种方言中的代表词汇。因此,将"arrah"译为"哼",失去了原文想要实现的效果,由于爱尔兰口音在当时被人瞧不起,因此,译文对爱尔兰口音的抹杀也在无形中使得人物语言高雅化。

　　除了爱尔兰口音,*A Touch of the Poet* 中还有美国当地的口音以及其他国家的人讲英语的口音。如第三幕中,O'Dowd 和 Roche 嘲讽 Cornelius Melody 的自大和狂妄:

　　　　O'Dowd——(peering past Roche to watch Melody,leans across to Roche——in a sneering whisper) Ain't he the lunatic,sittin' like a play-actor in his red coat,lyin' about his battles with the French!

　　　　Roche——(Sullenly——but careful to keep his voice low) He'd ought to be shamed he ivir wore the bloody red av England,God's curse on him!

　　　　O'Dowd——Don't be wishin' him harm,for it's thirsty we'd be without him. Drink long life to him,and may he always be as big a fool as he is this night!

　　　　Roche——(with a drunken leer) Thrue for you! I'll toast him on that. To the grandest gintleman ivir come from the shores av Ireland! Long life to you,Major!②

　　郭继德译为:

---

① 奥尼尔. 外国当代剧作选 1. 北京:中国戏剧出版社,1988:451.
② O'Neill,E. *Complete Plays of Eugene O'Neill*(Vol. Ⅲ). New York:Literary Classics of the Penguin Putnam Inc.,1988:234-235.

奥多德　（目光越过罗奇落在梅洛迪身上，朝罗奇探过身来——轻蔑地嘀咕道）他准是个神经病患者，穿着鲜红的外衣，像是一个演员，坐在那儿编造一套跟法国人打仗的谎话！

罗奇　（郑重其事地——但谨慎地压低了声音）他老穿英格兰的大红色的军礼服应当感到是一种耻辱，上帝饶不了他！

奥多德　甭诅咒他倒霉，因为没有他，咱们就喝不上酒喽。要举杯祝他长寿，但愿他永远都像今天晚上一样当大傻瓜！

罗奇　（醉醺醺地乜斜着眼睛）你说得对！我来给他祝酒。为来自爱尔兰海岸的最德高望重的绅士大人干杯！祝您长寿，少校！①

该例中，原文里的 O'Dowd 和 Roche 说话都各自带着不同的口音，O'Dowd 不分人称使用系动词"ain't"，并且说以"-ing"结尾的单词时总是吞音，发成"-in'"，如例中的"sittin'""lyin'""wishin'"；Roche 说话内容粗俗、尖刻，发音方面有较重的口音，例中将"ever"发成"ivir"，"of"发成"av"，"true"发成"thrue"，"gentleman"发成"gintleman"。译文中，这些口音的特征没能得以体现，译者对 Roche 的口音特点做出了补偿，将"don't"译为"甭"，将"we"译为"咱们"这类北方方言词汇，但只有极少数的地方得以补偿。总体而言，口音的差异并没能得到强调。因此从口音上看，剧中所有人物几乎都是一个口音，原文中方言制造的粗俗效果被文雅化。除了口音的统一化，译者还将原文中一些口语常用表达译为书面语，如将骂疯子的口头语"lunatic"译为"神经病患者"，将称呼英国军装的口头语"red"译为"大红色的军礼服"，将"grand"译为四字成语"德高望重"；译者还直接省译了"bloody"（"他妈的""该死的"）这个在英国口头语中常用的咒骂人的词汇。译者的这些改动使得原文中本来粗俗的两个人的谈话变得文雅、礼貌。

除了不同的方言和口音被统一，用词和表达更加书面化，郭继德还多次在《诗人的气质》的人物语言中添加了常用于书面语言中表示"那就是说，那就是"的"即"。在第一幕中就两次用到了该词。一是原文中 Gregan

————————

① 奥尼尔. 外国当代剧作选 1. 北京：中国戏剧出版社，1988：516-517.

对 Maloy 讲起自己如何与 Melody 重逢时说："Until last night, I'd not seen hide nor hair of him since the war with the French in Spain—after the battle of Salamanca in'12. I was a corporal in the Seventh Dragoons and he was major…"①译文为："自从在西班牙跟法国人打仗之后——即 1812 年萨拉曼卡战役之后——到昨天晚上以前,我连他的影子也没有看到过。在第七龙骑兵团里,我是下士,他是少校……"②另一处是 Sara 对母亲 Nora 讲起自己爱上了 Harford："I'll not let love make me any man's slave. I want to love him just enough so I can marry him without cheating him, or myself…"③译文为："我不会让爱情把自己变成任何男人的奴隶。我爱他要爱到恰到好处,即爱到能跟他结婚为止,既不欺骗他,也不欺骗自己……"④这两段对话中,译者在第一段的"1812 年萨拉曼卡战役之后"前面加了"即",具体说明在西班牙与法国人进行的是哪一场战役;在第二段的"爱到能跟他结婚为止"之前加了"即",解释"爱到恰到好处"的程度。两处的"即"都表达了"也就是"的意思,且"即"的这个用法一般见于书面语中,译者将此用于人物口头语言中,增加了语言的文雅程度。

　　具体而言,八九十年代奥尼尔戏剧汉译本中人物语言的高雅化,主要有三个表现:第一,原文中不同的口音在译文中被统一;第二,原文中的方言词汇和表达被忽略或被译为汉语中较为书面的表达;第三,译者还会在译文中增加原文中没有的书面用语。这三个表现主要是由译者的翻译目的和针对的读者群决定的。八九十年代的几乎所有的译本都或多或少对剧中的文化信息添加有注释,可以看出这个时期的译本绝大多数是以阅读为目的。当时每个代表译本的译序或后记都严肃、深入地探讨了奥尼

---

① O'Neill, E. *Complete Plays of Eugene O'Neill*（Vol. III）. New York：Literary Classics of the Penguin Putnam Inc., 1988：184.
② 奥尼尔. 外国当代剧作选 1. 北京：中国戏剧出版社,1988：440-441.
③ O'Neill, E. *Complete Plays of Eugene O'Neill*（Vol. III）. New York：Literary Classics of the Penguin Putnam Inc., 1988：196.
④ 奥尼尔. 外国当代剧作选 1. 北京：中国戏剧出版社,1988：458.

尔戏剧的创作艺术,例如 1984 年漓江出版社出版的《天边外》的译本前言,是汪义群所作的《执着地反映严肃的人生》,文章分三部分介绍了奥尼尔的作品及创作艺术、"剧作选"中所辑作品的内容与主题、奥尼尔创作思想及艺术的局限性;又如 1988 年中国戏剧出版社出版的《外国当代剧作选 1》(奥尼尔卷)的后记,是龙文佩所作的《尤金·奥尼尔的后期剧作》,文章对奥尼尔后期五篇剧作的内容、主题和创作手法进行了深入的探讨。从这些如学术论文般严谨的序和后记中可以看出这批奥尼尔戏剧译本针对的读者群是从事奥尼尔戏剧研究,与戏剧写作及研究相关的知识分子,或对外国戏剧作品感兴趣的学生。换言之,八九十年代奥尼尔戏剧汉译本是针对较高文化水平读者群的高雅读物,这一定位影响了译者的翻译策略和翻译过程,因而也就不难解释这批译本的人物语言为何普遍比原作文雅,译本整体被高雅化了。

三、戏剧人物语言中的方言和口音的翻译

在戏剧语言中,"通俗"与"高雅"并非一对矛盾。戏剧人物语言的一个基本特征就是通俗,即人物语言应浅显易懂,易于被大众理解和接受。通俗的语言可能是高雅的,也可能是粗俗的。高雅或粗俗的语言能反映剧中人物的社会背景、教育背景和性格特征,这也形成了戏剧人物语言的另一个基本特征——个性化。一般而言,要实现语言的通俗性,人物的语言应该口语化,简洁、明快,而要实现语言的个性化,通常情况下主要从三个方面进行,一是方言词汇的使用,二是口音的体现,三是措辞的讲究。奥尼尔戏剧为了实现人物语言的通俗性,大多使用短句,在措辞方面多用口语词汇和俚语;为了实现人物语言的个性化,使用方言词汇和不同的发音习惯来体现人物的身份和来历,使用不规范的语法来突显人物受教育程度不高,使用咒骂性的语言或文雅的语言来体现人物的粗俗或高贵。八九十年代奥尼尔戏剧汉译本充分把握了原剧的特点,人物语言都具有口语化和个性化,但由于译者的翻译目的和对读者群的定位,大部分译本中人物的方言被统一成标准的表达,口音的差异也被忽略,造成剧中人物在地域和身份上的差别在不同程度上降低或者完全消失。

人物的不同口音在英语的书面表达中是可以体现的,因为英语是表音文字,英语单词拼写形式的改变会产生发音的变化,如前文例中的"ever"变成"ivir","of"变成"av"。但汉语中口音的差异不能在书面文字中得以体现,除了粤语等方言在语法上与标准汉语有较大的差异,其他地区只能使用方言词汇来体现人物的口音差异,如使用"俺"来表示北方口音,使用语气词"阿拉"来表示上海口音。因此,英汉翻译过程中,口音的问题常常就变成了方言的问题。方言的翻译是文学翻译者面临的一大挑战,例如龙文佩在《外国当代剧作选 1》的《后记——尤金·奥尼尔的后期剧作》里曾说:"由于奥尼尔后期剧作中,大量运用爱尔兰英语和美国俚语,而且富有诗意,有些地方简直无法翻译。"①

乔志高在《长夜漫漫路迢迢》的《译后语——奥尼尔的自传戏》中专门讨论了这个问题,他提到"既然用'口语',就不免有'方言'的问题",在翻译《大亨小传》的时候,"原想把一两个配角的话语完全用上海人的声口翻出来,以求接近文学手法中所谓'逼真'verisimilitude 的效果;可是这种想法被编辑人否决了";而在翻译《长夜漫漫路迢迢》时,"我并不故意把沪白放到'长'剧人物口中,可是我也不以为美东康乃狄格州新伦敦市这家爱尔兰人应当说一口的'京片子'。所以我用的只可以算是'普通话'——以国语为主但夹七杂八、兼收并蓄、希望一般读者都能懂的普通话"。② 可见,译者充分意识到了戏剧作品中的方言问题,对说不同方言的人物语言是否使用中国某些地区方言来代替,使用哪些地区方言来代替,或是使用统一的"声口",直接将人物方言特征抹去,则见仁见智。

有的译者并不赞成用中国的方言来代替原作中的方言。翻译家卞之琳在《莎士比亚悲剧论痕》中曾指出:"我国过去有人翻译哈代小说,就煞费苦心,把原用英国多塞郡方言写的对话译成山东话,效果是中国化到地

---

① 龙文佩. 后记——尤金·奥尼尔的后期剧作//奥尼尔. 外国当代剧作选 1. 北京:中国戏剧出版社,1988:742.
② 乔志高. 译后语——奥尼尔的自传戏//奥尼尔. 长夜漫漫路迢迢. 乔志高,译. 香港:今日世界社,1973:231.

方化了,过了头,只有引起不恰当的联想。山东风味,恰好有失原来风貌。"①王佐良也认为,"以方言译方言,即使能办到,也不可取,因为那不仅会带来一种与原作不一致的地方情调,而且会把读者的注意力引向一种外加成分"②。傅雷也曾说:"方言中最 colloquial 的成分是方言的生命与灵魂,用在译文中,正好把原文的地方性完全抹煞,把外国人变了中国人岂不笑话!"③事实上,任何文学作品翻译到汉语中,其中的人物都在一定程度上变成了中国人,说中国话,只是这种程度随着译者归化或异化策略的采用而变化。原作中的方言因素经过翻译,必然失去原来的风味,因此,是否"以方言译方言"应该取决于方言因素在作品中的功能和译者的翻译目的。

方言是奥尼尔的戏剧作品中常见的创作元素,方言或不同的口音饱含地域文化色彩,方言的使用使得剧中人物更加形象、生动,产生标准语不易替代的艺术效果。戏剧与其他文学作品不同,无论是否上演,表演性始终是剧本的一个本质属性。剧中人物的性格和身份很大程度上都要通过语言得以体现,因此,戏剧中人物语言中的方言对人物形象的塑造非常重要。八九十年代奥尼尔戏剧的汉译本大多以阅读为目的,读者群以学生和知识分子为主,因此,大部分译本中的方言特征都被抹去,剧中人物都使用统一的"声口"。也有部分译者在再现人物方言和口音做出了努力,如使用北方方言词汇"甭""俺""爹""闺女"等来区别一些人物的身份。

笔者认为,戏剧翻译中,如果原文的人物中出现标准语与方言或不同方言之间的差异,译文也应该构建方言与标准语之间的差别,产生不同语言之间的"落差",制造出不同的声音,以体现不同语言使用者不同的身份和背景。八九十年代奥尼尔戏剧的汉译本中体现人物语言个性和保存方言特征的方法主要是通用方言翻译法,即利用进入普通话词汇多年且早已被广泛接受的方言词来翻译英语方言,如北方方言中的"俺""咱",上海

---

① 转引自:陈国华. 论莎剧重译(下). 外语教学与研究,1997(3):50.
② 转引自:陈国华. 王佐良先生的彭斯翻译. 外国文学,1998(2):89.
③ 傅雷. 致林以亮论翻译书//罗新璋. 翻译论集. 北京:商务印书馆,1984:547.

方言的"阿拉""伐",这种方法"让读者可以体会到方言的效果,却不会有任何理解障碍,也不会赋予译文过多的归化色彩"①。译者还使用了雅俗对比翻译法,将不同人物语言的语域进行了区分,比如《诗人的气质》中的科尼利厄斯·梅洛迪在面对有钱人家的太太和律师时使用成语和敬语,在面对自己的妻子和女儿时则使用简单、粗俗的语言。这两种方言的翻译方法对提高人物语言的区分度并不很大,但有助于人物语言个性化特点的再现。戏剧中的方言因素给译者带来了极大的挑战,如何在译文中再现不同的"声口",进而根据这些"声口"辨识不同的人物,是戏剧翻译值得进一步讨论的问题。

---

① 余静. 论方言翻译的"落差"策略. 中国翻译,2015(2):109.

第五章　20 世纪奥尼尔戏剧汉译本
在中国的接受

　　19 世纪中叶以来,随着中国与其他国家在政治、经济、文化等方面的交流逐渐深入,外国文学特别是西方文学被大规模地译介到中国。外国文学不仅数量众多,内容和创作形式也是丰富多彩,但每个时期译介到中国的数量有限,产生重大影响的更是为数不多。根据勒菲弗尔的观点,意识形态、诗学和赞助人等因素影响着翻译作品的选择、生成和传播。文学翻译作品的选择、接受以及作品的性质、意义和价值在译入语文化中发生的变化,都与译入语国家本土的文化和文学需求,以及这个国家对外国文学的想象有着深层次的关系。[①] 刘海平认为,“一个民族的文化对另一民族的文化的接受、借鉴,无不出自自身价值的实际需要,从而选择与承受影响;甚至他对文化输出者的观照态度、视角,也随自身需要、特点而调整、转移、变化”[②]。以一个国家的“本土需求”为准则来译介外国文学作品,以满足这个国家政治、文化、文学等方面的需要,这种情况下这个国家对外国文学作品的接受就是主动的,翻译文学在一个国家的接受还存在被动的情况。文学翻译的过程实则是两种文化的交流与碰撞,各文化间力量的不平衡同样会影响到翻译材料的选取、翻译策略的采用和翻译作品的接受。比如有学者认为晚清时期的知识分子对西学的输入“逐渐由

---

① Lefevere, A. *Translation*, *Rewriting and the Manipulation of Literary Fame*. Shanghai: Shanghai Foreign Language Education Press, 2004:vii.
② 刘海平,朱栋霖. 中美文化在戏剧中交流——奥尼尔与中国. 南京:南京大学出版社,1988:111.

被动变为主动,由附从地位升为主导地位","以传播西学主体而言,第一阶段,基本上是西人的事;第二阶段,西人为主,少量中国知识分子参与其事;第三阶段,西译中述,中西传播机构共存并进;第四阶段,中国知识分子成为主体"。① 这也形成了这个时期中国本土文化对西方翻译作品从被动到主动的接受过程。在西方殖民势力进入中国之后,西方来华的传教士是西方意识形态和宗教文化的宣扬者,是西方强势文化殖民策略的一部分。传教士将西方作品翻译到中国,就是将强势文化的思想、文化强行输入,中国对这些翻译作品的接受也是被动的。而当中国的知识分子产生变革意识,并认识到文学在启蒙与革新中的启发意义时,他们就开始主动翻译西方的政治小说,并逐渐开始翻译其他文学作品,这种情况下,中国对这些文学作品的接受就变为了主动。总之,本土需要和文化间的竞争及相互影响直接决定了一个国家对翻译作品的接受是主动还是被动。

一般来说,无论译入国对翻译作品的接受态度是主动的还是被动的,只要翻译作品在客观上满足了译入国的"本土需求"便能得到较好的接受。比如明末清初开始来华的传教士,他们参与翻译的科技、政治、哲学、文学著作对我国自然科学及思想文化领域影响巨大,在客观上满足了当时中国近代化过程中的一些"本土需求",因而如徐光启与利玛窦合译的《几何原本》(前六卷)、徐光启与熊三拔合译的《泰西水法》、李之藻与利玛窦合译的《同文算指》等都产生了较大的影响。一个国家的"本土需求"不仅体现在政治、文化方面,比如社会变革、革新传统文化等,还包括文学的需要,比如文学的变革、丰富与发展。翻译文学作品如果契合了译入国的本土需求,对社会发展具有现实意义,符合一个社会的主流意识形态和诗学潮流,就能在译入国得到很好的接受,甚至会产生深远的影响。如20世纪50年代初译入中国的苏联小说《钢铁是怎样炼成的》,因为符合当时中国提倡的主流价值观,并满足了提倡积极向上精神的需求,取得了巨大的成功,影响了几代人的人生观和价值观。相反,输入的外国文学如果与译入国的现实需求相距甚远,甚至背道而驰,就无法在这个国家得到良好

---

① 熊月之. 西学东渐与晚清社会. 上海:上海人民出版社,1994:14-15.

的传播与接受。

　　要考察翻译作品在译入国的具体接受情况,需要结合读者的反馈和评价。然而,读者的身份具有复杂性和多重性,因此,读者的意见和看法并不能一概而论,因为读者按照不同的原则和标准可以分为多种类型。例如,王宏印认为,按照读者的身份和地位进行分层,可以分为普通读者、知识界、译界和评论家四大类型①。肖维青则从翻译批评主体的角度将读者分为三类——读者、专家和译者②,并根据读者展开翻译批评媒介的不同,将读者分为网络读者和非网络读者③。德国文学理论家沃尔夫冈·伊瑟尔(Wolfgang Iser)在其著作《隐含的读者》(*The Implied Reader*)一书中提出了"隐含的读者"这一概念。伊瑟尔认为,"作者在创作作品的同时,也在召唤作品的潜在读者或可能的读者"④。这一理论的提出更加凸显了文学接受者的地位,对文学研究产生了重大的影响。这种影响也进入了翻译研究的领域——从接受美学来看,译者在进行文学翻译时也可能召唤潜在的、可能的读者,因为"在某种意义上,翻译也是一种创作"⑤,而创作更是文学翻译的本质特征之一。因此,笔者认为,应该对读者的类型进行大致分类,针对具体作品的读者群展开具体分析。奥尼尔戏剧的汉译本,原文为特殊的文学样式——戏剧,且部分译本被多次搬上舞台,其受众可大致分为读者与观众;按译本实际产生较大影响的标准,又可将读者进一步分为译者和知识界。本章将采取译者、知识界和一般读者(包括观众)的分类,分两个阶段——20 世纪三四十年代和 20 世纪八九十年代——全面考察奥尼尔戏剧汉译本的接受情况。

---

① 王宏印. 文学翻译批评论稿. 上海:上海外语教育出版社,2005:190-191.
② 肖维青. 翻译批评模式研究. 上海:上海外语教育出版社,2010:97-99.
③ 肖维青. 翻译批评模式研究. 上海:上海外语教育出版社,2010:91.
④ 转引自:童庆炳. 文学理论教程. 北京:高等教育出版社,2015:45.
⑤ 张香桐. 翻译也是一种创作. 中国科技翻译,1993(1):38.

第一节　三四十年代汉译本的接受

三四十年代是奥尼尔戏剧汉译在 20 世纪的第一个高峰期,这个时期延续了新文化运动以来提出的文学改良思想和戏剧改良的主张。文化先驱对传统戏剧进行批判的同时,积极译介西方的戏剧,试图通过新的戏剧类型来表达政治诉求,实现改革的社会目标。奥尼尔领导的小剧场运动与商业性戏剧相对立,演出不以营利为目的,而是旨在提高戏剧的质量和揭示生活的本质,为当时中国的"爱美剧"运动提供了借鉴的模式;奥尼尔的创作手法、其作品的内容和主题为当时的戏剧创作提供了学习的范本。奥尼尔戏剧译本契合了当时国内的本土需求,因此,这个时期国内的本土文化对奥尼尔戏剧译本的接受是主动的、积极的,这充分体现在译者、知识界和一般读者(包括观众)中。

一、译者对译本的借鉴和学习

三四十年代奥尼尔戏剧汉译本首先影响到的是译者群本身。译者在翻译活动中具有多重身份,在原作者面前是读者,在译文读者面前又是作者。奥尼尔戏剧译者除了这两种身份,部分还是将剧本搬上舞台的导演和演员。这个时期译者对译本的接受情况主要体现在三方面:第一,译者对奥尼尔及其戏剧的研究;第二,部分译本被译者成功搬上舞台;第三,译者对原作的仿作与改编。

三四十年代奥尼尔戏剧汉译本的译者,部分从事文学翻译和创作,如古有成、钱歌川、王实味,部分从事戏剧创作和研究,如赵如琳、马彦祥、顾仲彝、洪深、袁昌英、范方。这些译者对奥尼尔及其作品的认可除了通过对其作品的翻译来表达,还表现在对其生平和创作艺术的研究和介绍上,他们也对相关作品的翻译方法进行了探讨。钱歌川于 1932 年在《学艺》第 11 卷第 9 期发表了《奥尼尔的生涯及其艺术》一文,对奥尼尔的生平进行了概括,并对其主要作品中的创作技巧进行了评论。钱歌川重点谈到了自己翻译的《卡利浦之月》,认为"用不同的言语,来表示种种人的性格,这确是他[奥尼尔]的特长",但"这是不能满足地翻译出来的,要真正得到他那行间字里,音调抑扬的真味,非读原文不可","所以我译此剧是用对译加注,使读者能由我的译注而研究原作"。① 顾仲彝也曾撰文《戏剧家奥尼尔》,对奥尼尔的生平和主要作品的创作手法进行介绍和简评,还在《奥尼尔和他的"冰人"》一文中重点介绍了奥尼尔戏剧在美国的上演情况。

　　除了对奥尼尔创作艺术的评介,部分译者如马彦祥、顾仲彝、洪深、范方还将自己的译本搬上了中国的舞台,并用多次上演的事实证明了这些译本的受欢迎程度。如顾仲彝和洪深共同翻译的《琼斯皇》发表于 1934 年《文学》第 2 卷第 3 期,并于同年由复旦剧社在上海首演,导演为洪深。1936 年,马彦祥翻译的《早餐之前》发表于《文艺月刊》第 8 卷第 2 期,并于同年五月由联合剧社在南京首演,之后在南京进行了多次演出,导演为马彦祥。1936 年,马彦祥根据奥尼尔的剧作 *The Long Voyage Home* 改编的《还乡》(上演时剧名为《回家》)由国立剧校在南京首演,马彦祥身兼编剧与导演。1938 年,范方翻译的《早点前》由上海剧艺社首演,范方是这出独角戏的演员。

　　除了将译本搬上舞台,这个时期的译者还对奥尼尔的戏剧进行了改编和仿作,以探索在戏剧创作方面新的形式和主题。最典型的例子是洪深于 1922 年效仿 *The Emperor Jones* 创作的《赵阎王》。马彦祥根据 *The Long Voyage Home* 创作的《还乡》,将原剧中水手的艰难生活改换为中国军阀混战时期普通士兵的贫困处境,故事背景、人物和情节的变化充分反映了社会问题,同时也保留了原作的主题——对人性中邪恶部分的揭示和探讨。

二、知识界对译本的反馈与评价

　　三四十年代奥尼尔戏剧的读者也对这个时期的译本做出了反馈与评价,虽然数量较少。总的来说,这个时期奥尼尔戏剧译本的一般读者中懂

―――――――――――

① 钱歌川. 奥尼尔的生涯及其艺术. 学艺,1932,11(9):11.

得外语的人数不多,而若不能参照原文进行对照,就无法识别译文的质量。因此,当时对奥尼尔戏剧译本撰文进行评价的,主要为从事文学翻译的知识分子,他们对译本的反馈中,有的是对译文中具体词句的翻译进行讨论,也有的是对译文整体质量进行评价。

1933 年,钱歌川在《图书评论》第 1 卷第 5 期发表《古有成翻译的加力比斯之月》一文,对古有成的译本进行了点评。钱歌川说:"我会购读《加力比斯之月》,觉得译者对于这种俚语满篇的书,能了解到这种程度,很是难得。"钱歌川认为"古先生的翻译煞费苦心",但"译文中仍有耐人寻味之处,读来不甚了了",因此撰文以讨论其中"有待商榷的地方"。钱歌川列举了十二处他认为古译有误之处,这"真教我们读书的人太苦了",还进一步指出,"因为一部书做得坏或译得错,若不出版,都无关重要。不好的书一经出版,便要流毒社会"。然而,钱歌川也认为,"买翻译书的人,大都是不懂原文的。所以译得好与不好,很难有人发见,译者名声一大,遗误更深"。钱歌川进一步指出:"大的出版家广罗许多人才,终日孜孜在从事于编译,过于荒唐的书,若一定要为其出版,纵不说全部改正,至少也得审查一下,然后去印才对。"①钱歌川通过对古有成译文的勘误,呼吁发行商和出版社对计划出版的翻译书籍做好校对工作。

1937 年,姚克在《译文》新 3 卷第 1 期发表文章《评王译〈奇异的插曲〉》,对 1936 年中华书局出版的王实味翻译的《奇异的插曲》进行了点评。姚克首先肯定了王译本的意义:"剧本是戏剧运动的精神所寄托的根苗,要有好的剧本,然后剧运才容易发展。在剧本贫乏而舞台技巧落后的中国,介绍代表的外国剧本实在是目前最切实需要的工作。因为无论在意识和编写的技巧方面,我们须向西方学习的东西实在是太多了。所以王实味先生译的奥尼尔的《奇异的插曲》是值得我们注意和介绍的。"姚克继而肯定了王译的质量,认为"王实味先生的论文通体都很忠实,并不是死板的直译,可是把原文语辞的特点保留着,而并不犯一般译文艰涩难懂的弊病。这是最值得我们赞颂的地方";但他认为译本并不适合于舞台演

---

① 钱歌川. 古有成翻译的加力比斯之月. 图书评论,1933,1(5):39-42.

出,因为剧本翻译"剧中人的口气既要注意,念诵时还要求其流畅顺口",而"王译的《奇异的插曲》所用的是普通白话,并不是道地的北平话或任何国语区的'乡谈',若在舞台上演出,那么大部分的对白都得修改过"。除此之外,姚克还指出,"全文中果然也有不妥的地方和显明的排印工人的错误",并评价称,总体而言,"《奇异的插曲》的译文虽然不能说合乎理想的完美,至少可以说是水准以上的工作"。①

三、一般读者与作品的共鸣及观众对上演剧的欢迎

据笔者的统计,20 世纪三四十年代,我国共有奥尼尔戏剧汉译本 28 个,其中 30 年代 20 个,40 年代 8 个。这个时期丰沛的译本引起了读者与作品的共鸣,并引发了读者对人生、人性等问题的思考。如 1943 年,徐百益在《家庭(上海 1937)》第 10 卷第 2 期发表了《奥尼尔的〈天边外〉——无不利斋随笔之一》,后又于 1948 年《家庭年刊》第 5 期刊载《读剧随笔——奥尼尔的〈天边外〉》。徐百益认为《天边外》中的三个主要人物"都是失败的","罗勃不能实行他的梦想,又不能应付现实,安金并不是一个治家的能手,又嫁了她实际上并不爱的一个丈夫,安罗以一个田地上的人而去做他所不擅长的事,结果在商业上大受损失",并从主要角色失败的原因出发,为青年人的婚恋观提出了建议:"我以为婚姻对象的取决是应该绝对慎重考虑的,在结婚以后,那末就要适应环境,这并不是与环境妥协,因为我们得先适应环境,然后方能够改造环境。"②1945 年,洗群在《文艺先锋》第 7 卷第 2 期发表文章《读欧尼尔底〈加力比斯之月〉》。洗群不仅对古有成翻译的《加力比斯之月》剧集中的独幕剧进行了点评,还延展开去,谈到了奥尼尔的其他剧作,如《天外》《不同》等(都是古有成的译本)。他认为,"《加力比斯之月》的成功,的杰出,的伟大",原因并不是奥尼尔的创作天才,"而在他底——熟悉海上生活,熟悉水手生活"。③ 洗群进一步谈到了

---

① 姚克. 评王译《奇异的插曲》. 译文,1937(1):193-197.

② 徐百益. 奥尼尔的《天边外》——无不利斋随笔之一. 家庭(上海 1937),1943,10(2):18.

③ 洗群. 读欧尼尔底《加力比斯之月》. 文艺先锋,1945,7(2):20.

对文学创作的思考,"读完这本《加力比斯之月》,更使我觉得生活对于一个作家的影响较之所谓'天才','幻想'更重要得多多"①。

根据朱雪峰、黄云整理的"中国上演奥尼尔戏剧资料小辑"②,中国最早首演的奥尼尔戏剧为 1923 年 2 月在上海公演的、洪深根据 *The Emperor Jones* 改编的《赵阎王》。自此以后,奥尼尔戏剧不断被搬上中国舞台,小辑中的资料显示,从 20 年代到 80 年代初之间,奥尼尔戏剧所能查找到的演出记录一共有十九条,上演的剧本分别为:《赵阎王》(根据 *The Emperor Jones* 改编)、《马可波罗》《捕鲸》《战线内》《天外边》(根据古有成译《天外》改编)、《琼斯皇》《早餐之前》(马彦祥译)、《回家》(根据 *The Long Voyage Home* 改编)、《早点前》(范方译)、《遥望》(根据 *Beyond the Horizon* 改编)、《田园恨》(根据 *Desire Under the Elms* 改编)。奥尼尔代表剧作在中国舞台的上演,可以看出奥尼尔当时在中国观众中的受欢迎程度。如赵家璧所说,"奥尼尔在中国已不是一个陌生的名字,虽然,他的戏在中国上演,远比不上易卜生,萧伯纳的多"③。但奥尼尔戏剧在中国观众中引起的反响是热烈的,产生的影响也是深远的。

1930 年熊佛西将《捕鲸》搬上舞台,1934 年上海无名剧人协会又重演该剧,该剧于"五一"劳动节前夕在湖社礼堂公演,演出"反映了资本主义世界的失业、动乱和罢工斗争"④,在许多职工和学生的观众中激起了强烈的反响。显然,当时的观众将该剧放入政治语境中加以理解,但无论这是不是奥尼尔原剧的意图,该剧的演出效果是明显的。1938 年 10 月,范方翻译的奥尼尔独幕剧《早点前》由上海剧艺社在上海首演,之后又在上海进行了多场演出。范方既是剧本译者,也担任了这部独角戏的唯一演员,在演员表中的艺名为"张方"。同年,瑞仕在《戏剧杂志》第 1 卷第 3 期上发表了文章《观〈早点前〉后》,对该剧的影响和表演进行了点评。瑞仕认为该剧作为独幕剧和独角戏,以"独白"贯穿始终,"这可说是一种危险的

① 洗群.读欧尼尔底《加力比斯之月》.文艺先锋,1945,7(2):20.
② 汪义群.奥尼尔研究.上海:上海外语教育出版社,2006:367.
③ 赵家璧.《早点前》的作者奥尼尔.戏剧杂志,1938,1(3):18.
④ 葛一虹.中国话剧通史.北京:文化艺术出版社,1990:131.

尝试……但《早点前》必竟是奥尼尔的杰作,导演,和演员的努力,我敢说这新的尝试是成功了"。对于《早点前》演出成功的原因,瑞仕高度赞扬了兼任译者的演员张方,认为"张方小姐把低声,高声,满腹狐疑,半耳语地,激怒的,神经质地,轻蔑地,愤愤地,洋洋自得地,讽刺地,辛酸地,黯然,静静地,郁郁,干笑,满意地,所有各种地方都很深刻地表现出来"。至于演员为何如此成功,在瑞仕看来是因为"据说张方就是译者范方,是的,一个演员演戏成绩之好坏,对于它了解剧本与否是很有关切的,现在以译者来充任主角,当然她对于这剧本的理解是不用说的了"。最后,瑞仕认为《早点前》对中国戏剧界具有模范和启示作用,"这戏演出,在中国是很少的,我希望多多提倡,使戏剧界一新耳目"。①

在中国上演并获得好评的还有李庆华根据奥尼尔的 *Beyond the Horizon* 改编的三幕剧《遥望》,这部剧于 1941 年在重庆上演,引发了评论界的热议。《遥望》将奥尼尔《天边外》的剧情置入中国抗日战争的历史语境中,反映了当时青年人对祖国命运的担忧,以及理想与爱情都无法实现的悲哀。"评论界纷纷针对这个奥尼尔的改译本发表看法,认为当时中国正处于抗战时期,这一改动让奥尼尔的剧作寓有民族斗争意识,对中国群众有极大的感染力。"②比如理孚在《关于〈遥望〉》中说:"我们的时代,是在踢开象牙塔里的纯美艺术,这个主题的改编,正是针对时代的需要,自然有他的价值。"③

当然,奥尼尔戏剧在中国舞台上的搬演并不总是成功的,如 1934 年《大上海半月刊》第 1 卷第 3 期刊载了署名为"炯"的一段简评,标题为《琼斯皇的失败》。炯在简评中说:"美国著名戏剧家奥尼尔的杰作,《琼斯皇》,在美国曾连演半年之久,获得大大的成功。这次由复旦剧社搬上中国舞台,结果却是大大的失败。"④至于失败的原因,炯没有进行详细的叙

---

① 瑞仕. 观《早点前》后. 戏剧杂志,1938,1(3):26-27.
② 熊辉. 抗战大后方对奥尼尔戏剧的译介. 戏剧文学,2014(2):135.
③ 理孚. 关于《遥望》. 中央日报(重庆版),1941-12-30(04).
④ 炯. 琼斯皇的失败. 大上海半月刊,1934,1(3):118.

述,而是一言以蔽之,"这责任,大部分该由导演者来负"①。事实上,这场
演出是由演员自导自演的,因为之前复旦剧社屡次商演均告失败,且《琼
斯皇》演出难度太高,"中国尚无人敢于一试",所以剧社成员"经过一番争
论"才决定上演此剧。② 剧社原导演朱端钧因对商演失去了信心未参加
排演。"与复旦剧社平时的售票公演相比,此次演出前买票入场的观众
颇为可观。"③在舞台上,演员如"包时等十分卖力,可惜能理解此剧的人
太少,到演出结束时,场内只剩下寥寥可数几个人,气坏了台上的'琼斯
皇'"④。

　　总的来说,这个时期奥尼尔部分戏剧在中国舞台上受到了欢迎,在观
众中引发了关于戏剧创作技巧、舞台演出及作品主题等方面的思考与探
讨,对中国的戏剧创作、观众的舞台审美以及国民思想的进步都产生了积
极影响。除了文本和舞台演出两种形式,奥尼尔戏剧译本还被改编成广
播剧,展现给数量更多、层次各异的中国听众。例如,1947 年《广播周报》
第 31 期上刊载了同期播送的独幕广播剧《回家》,该剧是由北原根据奥尼
尔的 *The Long Voyage Home* 改编的,由中央台试播。可见在三四十年
代,奥尼尔戏剧的汉译本以多种形式进入到中国读者的生活中,这种多方
位、多层次的传播为奥尼尔在中国的接受奠定了基础,并为 80 年代奥尼
尔戏剧汉译本重新进入中国大陆读者的视野埋下了伏笔。

第二节　八九十年代汉译本的接受

　　20 世纪 70 年代末,奥尼尔的名字重新进入中国读者的视野,八九十

---

① 炯. 琼斯皇的失败. 大上海半月刊,1934,1(3):118.

② 傅红星,王一岩. 洪深与"复旦剧社"//梁永安. 日月光华同灿烂——复旦作家的
　足迹. 上海:复旦大学出版社,2005:334.

③ 朱雪峰. 爱美剧舞台上的奥尼尔——交织文化的表演与中国戏剧现代性. 戏剧,
　2011(4):110.

④ 傅红星,王一岩. 洪深与"复旦剧社"//梁永安. 日月光华同灿烂——复旦作家的
　足迹. 上海:复旦大学出版社,2005:334.

年代是奥尼尔戏剧汉译的又一次高潮时期。这个时期,奥尼尔的经典剧作如 *Beyond the Horizon*、*The Emperor Jones* 等有了重译本,他后期的几部剧作如 *The Iceman Cometh*、*A Touch of the Poet* 等也被译介到了中国。这个时期的译本主要特点为成规模,几乎都以剧集的形式出版,且译文质量相对较高。八九十年代的译本在读者中产生了积极的影响,根据译本进行的演出也在 80 年代末掀起了热潮,以奥尼尔及其作品为研究对象的高质量学术论文不断涌现,根据奥尼尔译本写作的改编剧不断创新。这一切充分证明了中国读者、观众对奥尼尔戏剧及其汉译本的接受是积极、主动的。奥尼尔对中国戏剧界、文学界和思想界的影响一直持续至今,可以预见,在 21 世纪,对奥尼尔及其作品的研究仍会是文学、戏剧、翻译界关注的一个热点。

一、知识界的评价和研究

80 年代以来,知识界对奥尼尔及其作品的研究不断。据笔者统计,中国知网数据显示,从 1979 年至 1999 年,以奥尼尔及其作品为研究主题的论文有 300 多篇,从 2000 年至 2017 年有 900 多篇,且论文篇数有逐渐上升的趋势。奥尼尔的主要剧作,如 *Beyond the Horizon*、*Desire Under the Elms*、*The Emperor Jones*、*Mourning Becomes Electra*、*Long Day's Journey into Night*、*The Iceman Cometh*、*A Touch of the Poet*、*A Moon for the Misbegotten*,更成为文学研究和戏剧研究的热点(图 1)。学者们纷纷使用西方现代批评理论,从不同的批评视角解读和探讨这些作品。除了精神分析、女性主义、后殖民主义、生态、伦理等视角,近年来,各种哲学、美学、语言学等研究视角也纷纷涌现。

奥尼尔及其作品研究的学位论文数量众多,形成了奥尼尔及其作品研究的一大特点。2000 年至 2017 年,以奥尼尔及其作品为研究主题的博士论文已逾 10 篇,2001—2015 年相关硕士论文数量更加庞大(图 2)。学位论文篇幅更长,研究更加深入,这也显示了奥尼尔及其作品的研究正在朝着纵深的方向发展,而非仅停留于数量层面的增长。

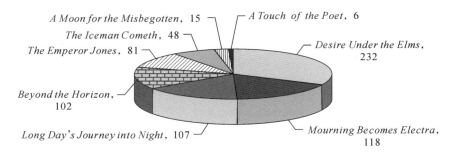

图 1　1980—2017 年奥尼尔主要作品的研究论文数量统计

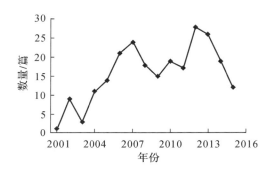

图 2　2001—2015 年奥尼尔及其作品为研究主题的硕士论文数量分布

除了期刊文章、学位论文,国内学者还翻译和撰写了关于奥尼尔及其作品的研究著作,翻译的著作如龙文佩编译的《尤金·奥尼尔评论集》(上海外语教育出版社 1988 年版)、郑柏铭翻译的詹姆斯·罗宾森著作《尤金·奥尼尔和东方思想》(辽宁教育出版社 1997 年版);撰写的专著如廖可兑《尤金·奥尼尔剧作研究》(中国美术学院出版社 1999 年版)、汪义群《奥尼尔研究》(上海外语教育出版社 2006 版)。据笔者统计,截至 2016 年,国内出版的关于奥尼尔的学术研究著作为 20 部。奥尼尔及其作品研究的盛况,反映出奥尼尔戏剧被译介到中国后在知识界引起的热烈反响。

关于奥尼尔及其作品的研讨会也多次举行。自 1987 年开始到 2004 年已经举行了十一届全国性的奥尼尔戏剧专题研讨会,会后共出版《尤金·奥尼尔戏剧研究论文集》6 部,为奥尼尔戏剧研究起到了巨大的推动作用。特别值得一提的是 1988 年是奥尼尔诞辰 100 周年,"由于奥尼尔与老子哲学的密切关系,1988 年研讨奥尼尔的热潮席卷了中国的学术界和戏剧界"①。当年不仅举行了多次研讨会,还上演了多部奥尼尔的剧作。"天津会议和南京会议皆有代表提出,奥尼尔的名字及其剧作进入中国大地长达五六十年之久了,然而,中国学者更多地还是停留在评介工作上,仍然缺乏深层的探索。"②北京会议提出了一些值得思考的问题,如"有一些代表认为,奥尼尔在中国缺少普通读者和观众,他的剧本演出时常令普通人感到玄奥"③,因此,如果不对奥尼尔戏剧进行深入的研究和中国语境化的阐释,"奥尼尔永远只会是专家、学者的奥尼尔,得不到普通民众的承认"④。虽然自 2005 年起,奥尼尔戏剧研讨会并入美国文学研讨会,不再单独举行,但这些学术会议及研究成果影响了一批奥尼尔研究学者,使得对奥尼尔戏剧的研究更加深入,拓宽了研究者的研究思路和视野。

二、一般读者对译本的评价

此外,八九十年代的汉译本除了有助于学界的研究,还对一般读者产生了深远的影响,几个主要译本流传至今,并得到读者的广泛好评。以豆瓣网上的评价为例,据笔者统计,在豆瓣网上,八九十年代奥尼尔戏剧的几个主要汉译本仍有人阅读并加以评论,且评分均在 8.5 分以上。"言之无文,行而不远",虽然读者对这些译本的好评绝大部分是由于戏剧的精巧构思与创作,但译文的质量较高也功不可没。主要译本及评分情况如图 3 至图 7 所示。

---

① 吕艺红. 1988 年,奥尼尔热在中国. 外国文学研究,1989(1):36.
② 吕艺红. 1988 年,奥尼尔热在中国. 外国文学研究,1989(1):36.
③ 吕艺红. 1988 年,奥尼尔热在中国. 外国文学研究,1989(1):36.
④ 吕艺红. 1988 年,奥尼尔热在中国. 外国文学研究,1989(1):36.

天边外

作者：[美国]尤金·奥尼尔
出版社：漓江出版社
译者：荒芜 / 汪义群 等
出版年：1984-11
页数：601
定价：2.65元/4.15元
装帧：平装/精装
丛书：获诺贝尔文学奖作家丛书
统一书号：10256-107

豆瓣评分

9.1 ★★★★☆
342人评价

5星 ▬▬▬▬ 61.4%
4星 ▬▬ 32.2%
3星 ▌ 5.8%
2星 0.6%
1星 0.0%

图 3 《天边外》(漓江出版社,1984)豆瓣评分

来源：https://book.douban.com/subject/2043873/

天边外

作者：(美)尤金·奥尼尔
出版社：漓江出版社
副标题：获诺贝尔文学奖作家丛书
译者：荒芜 / 汪义群
出版年：1992.2
页数：601
定价：10.45
装帧：平装
丛书：获诺贝尔文学奖作家丛书

豆瓣评分

8.9 ★★★★☆
44人评价

5星 ▬▬▬ 54.5%
4星 ▬▬ 38.6%
3星 ▌ 6.8%
2星 0.0%
1星 0.0%

图 4 《天边外》(漓江出版社,1992)豆瓣评分

来源：https://book.douban.com/subject/2269152/

榆树下的欲望 漫长的旅程

作者：（美)尤金·奥尼尔著
出版社：湖南人民出版社
译者：欧阳基等译
出版年：1983
页数：258
定价：1.90
ISBN：9787217002416

豆瓣评分

8.5 ★★★★☆
184人评价

5星 ▬▬ 38.0%
4星 ▬▬▬ 51.6%
3星 ▌ 9.8%
2星 0.5%
1星 0.0%

图 5 《榆树下的欲望　漫长的旅程》(湖南人民出版社,1983)豆瓣评分

来源：https://book.douban.com/subject/1857240/

外国当代剧作选1

作者:[美]尤金·奥尼尔
出版社:中国戏剧出版社
出版年:1988
页数:766
定价:29.0
装帧:平装
丛书:外国当代剧作选
ISBN:9787104000211

豆瓣评分

9.3 ★★★★★ 145人评价

5星 ▇▇▇ 69.0%
4星 ▇ 28.3%
3星 ▏2.8%
2星 0.0%
1星 0.0%

图 6 《外国当代剧作选 1》(中国戏剧出版社,1988)豆瓣评分

来源:https://book.douban.com/subject/1636704/

奥尼尔集(上下)

作者:[美]特拉维斯·博加德 编
出版社:生活·读书·新知三联书店
副标题:1932~1943
译者:汪义群/梅绍武/屠珍/龙文佩/王德明/申慧辉
出版年:1995-5
页数:1295
定价:63.00元
装帧:精装
丛书:美国文库
ISBN:9787108007582

豆瓣评分

9.0 ★★★★☆ 108人评价

5星 ▇▇▇ 61.1%
4星 ▇ 31.5%
3星 ▏7.4%
2星 0.0%
1星 0.0%

图 7 《奥尼尔集:1932—1943》(上、下)(生活·读书·新知三联书店,1995)豆瓣评分

来源:https://book.douban.com/subject/1058375/

三、对观众的影响

八九十年代奥尼尔戏剧汉译本的再度丰富,引发了学界对奥尼尔戏剧研究的热潮,引起了读者对奥尼尔剧本的阅读兴趣,同时,也使得奥尼尔经典剧目被重新搬上中国舞台。自 1981 年中戏导演系内部教学演出《安娜·克里斯蒂》(第三幕)开始,在 80 年代掀起了奥尼尔戏剧的演出热潮,至 1988 年奥尼尔 100 周年诞辰,南京和上海两地举行了"奥尼尔戏剧节",演出了奥尼尔的《天边外》《琼斯皇》《进入黑夜的漫长旅程》《大神布朗》《休伊》等剧目,将奥尼尔戏剧的演出推向高潮。90 年代,奥

尼尔戏剧的演出热潮不退,几乎每年都有演出记录,虽然戏剧在 90 年代末期彻底进入低谷期,但奥尼尔戏剧在中国舞台上并未消失,一直在延续①。

八九十年代,奥尼尔戏剧的演出总的来说较为成功,观众好评不断。最突出的例子就是 80 年代中期,沈阳话剧团排演的奥尼尔的《榆树下的欲望》。"该剧一推出,便获得了观众的广泛好评。该剧在上海演出后反响热烈,报纸上报道,电视里专访,一下子成了上海文艺界的热点……连当时抱病在上海观看演出的曹禺先生都感叹不已,称没想到一个地方话剧团将奥尼尔的戏剧演绎得这么好。"②该剧的成功上演也使戏剧创作者和观众再度感受到写实主义戏剧的力量。1988 年,为庆祝奥尼尔 100 周年诞辰,全国数个剧团都上演了奥尼尔的剧目,最突出的是在南京和上海两地。南京连续三天举行了三场演出,包括江苏省话剧团的《天边外》、前线话剧团的《进入黑夜的漫长旅程》、江苏省话剧团的舞蹈造型剧《琼斯皇》;上海的演出更加别开生面,青年话剧团上演了象征主义剧作《大神布朗》,上海戏剧学院表演系、复旦大学和上海越剧三团同时推出了三台《悲悼》,演出还包括移植改编剧《尤弈》和按原作演的《休伊》。"这次规模盛大的演出活动对奥尼尔在中国的宣传普及作出了积极的贡献。大大加强了中美两国戏剧文化的交流。奥尼尔在中国的知名度提高了,他的剧作为更多的中国人认识和理解。"③《悲悼》剧组的演出经理人之一唐斯复谈及演出受欢迎的情况:"观众是戏剧演出的组成部分,《悲悼》剧组成功的又一重要因素是赢得了观众。第一轮在长江剧场演出 10 场,平均上座 9 成多,有的场次全满,票价定为 3 元,好位子的票最难买到。剧场工作人

---

① 笔者查证到的最近一次演出记录是 2016 年 1 月 29—31 日在上海东方艺术中心上演的《榆树下的欲望》,导演:沈亮,主演:史可、张秋歌、刘小锋。

② 陈立华. 谁的鼓声穿透了时空——追溯尤金·奥尼尔在中国内地的传播与接受//谢群,陈立华. 当代美国戏剧研究:第 14 届全国美国戏剧研讨会论文集. 北京:北京理工大学出版社,2010:21.

③ 高鉴. 1988 年南京—上海:奥尼尔戏剧节演出巡礼. 中国戏剧,1988(8):32.

员欣喜地说：这般盛况也已许久不见了。"①观众对该演出的评价极高，"每场演出结束，观众迟迟不散，情绪热烈，老观众获得对话剧温馨的回忆，青年观众开了眼界"②。还有中外文化界人士和观众评论说："《悲悼》是达到高水平的专业演出，表现了原著精神，起到悲剧净化灵魂的作用。"③观众对《悲悼》的演出被压缩为三个小时感到可惜，"事实上，《悲悼》在上海已经创造了很好的票房价值"④。

进入 90 年代，奥尼尔的经典剧作仍然由戏剧学院、电影学院和话剧团公演，且几乎每年都有演出记录，部分演出受到了观众的好评。例如1990 年，上海戏剧学院表演系 1986 级、1987 级公演了奥尼尔的《榆树下的恋情》，有评价称演出"恰到好处地表现了人的渺小，人的苦苦挣扎，将天籁与人籁巧妙地交织起来……会在观众心中引起美的感受"⑤。90 年代奥尼尔戏剧演出的场次及主要剧目如图 8、图 9 所示。

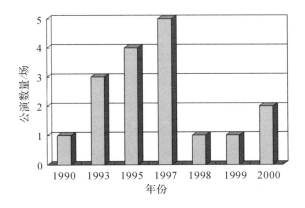

图 8　20 世纪 90 年代奥尼尔戏剧公演场次统计

①　唐斯复. 此路可通——来自《悲悼》剧组的信息. 中国戏剧,1988(8):8.
②　唐斯复. 此路可通——来自《悲悼》剧组的信息. 中国戏剧,1988(8):8.
③　唐斯复. 此路可通——来自《悲悼》剧组的信息. 中国戏剧,1988(8):8.
④　高鉴. 1988 年南京—上海：奥尼尔戏剧节演出巡礼. 中国戏剧,1988(8):31.
⑤　周玮. 天籁与人籁的交织：从契诃夫到奥尼尔——观上海戏剧学院两次公演. 上海戏剧,1990(5):9.

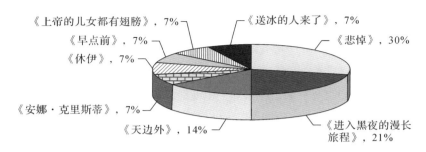

图 9　20 世纪 90 年代国内公演的奥尼尔剧目比例

从图 8、图 9 可以看出,90 年代奥尼尔剧目演出不断,虽然从 90 年代中期开始,演出的数量有所下降,但这是多媒体技术的发展对舞台表演的挑战造成的。而经典剧目如《进入黑夜的漫长旅程》《悲悼》《天边外》仍然受到演出单位和观众的欢迎。

四、中国戏剧界对奥尼尔剧本的仿作和改编

80 年代以来奥尼尔戏剧的演出还有一个值得注意的现象,即很多剧目的上演都经过了改编,有的甚至被移植到中国背景中,更符合中国观众审美,与时代的结合也更紧密。1988 年的奥尼尔戏剧节中,在南京上演的《天边外》就将故事移植到了中国江南一带的渔村,使戏剧主题中国化了;江苏省话剧团演出的《琼斯皇》的舞蹈造型剧将原剧作中由独白表现的幻象,转化为舞蹈视觉形象,语言的障碍由形体语汇得以弥补;上海越剧三团移植改编了《悲悼》,把故事搬到了中国,并用越剧的形式加以呈现,实现了传统方式与现代主题相结合;《休伊》也被移植到中国背景中,改编为《尤弈》,更能引起观众的共鸣。90 年代,《进入黑夜的漫长旅程》也得以用不同的表现形式呈现在中国舞台上,如在 1995 年被改编为歌剧。当《大神布朗》和《马可百万》第一次以富有特色的表现形式出现在上海戏剧观众面前时,"赢得了观众和理论界强烈的兴趣……大大地改造了观众的审美定势,也有力地促进了当代人与奥尼尔之间的沟通"①。

中国戏剧界对奥尼尔戏剧的改造和移植,最有特色之处便是将其与

---

① 刘明厚. 奥尼尔与上海舞台. 戏剧艺术,1995(4):107.

中国传统戏剧形式相结合,使奥尼尔的戏剧中国化、戏曲化、个性化。这一发展趋势在 21 世纪的表现更为突出,21 世纪以来,传统戏剧演绎的奥尼尔戏剧主要有改编自《悲悼:归家》的越剧《白色的陵墓》、改编自《榆树下的欲望》的川剧《欲海狂潮》和河南曲剧《榆树古宅》等。2015 年,河南剧作家孟华及编剧丛笑将《安娜·克里斯蒂》改编为甬剧《安娣》,改编本的主要情节基本忠实于原著,结合了中国戏曲长于抒情及特别善于描写复杂的情感和心理的特点,对潜在情绪和意蕴的发掘更为深刻。"改编者的诗意性哲理表达,不但符合奥尼尔对全剧结尾悲剧性的定位,也符合中国戏曲审美言有尽而意无穷的'意味'追求。"①事实上,奥尼尔高超的戏剧创作手法给导演留下了很大的发挥空间,可以让导演挖掘一切舞台手段、媒介和表现方式对原作进行创造性呈现。"奥尼尔和他的戏剧在中国舞台上的探索与实鸣,不仅锻炼和培育了一个壮大的导演艺术家群体,有力地推动了我国戏剧和舞台呈现的不断更新,而且进一步促进理论工作者和观众对奥尼尔及其戏剧的研究和认识。"②因此,"我们期待在中国的戏曲舞台上出现更多的奥尼尔作品,使我们能够通过自己的方式,走近奥尼尔,认识奥尼尔,体味其作品的丰富和深刻"③。

---

① 李红艳."奥氏"悲剧的中国解读——甬剧《安娣》对尤金·奥尼尔《安娜·克里斯蒂》的改编. 戏剧文学,2015(9):61.
② 刘明厚. 奥尼尔与上海舞台. 戏剧艺术,1995(4):107.
③ 李红艳."奥氏"悲剧的中国解读——甬剧《安娣》对尤金·奥尼尔《安娜·克里斯蒂》的改编. 戏剧文学,2015(9):61.

结　语

　　本书首先回顾了 20 世纪奥尼尔戏剧的汉译历程,将奥尼尔戏剧的汉译作为一个文化现象放到当时的历史背景中,探究了意识形态、诗学、赞助人等因素对奥尼尔戏剧在 20 世纪形成的两个译介高潮和一段译介低迷时期的影响。接着,本书将奥尼尔戏剧的汉译本分别视作文化文本、文学文本和戏剧文本,并从这三个角度观察不同时期译本的特点,发现:作为文化文本,在三四十年代独幕剧中的文化翻译中,根据译者的翻译目的(以阅读为目的或以演出为目的),译者较常使用直译加注、文内补偿和归化这三种文化因素翻译方法,该时期文化误译现象较多,原因多为译者本身的双语水平以及对美国文化的了解有限;八九十年代奥尼尔戏剧汉译的文化因素处理主要力求对原文中文化信息的准确呈现,这个时期的译者将“译”与“研”结合,翻译时尽量忠实于原文,但受到主流意识形态的影响,译者在译文中有意或无意地留下时代词汇的印记,时代特色的词汇频繁出现。作为文学文本,奥尼尔戏剧汉译本的主题思想和语言始终是其生命力之所在。三四十年代奥尼尔独幕剧的改译本,力求重现原作的主题,并使之在中国语境中得到新的阐释,从而延续了原作在目的语中的生命和意义。八九十年代奥尼尔戏剧汉译本在重塑原文语言审美特征,以及实现文学语言“陌生化”的方面表现突出,具体从语音修辞、词汇修辞及句法修辞三个维度进行。译者对原作文学审美价值的体验与感知,以及译者的文学再创造能力,一定程度上决定了一个文学译本的陌生化审美价值。作为戏剧文本,奥尼尔戏剧汉译本在人物语言和舞台提示语言的翻译上特点突出。三四十年代以演出为目的和以阅读为目的的译本有较大的差异,以演出为目的的译本为保证人物语言的"可演性"和"可念性",具有口语化、简明易懂和与动作相配合等特点,在舞台提示语言的翻译上更具有明确性与可操作性。八九十年代的译本虽普遍以阅读为目的,但译者对戏剧特点的认识较为深刻,因此,在人物语言的翻译方面呈现出两大特点:口语化程度较高、个性化特征凸显;方言的翻译得到重视,人物语言显得整体被"高雅化"。

通过从文化、文学、戏剧三个层面对奥尼尔戏剧汉译展开的考察,笔者发现,奥尼尔戏剧汉译本折射出 20 世纪中国戏剧翻译观念的变迁,中国文坛对外国戏剧功能的认识直接影响到译者对戏剧翻译观念的变化。三四十年代外国戏剧被视为用于启蒙社会的工具,用于改良中国"旧剧"的范本,加之当时复杂的国情和局势,译者的翻译理念并不以晚清盛行的"信"为准则。译者本着"改良"和"救亡"的宗旨,以演出或阅读为目的,在翻译戏剧的过程中掺入了自己对原剧的认识,更产生了不同程度的"改译剧",使得当时的戏剧翻译局面"五彩纷呈"——文化因素的翻译出现了多种方法,并出现了有意和介于有意与无意之间的文化误译;改译剧虽让原作"改头换面",其主题却得到了重现或重释;译本的剧场性得到强调,以演出为目的的译本中,人物对白翻译口语化、表达地道,舞台提示明确、易懂。八九十年代政治形势和社会情况的变化,使得戏剧作为一种文学样式和一种艺术的观念重新得到重视。在这个时期,外国戏剧被翻译到中国,更多的是为了读者的欣赏、学者的研究、戏剧界的借鉴与学习。因此,这个时期译者的翻译也注重译本的文学审美性,对修辞、方言等文学陌生化手法的翻译进行了各种尝试。这个时期意识形态和戏剧的地位都发生了巨大的变化,因此,译者在译本中使用了一些有鲜明时代特色的词汇,且译本的整体语言风格被高雅化。

本书最后考察了 20 世纪奥尼尔戏剧汉译本在中国的接受情况,发现:三四十年代,译者对译本的借鉴和学习,不仅满足了戏剧改良运动的需求,还促进了中国戏剧的现代化;被多次搬上舞台的戏剧更是在观众中产生了情感的共鸣,其主题也在新的语境中得到了时代性的阐释。三四十年代对译本本身的评价较少,且主要来自译者和戏剧界人士。八九十年代,随着奥尼尔汉译本数量的增多和质量的提高,奥尼尔的戏剧作品重新得到了学界及一般读者的重视和青睐,奥尼尔戏剧也重新被搬上中国的舞台,并在80年代末形成了一股"奥尼尔热"。中国知网数据显示,自80年代初始,关于奥尼尔戏剧研究的期刊论文和硕士论文数量激增,且有逐年上升的趋势;博士论文和专著也成果颇丰。八九十年代的译本在读者中产生了深远的影响,豆瓣网上的数据显示,读者对这个时期的译本评分均在8.5分以上,译本的质量得到了肯定,奥尼尔的思想和创作艺术也在读者中引起了热烈的讨论。八九十年代,中国戏剧界不仅将奥尼尔戏剧重新搬上舞台,还特别将之与中国传统戏曲形式相结合,甚至将其改编为歌剧、舞剧,用多种艺术形式和手段进行呈现。这不仅是对奥尼尔戏剧的一种继承,更是对戏剧发展的积极探索。

20世纪奥尼尔戏剧的汉译本对中国文坛和剧坛产生了重大而深远的影响,本书对不同时期的译本进行了系统、全面、深入的探究,研究结果和发现对我国当下的译学建设具有理论价值和现实意义,具体体现在以下两方面。

第一,目前,国内从翻译角度探讨奥尼尔戏剧作品的研究成果较少,对奥尼尔戏剧汉译本的研究更是屈指可数。本研究以20世纪奥尼尔戏剧的汉译本为研究对象,对其进行全面、系统的考察,对典型译本进行文本细读。研究20世纪奥尼尔汉译本各个时期的特征,探究这些特征背后文化、政治、诗学等方面的原因,并观察典型译本中戏剧语言和非语言因素的翻译,使奥尼尔译本作为文化文本和戏剧文本的双重性结合起来,并强调了这些译本的文化性质。

本研究做到了四个结合。(1)史与实相结合。本研究对20世纪奥尼尔戏剧作品汉译历程进行了梳理,对不同历史时期奥尼尔的汉译本进行了整理,并总结该阶段译介的特点。(2)译本的外部研究与内部研究相结合。本研究从外部视角考察意识形态、诗学、赞助人等因素对奥尼尔戏剧汉译的影响,从内部视角观察奥尼尔戏剧汉译本是如何保持其作为文学文本的文学性以及戏剧文本的戏剧性的。(3)纵向研究与横向研究相结合。纵向方面,本研究按时间的顺序对奥尼尔戏剧汉译本的特色进行梳理;横向方面,本研究从文化、文学和戏剧三个角度对译本进行研究。(4)点与面相结合。本研究既有对奥尼尔戏剧汉译整体的观察,又有对典型译本的细读研究。

第二,为了全面地进行翻译研究,语言和文化两方面的研究都不能忽视;为了全面地考察文化与翻译的关系,文化的宏观层面的研究和微观层面的研究应该结合。本研究是多角度的——译本的外部研究与内部研究兼具、纵向研究与横向研究兼有、点与面的研究兼顾。本研究是多维度的——将奥尼尔汉译本视作文化文本、文学文本和戏剧文本的综合体,分别考察其中文化性、文学性和戏剧性在汉译过程中的重现与失落。本研究具有跨学科性,从翻译研究出发,结合文化、文学和戏剧等学科的知识,对奥尼尔汉译本进行全面、深入的研究。

研究奥尼尔戏剧翻译的新视角将会不断出现,但奥尼尔戏剧的汉译研究需要对译本进行细读和剖析,才能做得更扎实,更深入。奥尼尔戏剧翻译研究还大有空间,漫长的研究道路上期待更多同行的加入。

参考文献

Baker, M. The changing landscape of translation and interpreting studies. In Bermann, S. & Porter, C. (eds.). *A Companion to Translation Studies*. New York: John Wiley & Sons, Ltd., 2014: 15-27.

Bassnett, S. Comparative Literature: A Critical Introduction. Oxford: Blackwell, 1993.

Bassnett, S. Still trapped in the labyrinth: Further reflections on translation and theatre. In Bassnett, S. & Lefevere, A. (eds.). *Constructing Cultures: Essays on Literary Translation*. Shanghai: Shanghai Foreign Language Education Press, 2001: 90-108.

Bassnett, S. Translating for the Theatre: The Case Against Performability. *TTR*, 1991, 4(1):99-111.

Bassnett, S. Ways through the labyrinth: Strategies and methods for translating theatre texts. In Hermans, T. (ed.). *The Manipulation of Literature: Studies in Literary Translation*. London: Routledge, 2014: 87-102.

Bassnett, S. & Lefevere, A. *Constructing Cultures: Essays on Literary Translation*. Shanghai: Shanghai Foreign Language Education Press, 2001.

Brater, E. *The Drama in the Text: Beckett's Late Fiction*. Oxford: Oxford University Press, 1994.

Brustein, R. *The Theatre of Revolt: An Approach to the Modern Drama*.

Chicago：Ivan R. Dee Publisher，1991.

Carpenter，F. Eugene O'Neill，the Orient，and American transcendentalism. In Griffin，E. （ed.）. *Eugene O'Neill：A Collection of Criticism*. New York：McGraw-Hill，1976：40.

Cunliffe，M. *The Literature of the United States* （4th ed.）. Harmondsworth：Penguin Books，1986.

Esslin，M. *An Anatomy of Drama*. New York：Hill and Wang，1977.

Hemans，T. *The Manipulation of Literature：Studies in Literary Translation*. London and Sydney：Croom Helm，2014.

Lefevere，A. *Translation，Rewriting and the Manipulation of Literary Fame*. Shanghai：Shanghai Foreign Language Education Press，2004.

Manheim，M. *The Cambridge Companion to Eugene O'Neill*. Cambridge：Cambridge University Press，1998.

Marco，J. Teaching drama translation//王宁. 视角:翻译学研究(第 1 卷). 北京:清华大学出版社，2003：52-65.

O'Neill，E. *Complete Plays of Eugene O'Neill* （Vol. I）. New York：Literary Classics of the Penguin Putnam Inc. ，1988.

O'Neill，E. *Complete Plays of Eugene O'Neill* （Vol. II）. New York：Literary Classics of the Penguin Putnam Inc. ，1988.

O'Neill，E. *Complete Plays of Eugene O'Neill* （Vol. III）. New York：Literary Classics of the Penguin Putnam Inc. ，1988.

Shuttleworth，M. & Cowie，M. （eds.）. *Dictionary of Translation Studies*. New York：Routledge，2014.

Simeoni，D. The pivotal status of the translator's habitus. *Target*，1998(1)：1-40.

The Encyclopedia Americana （Vol. 9）. Chicago，New York：The Encyclopedia Americana Corporation,1918.

艾亨鲍姆. "形式方法"的理论//托多罗夫. 俄苏形式主义文论选. 蔡鸿滨, 译. 北京:中国社会科学出版社,1989:19-57.

奥尼尔. 奥尼尔剧作选. 荒芜,译. 上海:上海文艺出版社,1982.

奥尼尔. 奥尼尔文集(第六卷). 北京:人民文学出版社,2006.

奥尼尔. 奥尼尔戏剧理论选译. 裴粹民,译. 外国文学(复旦人学外国文学研究室),1980(1):200-207.

奥尼尔. 捕鲸. 赵如琳,译. 戏剧,1930,2(1):39-65.

奥尼尔. 捕鲸船. 向培良,译. 农村合作月报,1936,2(5):109-122.

奥尼尔. 不同. 古有成,译. 当代文艺,1931,1(2):297-338.

奥尼尔. 不同. 古有成,译. 当代文艺,1931,1(3):447-491.

奥尼尔. 长夜漫漫路迢迢. 乔志高,译. 香港:今日世界社,1973.

奥尼尔. 还乡. 马彦祥,译. 新月,1932,3(10):1-23.

奥尼尔. 加力比斯之月. 古有成,译. 上海:商务印书馆,1933.

奥尼尔将名垂千古. 新闻资料,1949(206):2109.

奥尼尔. 卡利比之月. 马彦祥,译. 文艺月刊,1934,6(1):79-92.

奥尼尔. 卡利浦之月. 钱歌川,译. 上海:中华书局,1935.

奥尼尔. 漫长的旅程 榆树下的恋情. 欧阳基,等译. 长沙:湖南人民出版社,1983.

奥尼尔. 素娥怨三部曲. 王敬羲,译. 香港:今日世界社,1974.

奥尼尔. 绳子. 袁昌英,译. 现代,1934,5(6):279-298.

奥尼尔. 天边外. 顾仲彝,译. 长沙:商务印书馆,1939.

奥尼尔. 天边外. 荒芜,汪义群,等译. 桂林:漓江出版社,1984.

奥尼尔. 天外. 古有成,译. 上海:商务印书馆,1931.

奥尼尔. 外国当代剧作选 1. 北京:中国戏剧出版社,1988.

奥尼尔. 早餐之前. 马彦祥,译. 文艺月刊,1936,8(2):65-123.

奥尼尔. 早点前. 范方,译. 上海:上海剧艺社,1938.

奥尼尔. 早饭前. 袁牧之,译. 中学生,1936(66):213-224.

贝克. 翻译与冲突——叙事性阐释. 赵文静,主译. 北京:北京大学出版社,2011.

博加德. 奥尼尔集:1932—1943(上、下). 汪义群,等译. 北京:生活·读书·

新知三联书店,1995.

曹葆华,等译. 苏联文学艺术问题. 北京:人民文学出版社,1953.

曹靖华. 谈苏联文学. 人民文学,1951,4(1):40-44.

曹禺. 前言//莎士比亚. 柔蜜欧与幽丽叶. 曹禺,译. 北京:人民文学出版社,
　　1979:前言 1-6.

陈白尘,董健. 中国现代戏剧史稿. 北京:中国戏剧出版社,1989.

陈独秀. 论戏曲//徐中玉. 中国近代文学大系:文学理论集二. 上海:上海书
　　店,1995:617-620.

陈国华. 论莎剧重译(下). 外语教学与研究,1997(3):48-54.

陈国华. 王佐良先生的彭斯翻译. 外国文学,1998(2):84-90.

陈晋. 文人毛泽东. 上海:上海人民出版社,1997.

陈立华. 历史与时代的选择,审美与文化的共鸣——探索尤金·奥尼尔在中
　　国的接受与传播. 英美文学研究论丛,2007(2):233-249.

陈立华. 谁的鼓声穿透了时空——追溯尤金·奥尼尔在中国内地的传播与接
　　受//谢群,陈立华. 当代美国戏剧研究:第 14 届全国美国戏剧研讨会论
　　文集. 北京:北京理工大学出版社,2010:13-23.

陈渊. 奥尼尔剧作的源流、表现手法及其对美国戏剧的影响//廖可兑. 奥尼
　　尔戏剧研究论文集. 北京:中国戏剧出版社,1988:149-161.

从丛,许诗焱. 莎士比亚与奥尼尔戏剧语言比较研究. 江苏社会科学,2004
　　(3):146-150.

董健. 论中国现代戏剧"两度西潮"的同与异. 戏剧艺术,1994(2):8-15.

弗里斯比. 现代性的碎片:齐美尔、克拉考尔和本雅明作品中的现代性理论.
　　卢晖临,等译. 北京:商务印书馆,2003.

傅红星,王一岩. 洪深与"复旦剧社"//梁永安. 日月光华同灿烂——复旦作
　　家的足迹. 上海:复旦大学出版社,2005:330-336.

傅雷. 致林以亮论翻译书//罗新璋. 翻译论集. 北京:商务印书馆,1984:
　　545-549.

傅斯年. 戏剧改良各面观. 中国新文学大系,1935(1):360-375.

高尔基. 论剧本//高尔基. 高尔基选集:文学论文选. 孟昌,等译. 北京:人民
　　文学出版社,1958:241-262.

高鉴. 1988 年南京—上海：奥尼尔戏剧节演出巡礼. 中国戏剧,1988(8)：30-32.

葛一虹. 中国话剧通史. 北京：文化艺术出版社,1990.

古有成. 古有成先生来函. 图书评论,1933,1(8)：110-113.

顾仲彝. 关于翻译欧美戏剧. 文艺月刊,1937,10(4/5)：16-17.

官宝荣,等. 他山之石——新时期外国戏剧研究及其对中国戏剧的影响. 上海：上海远东出版社,2015.

郭继德. 奥尼尔戏剧在中国的接受与影响. 山东外语教学,2012(3)：81-86.

郭继德. 新中国 60 年奥尼尔戏剧研究之考察与分析//郭继德. 尤金·奥尼尔戏剧研究论文集. 济南：山东大学出版社,2013：1-11.

郭沫若. 新文艺的使命——纪念文协五周年. 半月文萃,1943,2(1)：34-37.

郭勤. 人名翻译中文化内涵的流失——解读尤金·奥尼尔的取名艺术. 江苏外语教学研究,2011(1)：65-68.

韩元春. 浅议互联网时代图书出版的网络互动营销——以《豆瓣网》为例. 出版广角,2016(7)：58-60.

郝纯,王占斌. 尤金·奥尼尔剧作在中国的早期译介. 时代教育,2014(3)：225.

何辉斌. 新中国外国戏剧翻译与评论的量化研究. 文化艺术研究,2014(4)：109-115.

洪深. 从中国的新戏说到话剧——序马彦祥著《戏剧概论》//洪钤. 洪深文抄. 北京：人民文学出版社,2005：90-104.

洪深. 洪深文集(一). 北京：中国戏剧出版社,1957.

侯靖靖. 17 年间(1949—1966)奥尼尔戏剧在中国译界的"缺席"研究. 东华大学学报(社会科学版),2009(3)：191-195.

胡适. 文学进化观念与戏剧改良//姜义华. 胡适学术文集·新文学运动. 北京：中华书局,1993：73-85.

胡祖德. 沪谚外编. 上海：上海古籍出版社,1989.

黄爱华. 中国早期话剧与日本. 长沙：岳麓书社,2001.

霍克斯. 结构主义和符号学. 瞿铁鹏,译. 上海：上海译文出版社,1987.

季广茂. 隐喻视野中的诗性传统. 北京：高等教育出版社,1998.

济之. 译《黑暗之势力》以后. 戏剧,1921,1(6):1-3.

焦菊隐. 焦菊隐文集 5:翻译. 北京:文化艺术出版社,2005.

金人. 论翻译工作的思想性. 翻译通报,1951,2(1):9-12.

炯. 琼斯皇的失败. 大上海半月刊,1934,1(3):118.

坎利夫. 美国的文学. 方杰,等译. 北京:中国对外翻译出版公司,1985.

抗战戏剧的另一使命. 抗战戏剧(半月刊),1937(1):3-4.

老舍. 老舍全集(第十六卷·文论一集). 北京:人民文学出版社,1999.

理孚. 关于《遥望》. 中央日报(重庆版),1941-12-30(04).

李红艳. "奥氏"悲剧的中国解读——甬剧《安娣》对尤金·奥尼尔《安娜·克
　　里斯蒂》的改编. 戏剧文学,2015(9):57-61.

李巧丽,张凌. 尤金·奥尼尔的中国之旅. 河北理工学院学报(社会科学版),
　　2004(1):233-235.

李紫红. 试论诗化的戏剧与戏剧的诗化——浅析美国剧作家尤金·奥尼尔的
　　作品. 新疆石油教育学院学报,2005(2):117-120.

梁实秋. 现代中国文学之浪漫的趋势. 晨报副刊,1926-03-25.

廖七一. 多元系统. 外国文学,2004(4):48-52.

廖七一. 范式的演进与翻译的界定. 中国翻译,2015(3):16-17.

廖七一. 抗战时期重庆的戏剧翻译. 外语与外语教学,2013(5):57-60.

廖七一. 译耶？作耶？——胡适译诗与翻译的历史界定. 外语学刊,2004
　　(6):106-112.

林青山. 毛泽东哲学思想简论. 济南:山东人民出版社,1983.

刘德环. 尤金·奥尼尔传. 长春:时代文艺出版社,2013.

刘海平. 尤金·奥尼尔在中国. 苏州大学学报(哲学社会科学版),1983(3):
　　80-83.

刘海平,徐锡祥. 奥尼尔论戏剧. 北京:大众文艺出版社,1999.

刘海平,朱栋霖. 中美文化在戏剧中交流——奥尼尔与中国. 南京:南京大学
　　出版社,1988.

刘家思. 剧场性:戏剧文学的本质特征. 四川戏剧,2011(1):43-48.

刘库,杨惟名. 论奥尼尔戏剧在中国的文本传播. 湖北社会科学,2014(10):
　　131-135.

刘宓庆. 文化翻译论纲. 武汉:湖北教育出版社,1999.

刘明厚. 奥尼尔与上海舞台. 戏剧艺术,1995(4):104-107.

刘文尧. 奥尼尔东方之行及其对中国现代戏剧的影响. 成都大学学报(社会科学版),2015(6):66-75.

刘欣. 论顾仲彝的改译剧. 云南艺术学院学报,2010(2):63-66.

刘欣. 论中国现代改译剧. 上海:上海戏剧学院硕士学位论文,2009.

龙文佩. 奥尼尔在中国. 复旦学报(社会科学版),1988(4):31-34.

吕艺红. 1988年,奥尼尔热在中国. 外国文学研究,1989(1):36.

罗宾森. 尤金·奥尼尔和东方思想. 郑柏铭,译. 沈阳:辽宁教育出版社,1997.

罗钢. 叙事学导论. 昆明:云南人民出版社,1994.

骆萍. 翻译规范与译者惯习——以胡适译诗为例. 西安外国语大学学报,2010(2):75-78.

鲁迅. 准风月谈. 天津:天津人民出版社,1999.

马森. 西潮下的中国现代戏剧. 台北:书林出版有限公司,1994.

马祖毅,任荣珍. 汉籍外译史. 武汉:湖北教育出版社,2003.

茅盾. 从《怒吼罢,中国!》说起//茅盾. 茅盾全集(第十九卷·中国文论二集). 北京:人民文学出版社,1991:528-532.

茅盾. 为发展文学翻译事业和提高翻译质量而奋斗——一九五四年八月十九日在全国文学翻译工作会议上的报告//茅盾. 茅盾全集(第二十四卷·中国文论七集). 北京:人民文学出版社,1996:299-318.

梅绍武. 漫谈文学和戏剧翻译. 世界文学,1990(5):288-295.

孟留军. 基于平行语料库的话语标记语 well 的翻译——以奥尼尔的《漫》剧为例. 宿州学院学报,2012(12):74-78.

孟伟根. 戏剧翻译研究. 杭州:浙江大学出版社,2012.

聂森. 译者序//奥尼尔. 安娜·桂丝蒂. 聂森,译. 上海:开明书店,1948.

欧阳予倩. 创作翻译剧及改译剧. 戏周刊,1935(27):11-13.

欧阳予倩. 戏剧改革之理论与实际//中国现代文学馆. 欧阳予倩文集. 北京:华夏出版社,2000:301-344.

欧阳予倩. 予之戏剧改良观. 中国新文学大系,1935(1):387-389.

蒲伯英. 戏剧之近代的意义. 戏剧,1921,1(2):1-4.

蒲松龄. 聊斋志异. 长沙:岳麓书社,2019.

戚学英. 作家身份认同与中国当代文学的生成(1949—1966). 武汉:华中师范大学出版社,2013.

齐建华. 中国传统戏剧的情感模式. 艺术百家,1996(3):8-15.

钱歌川. 奥尼尔的生涯及其艺术. 学艺,1932,11(9):1-12.

钱歌川. 古有成翻译的加力比斯之月. 图书评论,1933,1(5):39-42.

乔志高,等. 翻译因缘. 胡子丹,等记录. 台北:翻译天地杂志社,1979.

瑞仕. 观《早点前》后. 戏剧杂志,1938,1(3):26-27.

单德兴. 翻译与脉络. 北京:清华大学出版社,2007.

沈达人. 中国戏剧史论批评家马彦祥. 艺术百家,2012(4):143-152,183.

沈后庆,张默瀚. 矫枉过正:从文明戏到"爱美剧"看中国早期话剧商业化纷争. 戏剧艺术,2013(3):91-98.

沈雁冰. 海外文坛消息. 小说月报,1922(5):123-124.

史忠义. "文学性"的定义之我见. 中国比较文学,2000(3):122-128.

司马平. 一份向垄断资产阶级投降的号召书//贝奇,西格尔. 美国小说两篇. 晓路,蔡国荣,译. 上海:上海人民出版社,1974:45-52.

孙会军. 普遍与差异:后殖民批评视阈下的翻译研究. 上海:上海译文出版社,2005.

孙艳. 修辞:文学语言陌生化的审美构建. 当代文坛,2016(1):21-24.

孙致礼,孙会军,等. 中国的英美文学翻译:1949—2008. 南京:译林出版社,2009.

谭好哲. 论新时期文艺理论的开放性特征. 理论学刊,2008(8):117-121.

谭霈生. 戏剧//中国大百科全书总编辑委员会. 中国大百科全书·戏剧. 北京:中国大百科全书出版社,2002.

唐斯复. 此路可通——来自《悲悼》剧组的信息. 中国戏剧,1988(8):7-8.

田汉. 他为中国戏剧运动奋斗了一生//欧阳予倩. 欧阳予倩全集(第一卷). 上海:上海文艺出版社,1990:7-28.

田禽. 中国戏剧运动. 重庆:商务印书馆,1944.

童庆炳. 文学理论教程. 北京:高等教育出版社,2015.

屠国元. 布尔迪厄文化社会学视阈中的译者主体性——近代翻译家马君武个案研究. 中国翻译,2015(2):31-36.

汪义群. 奥尼尔研究. 上海:上海外语教育出版社,2006.

汪义群. 美国现代戏剧作品中非规范语言现象初探. 外语教学,1983(4):32-37.

汪义群. 由"奥尼尔热"引起的思考. 戏剧艺术,1988(4):63-65.

王德禄. 曹禺与奥尼尔——悲剧创作主题、冲突与形象之比较. 山西大学学报(哲学社会科学版),1987(3):14-21.

王宏印. 文学翻译批评论稿. 上海:上海外语教育出版社,2005.

王建开. 五四以来我国英美文学作品译介史(1919—1949). 上海:上海外语教育出版社,2003.

王晓婷,王占斌. 戏剧语言的再现:尤金·奥尼尔《天边外》两译本对比研究. 菏泽学院学报,2014(6):122-127.

卫岭. 奥尼尔的创伤记忆与悲剧创作. 北京:中国人民大学出版社,2009.

翁显良. 千面千腔——谈戏剧翻译. 中国翻译,1982(5):33-37.

吴天. 天边外:一个知识分子的悲剧. 剧讯丛刊,1948(1):1.

夏岚. 中国三十年代舞台翻译剧现象之我见. 戏剧艺术,1999(6):60-70.

冼群. 读欧尼尔底《加力比斯之月》. 文艺先锋,1945,7(2):17-20.

萧伯纳. 芭巴拉少校. 英若诚,译. 北京:中国对外翻译出版公司,1999.

肖涤. 诺贝尔文学奖要介. 哈尔滨:黑龙江人民出版社,1992.

肖维青. 翻译批评模式研究. 上海:上海外语教育出版社,2010.

谢群. 语言与分裂的自我:尤金·奥尼尔剧作解读. 北京:北京大学出版社,2005.

谢天振. 翻译研究"文化转向"之后——翻译研究文化转向的比较文学意义. 中国比较文学,2006(3):1-14.

谢天振. 非常时期的非常翻译. 中国比较文学,2009(2):23-35.

谢天振. 译者的诞生与原作者的"死亡". 中国比较文学,2002(4):24-42.

熊辉. 抗战大后方对奥尼尔戏剧的译介. 戏剧文学,2014(2):133-137.

熊辉. 试论当前文学创作中的"写作"现象. 当代文坛,2005(2):23-26.

熊月之. 西学东渐与晚清社会. 上海:上海人民出版社,1994.

徐百益. 奥尼尔的《天边外》——旡不利斋随笔之一. 家庭(上海 1937),1943,
　　10(2):13-18.

徐开垒. 在《文汇报》写稿 70 年. 上海:文汇出版社,2009.

徐慕云. 中国戏剧史. 上海:上海古籍出版社,2001.

杨向荣. 陌生化//赵一凡,等. 西方文论关键词. 北京:外语教学与研究出版
　　社,2006:339-348.

姚克. 评王译《奇异的插曲》. 译文,1937(1):193-199.

叶长海. 中国传统戏剧的艺术特征. 戏剧艺术,1998(4):90-97.

伊格尔顿. 二十世纪西方文学理论. 伍晓明,译. 西安:陕西师范大学出版社,
　　1987.

伊拉姆. 符号学与戏剧理论. 王坤,译. 台北:骆驼出版社,1998.

英明. 奥尼尔荣获诺贝尔文学奖金. 礼拜六,1936(668):347.

余光中. 与王尔德拔河记——《不可儿戏》译后//余光中. 余光中谈翻译. 北
　　京:中国对外翻译出版公司,2002:125-131.

余静. 论方言翻译的"落差"策略. 中国翻译,2015(2):107-110.

俞念远. 奥尼尔的生涯及其作品——一九三六年诺贝尔文学奖金的获得者.
　　文学(上海 1933),1937,8(2):370-378.

余上沅. 论改译//余上沅. 戏剧论集. 上海:北新书局,1927:37-42.

查明建,谢天振. 中国 20 世纪外国文学翻译史(上、下卷). 武汉:湖北教育出
　　版社,2007.

张冰. 陌生化诗学:俄国形式主义研究. 北京:北京师范大学出版社,2000.

张光年. 戏剧工作为总路线而奋斗——在中华全国戏剧工作者协会全国委员
　　会扩大会议上的总结发言//张光年. 戏剧的现实主义问题. 北京:中国
　　戏剧出版社,1957:50-65.

张嘉铸. 沃尼尔. 新月,1929,1(11):1-14.

张香桐. 翻译也是一种创作. 中国科技翻译,1993(1):38-41.

赵家璧.《早点前》的作者奥尼尔. 戏剧杂志,1938,1(3):18-20.

赵先正. 戏剧,别游离文学性与舞台性太远. 戏剧文学,2006(12):71-72,88.

郑柏铭. 尤金·奥尼尔为什么不喜欢上海//罗宾森. 尤金·奥尼尔和东方思
　　想. 郑柏铭,译. 沈阳:辽宁教育出版社,1997:209-217.

中国版本图书馆. 1949—1979 翻译出版外国文学著作目录和提要. 南京:江苏人民出版社,1986.

周领顺."求真—务实"译者行为连续统评价模式相关概念辨析——译者行为研究(其七). 江苏大学学报(社会科学版),2011(6):42-49.

周领顺. 译者行为批评:理论框架. 北京:商务印书馆,2014.

周领顺. 译者行为批评的理论问题. 外国语文,2019(5):118-123.

周领顺,杜玉. 汉语"乡土语言"葛译译者行为度——"求真—务实"译者行为连续统评价模式视域. 上海翻译,2017(6):21-26.

周玮. 天籁与人籁的交织:从契诃夫到奥尼尔——观上海戏剧学院两次公演. 上海戏剧,1990(5):9-11.

周兴杰. 新文化运动与西方戏剧的接受. 燕山大学学报(哲学社会科学版),2009(3):30-33.

周贻白. 自序//周贻白. 中国戏剧史长编. 北京:人民文学出版社,1960.

朱雪峰. 爱美剧舞台上的奥尼尔——交织文化的表演与中国戏剧现代性. 戏剧,2011(4):103-112.

朱雪峰. 文明戏舞台上的《赵阎王》——洪深、奥尼尔与中国早期话剧转型. 戏剧艺术,2012(3):48-58.

朱雪峰. 再现奥尼尔:中国戏剧的跨文化衍变. 南京:南京大学博士学位论文,2005.

中華譯學館·中华翻译研究文库

许　钧◎总主编

第一辑

第二辑